ANTES DE PARTIR

Livros de Charlie Donlea

A Garota do Lago
Deixada para trás
Não confie em ninguém
Uma mulher na escuridão
Nunca saia sozinho
Procure nas cinzas
Antes de partir

CHARLIE DONLEA

ANTES DE PARTIR

Tradução: Carlos Szlak

COPYRIGHT © 2022 BY BRIAN CHARLES
FIRST PUBLISHED BY KENSINGTON PUBLISHING CORP.
TRANSLATION RIGHTS ARRANGED BY SANDRA BRUNA AGENCIA LITERARIA, SL
ALL RIGHTS RESERVED
BRIAN CHARLES É O PSEUDÔNIMO DE CHARLIE DONLEA
COPYRIGHT © FARO EDITORIAL, 2023

Todos os direitos reservados.
Nenhuma parte deste livro pode ser reproduzida sob quaisquer meios existentes sem autorização por escrito do editor.

Diretor editorial **PEDRO ALMEIDA**
Coordenação editorial **CARLA SACRATO**
Assistente editoriall **LETÍCIA CANEVER**
Preparação **ARIADNE MARTINS**
Revisão **BÁRBARA PARENTE**
Capa e diagramação **OSMANE GARCIA FILHO**
Imagem de capa **MAGDALENA RUSSOCKA | TREVILLION IMAGES**

Dados Internacionais de Catalogação na Publicação (CIP)
Jéssica de Oliveira Molinari CRB-8/9852

Donlea, Charlie
  Antes de partir / Charlie Donlea ; tradução de Carlos Szlak. — São Paulo : Faro Editorial, 2023.
224 p.

  ISBN 978-65-5957-264-9
  Título original: Before I Go

  1. Ficção norte-americana I. Título II. Szlak, Carlos

22-7080   CDD-813

Índice para catálogo sistemático:
1. Ficção norte-americana

1ª edição brasileira: 2023
Direitos de edição em língua portuguesa, para o Brasil, adquiridos por FARO EDITORIAL

Avenida Andrômeda, 885 — Sala 310
Alphaville — Barueri — SP — Brasil
CEP: 06473-000
www.faroeditorial.com.br

Para Abby Marie e Nolan Matthew

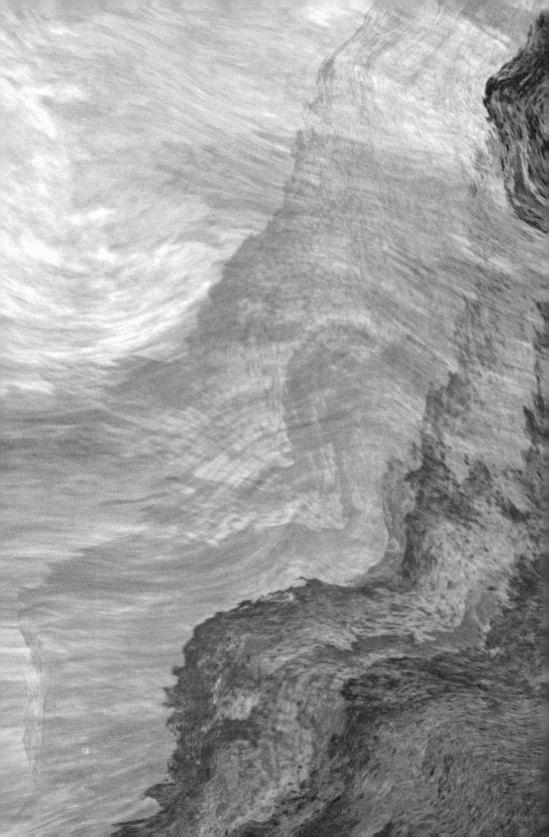

PARTE I

FICANDO SOZINHA

PRIMAVERA

1. Aterrissagem

Segunda-feira, 16 de maio

22h22

MORRER SUBITAMENTE É MAIS FÁCIL.

Uma parada cardíaca ou um acidente de carro não dá chance para pensar muito no que está por vir. Nem deixa tempo para refletir a respeito da vida: os entes queridos deixados para trás e os sonhos não realizados. Porém, quando um avião começa a cair, planando lentamente em direção ao mar gelado e escuro, não há nenhuma sutileza quanto ao fim. A morte está chegando. É inexorável. E, no caso de Ben Gamble, o lento avanço rumo ao fim, o lapso de tempo entre saber que o voo teria um desfecho trágico e o choque contra a água, gerou aflição e dúvida. Minutos intermináveis de pânico e ansiedade, e também de arrependimento.

Com a turbulência sacudindo a cabine, Ben sentiu a carta tremer em suas mãos. Tentou voltar a lê-la, mas uma queda brusca de altitude fez os seus olhos se fecharem. Ele fora um covarde por esconder o segredo da sua mulher. Naquele instante em que a possibilidade de contar para ela havia passado, torturava-o imaginar que ela descobrisse por meio de alguma outra pessoa. Ben abriu os olhos e olhou pela janela do avião para a escuridão da noite. Imaginou o que o seu segredo causaria nela. Queria uma chance para explicar. Queria uma última oportunidade para falar com a sua mulher. Desviando o olhar da janela, voltou a ler a última frase da carta.

> *Você tem que contar para a sua mulher, Ben. Ela merece saber a verdade. Dou só mais uma semana para você fazer isso. Caso contrário, eu mesma contarei para ela.*

Ben dobrou a carta e a enfiou no bolso. Voltou a olhar pela janela e para a escuridão. Porém algo logo se formou em sua visão. Demorou um instante para ele se dar conta do que estava vendo: era o reflexo da lua cintilando na superfície da água, que foi se aproximando cada vez mais. Então, pouco depois, o mar abraçou o avião. O impacto foi brutal. Gritos irromperam pela cabine. Preso pelo cinto de segurança, Ben foi jogado para a frente. Ele bateu o nariz no encosto de cabeça à sua frente, sentiu o sangue cobrir o lábio superior e escorrer pelo queixo. A visão ficou desfocada devido à vibração do assento. Porém, após o choque inicial, o avião deslizou pela superfície da água por vários segundos, como se fosse uma lancha em alta velocidade.

Passado tempo suficiente, Ben acreditou que o piloto, por milagre, havia conseguido realizar um pouso de emergência. Contudo, quando a asa direita tocou na água, o avião deu uma cambalhota espetacular. As bagagens, comidas, latas de refrigerante e os passageiros voaram pelo interior da cabine como pipoca estourando. Ben foi arremessado para o lado e bateu a cabeça na janela. O impacto começou a criar uma teia de aranha no acrílico: um círculo central com fissuras se irradiando de forma serpenteante. Ben contemplou muitas imagens no meio daquela janela despedaçada. Todas as pessoas da sua vida espiavam por aquele buraco para ele. Ele viu a sua mãe e o seu pai. Os seus irmãos. Viu amigos, colegas e os sócios da sua empresa. Finalmente, quando os gritos cessaram e os motores lamurientos silenciaram, quando o metal guinchante terminou de se rasgar em pedaços e a água gelada do oceano Pacífico entrou em contato com a sua pele, Ben viu a sua mulher. O belo rosto e o sorriso radiante dela o fizerem querer enfiar o dedo por aquele buraco no acrílico, depois a mão e todo o corpo, saindo da tumba que afundava para abraçá-la e protegê--la do seu segredo.

No momento em que a água gelada roçou o seu rosto, Ben entrou em ação. Ele pegou a fivela do cinto de segurança e a soltou.

2. O telefonema

Terça-feira, 17 de maio

4h00

EM MEIO A UM SONHO, AS PÁLPEBRAS DE ABBY GAMBLE tremeram e os seus lábios deixaram escapar um gemido. Ela e Ben estavam saindo de férias e, como de costume, estavam atrasados. Abby corria atrás do marido pelo estacionamento do aeroporto, puxando a mala de rodinhas, que tombava enquanto ela tentava acompanhá-lo. Cada vez que Abby conseguia endireitá-la, Ben estava mais à frente. Quando ela chegou à escada rolante, ele já estava no alto dela e se dirigindo para o vagão. Abby subiu a escada de dois em dois degraus, com a mala batendo contra eles. Ao alcançar a plataforma, ela viu Ben gesticulando para ela, indicando que ela deveria se apressar antes do fechamento das portas do vagão. Abby tentou correr, mas a sua mala ficou presa no topo da escada rolante, como se fosse o cadarço desamarrado que sua mãe sempre tinha alertado que seria engolido pelos degraus que subiam e desciam continuamente.

— Eu preciso de você — ela ouviu o marido dizer.

Abby ergueu os olhos. As portas do vagão estavam se fechando.

— Eu preciso de você comigo! — Ben voltou a dizer, no momento em que as portas se fecharam.

Abby desistiu da mala, deixando-a no degrau, e correu em direção ao vagão que estava começando a se mover. Lentamente no início, quase a convidando a saltar e pegar uma carona até o terminal do aeroporto, depois ganhando velocidade e passando como um borrão por ela até ficar fora de vista. Em seguida, ao se virar na direção da escada rolante, Abby viu os degraus, que continuavam subindo e descendo, engolirem a sua mala.

Abby abriu os olhos e se sentou na cama. Por um instante, apalpou o lençol à procura de Ben antes de se lembrar da viagem dele. Sentiu a adrenalina se apoderar dela. Olhou para o despertador. Passava pouco das quatro da manhã. Abby se levantou da cama e foi até a cozinha pegar um copo de água, recordando-se da sua corrida letárgica pelo estacionamento do aeroporto durante o sonho. Ao menos uma vez ela gostaria de ser uma velocista em seus sonhos, livre da sensação de chumbo nas pernas que sempre sentiu e capaz de sair em disparada de um lugar para outro. Abby tomou um gole de água e prestou atenção na tranquilidade da casa: o tique--taque do relógio do corredor e o zumbido do ar-condicionado.

Eu preciso de você comigo!

Abby voltou a consultar a hora e sabia que Ben não se importaria se ela o acordasse. Ele nunca se incomodava com chamadas tarde da noite quando estava viajando a negócios. Então, ela ligou, mas caiu direto na caixa postal. Ou o telefone dele estava desligado ou a bateria tinha acabado. Ambas as hipóteses eram improváveis. Incomodada, folheou a pasta na cozinha até encontrar o plano de viagem de Ben. Abby examinou as informações e encontrou os dados do hotel do marido. Porém, de repente, ocorreu-lhe que o voo de Ben ainda nem tinha pousado. Ela fechou a pasta e respirou fundo. Não era à toa que a sua ligação tinha caído direto na caixa postal. O avião de Ben estava a dez mil metros de altura sobre o oceano Pacífico.

Abby estava começando a relaxar quando o seu telefone tocou. Quebrando o silêncio da casa, o repentino toque a assustou. Novamente, ela dirigiu o olhar para o relógio do micro-ondas.

Eu preciso de você comigo.

Lentamente, ela pegou o telefone. Viu na tela que a chamada era da Transcontinental Airlines. Ela deixou tocar mais um pouco antes de atender.

— Ben?

— Alô? Sra. Gamble?

— Sim?

— Aqui é David Peirce, da Transcontinental Airlines. Receio que houve um acidente.

3. As famílias

Terça-feira, 17 de maio

6h57

POUCO ANTES DAS SETE DA MANHÃ, O SAGUÃO DA SEDE DA Transcontinental Airlines em Chicago estava perfeitamente limpo, silencioso e agourento. Um representante da companhia aérea se aproximou de Abby e pegou a mão dela como se fosse um parente querido num funeral.

— Sra. Gamble, por aqui — o rapaz indicou.

— Já localizaram o avião? — Abby perguntou durante o trajeto até os elevadores.

— A situação ainda não foi esclarecida. Depois de subirmos, a senhora receberá novas informações.

No trigésimo andar, o rapaz conduziu Abby até uma sala de reuniões com paredes de vidro. Ali, alguns outros familiares bastante aflitos já estavam à espera. Todos se entreolhavam, querendo, mas não ousando, perguntar se aquilo estava realmente acontecendo.

Denotando preocupação, os funcionários da companhia aérea serviam café e rosquinhas. No decorrer de dez minutos, trinta e poucas pessoas lotaram a sala. Finalmente, um homem de aparência distinta, vestido impecavelmente de terno e gravata, passou pela porta e ocupou o seu lugar na frente do recinto. Não era difícil de perceber que aquele homem estava no comando. Todos os olhares se voltaram imediatamente na direção dele. Todos esperavam por boas notícias. Por más notícias. Por qualquer notícia.

— Bom dia — o homem disse. — Sou Paul Bradford. Ocupo a vice-presidência executiva da TransCon aqui no Meio-Oeste. Quero começar expressando o meu pesar por esse infortúnio. Os nossos pensamentos e as nossas orações estão com os seus entes queridos. Sem delongas, vou direto aos detalhes.

Bradford clicou um controle remoto, que ligou um projetor instalado no teto. Uma imagem de satélite da América do Norte surgiu na tela atrás dele. Uma linha vermelha arqueada exibia a rota de voo do Aeroporto Internacional O'Hare para o Aeroporto Internacional de Los Angeles.

— O voo 1641 da TransCon decolou de Chicago pontualmente e pousou em Los Angeles às sete da noite de ontem. O avião foi reabastecido e uma inspeção de rotina liberou o voo até Sydney, na Austrália.

Bradford clicou o controle remoto e um mapa-múndi apareceu na tela. Outra linha vermelha surgiu, dessa vez com origem em Los Angeles e se movendo da mesma forma arqueada em direção à Austrália. Porém, no meio do caminho, sobre o oceano Pacífico, a linha sofreu uma interrupção.

— Depois de cinco horas e vinte minutos de voo, o voo 1641 da Trans-Con sofreu uma explosão no compartimento de carga dianteiro.

Gemidos tomaram conta da sala. Em seguida, lamentos. Paul Bradford prosseguiu após uma breve pausa.

— Então, os motores sugaram fragmentos da fuselagem e foram perdidos.

Os familiares deixaram escapar novos gemidos e lamentos.

— Como assim, os motores foram perdidos? — alguém perguntou.

— Os motores foram atingidos pelos fragmentos da explosão e sofreram uma pane — Bradford explicou.

— Mas não existe alguma fonte de energia de segurança? — o mesmo homem perguntou.

— Sim, existe. A APU. A unidade auxiliar de energia. Porém, segundo os dados coletados por nossos engenheiros e analistas, suspeitamos que a APU não funcionou.

— Os seus *analistas*? — o homem perguntou com raiva. — Esqueça os analistas. O que os pilotos disseram?

Bradford respirou fundo.

— Os pilotos conseguiram confirmar que os motores foram perdidos. Mas pouco depois desse contato, a aeronave teve uma pane elétrica total e perdemos toda a comunicação. Por isso suspeitamos que a APU também sofreu avarias. Uma APU em funcionamento teria nos permitido continuar recebendo e transmitindo mensagens.

— Então, o que aconteceu com o avião? — uma mulher no fundo da sala perguntou.

— A explosão aconteceu a cerca de dez mil metros de altitude. Sem comunicação, podemos apenas especular acerca do procedimento dos pilotos. O protocolo-padrão diante da pane dos motores e da APU consiste em recorrer à RAT. Ou seja, a turbina eólica de emergência. A RAT gera energia a partir da velocidade do avião em relação ao ar e é capaz de fornecer recursos hidráulicos que permitem aos pilotos manobrar e planar a aeronave. Acreditamos que, por meio do uso da turbina eólica, os pilotos tentaram um pouso de emergência na água.

Outro coro de gemidos veio dos familiares. Abby colocou a mão sobre a boca, lembrando-se do seu sonho de apenas algumas horas antes, correndo atrás de Ben, tentando acompanhá-lo. As portas do vagão se fechando e as palavras dele pairando no ar da plataforma vazia.

Eu preciso de você comigo.

— A agência reguladora do setor aéreo está investigando a situação desde o início dessa crise.

Bradford voltou-se para a tela do projetor e circundou uma área no Pacífico Sul com o seu ponteiro laser.

— Com base na localização do avião durante a nossa última comunicação com os pilotos, inferimos a área onde eles podem ter feito o pouso forçado… — ele disse e pigarreou. — Onde os pilotos provavelmente tentaram o pouso de emergência.

Bradford voltou a clicar o controle remoto e diversas linhas apareceram ligando a Costa Oeste dos Estados Unidos à Austrália.

— Essas linhas representam rotas de navegação e estão repletas de navios cargueiros vinte e quatro horas por dia. A agência reguladora já alertou os comandantes dos navios na área em que acreditamos que o pouso possa ter acontecido. Esses navios são basicamente os primeiros a responder, e estamos esperando ouvir boas notícias de um deles. Também estamos em contato com a Marinha dos Estados Unidos, e algumas das suas embarcações estão a caminho da área nesse momento.

— A pane dos motores aconteceu cinco horas após a decolagem de Los Angeles — outro familiar disse. — Isso foi à meia-noite. Agora são sete da manhã. Por que ainda não encontraram o avião? Ou botes salva-vidas? Ou alguma coisa?

Bradford voltou a pigarrear e prosseguiu:

— No momento, o Pacífico ainda está sob a escuridão da noite. Mas esperamos alguma novidade ao amanhecer.

O silêncio tomou conta da sala. Todos olhavam fixamente para Paul Bradford, implorando sem palavras por informações que ele não tinha. Ansiavam pela confirmação de que os seus entes queridos estavam seguros. Abby se pôs de pé junto à mesa de reuniões e se apoiou com uma mão no tampo de mogno antes de começar a sair lentamente da sala, com um tremor perceptível no andar. O vice-presidente de terno engomado da Transcontinental Airlines não deu informações adicionais acerca da localização do avião. Ele não tinha. Todos na sala sabiam por que o avião não fora encontrado. Era um pedaço gigante de metal que se chocou contra o mar e afundou como uma bigorna.

4. Um relógio e uma carteira

Sexta-feira, 27 de maio

10h15

A CAMPAINHA TOCOU E ABBY PENSOU EM IGNORÁ-LA. ERA O décimo dia desde que o avião de Ben tinha desaparecido, e ainda não havia vestígios dele. O noticiário da tevê a cabo fazia uma cobertura jornalística ininterrupta a respeito do avião da Transcontinental e dos 247 passageiros a bordo. Abby desligou a tevê depois do quarto dia e não voltou a ligá-la desde então. A campainha tocou novamente. Ela se levantou da cadeira da cozinha e caminhou até o hall de entrada. Quando Abby abriu a porta, um homem de terno apertado e camisa branca ofuscante estava em sua varanda. Ela gostaria que um representante da companhia aérea aparecesse de jeans desbotado e camiseta para dar más notícias. O fato de ele usar um terno só piorava a situação.

— Sra. Gamble? — o homem perguntou.

Abby concordou.

— Meu nome é James Darrow. Sou da Transcontinental Airlines.

— Entre.

Junto com a sua expressão sombria, James portava uma pasta de couro. Abby o levou para a cozinha. Ali, ambos se sentaram à mesa, um de frente para o outro.

— Quer beber alguma coisa?

— Não, obrigado, senhora.

— O que há de novo? — Abby perguntou, apontando para a pasta.

James Darrow apalpou a pasta de couro e demorou um instante antes de responder. *Para organizar os pensamentos*, Abby pensou.

— Uma pequena área de destroços foi localizada. Confirmamos que pertencem ao voo 1641.

Abby se endireitou na cadeira. Aquela era uma notícia *de verdade*, e não o lixo supérfluo que a Transcontinental fornecera para ela nos últimos dias.

James colocou a pasta sobre a mesa e a abriu. Ele tirou uma folha de papel quadriculado de dentro, desdobrou-a e a deslizou para o meio da mesa para que ambos pudessem ver.

— Esse é o mapa da área de busca — James disse.

Abby já tinha visto aquele mapa antes, quase todos os dias na última semana e meia, e ainda assim a vastidão do oceano a deixou sem fôlego. No mapa, um círculo vermelho representava a suposta área onde o voo 1641 havia afundado. Esse círculo estava situado dentro de uma elipse maior, marcada em amarelo, que representava um diâmetro expandido da área de busca. E, finalmente, um retângulo verde contornava tudo, indicando a área que os especialistas achavam que representava a distância mais longa que o avião percorreu depois da pane dos motores. As coordenadas de latitude e longitude marcavam cada local.

— Aqui — James afirmou, apontando para o mapa, e tocou um dedo na borda do retângulo verde externo. — Foram localizados um par de assentos da cabine e também certa quantidade de bagagens.

— Estavam flutuando? — Abby perguntou, ansiosa.

— Sim, senhora.

— Por que tão longe do círculo vermelho?

— Bem, não temos certeza, mas temos algumas hipóteses — James respondeu. — A explosão aconteceu no compartimento de carga dianteiro. Então, acreditamos que o conteúdo desse compartimento se espalhou por uma área do mar bem distante de onde a aeronave realmente pousou. Com base na descoberta dessa área de destroços, os nossos engenheiros e analistas estão repensando a trajetória do voo e desenvolvendo novos modelos que redefinirão a área de busca.

Abby esperou. Ela percebeu que havia algo mais.

— Sei que a senhora já ouviu antes a respeito dos cálculos, mas a área de busca é enorme. A pane dos motores aconteceu a dez mil metros de altitude. Se a aeronave voou apenas por meio da turbina eólica, o que acreditamos que foi o caso, então a perda de altitude foi de cerca de 650 metros por minuto. Isso significa que a aeronave planou durante quinze minutos, aproximadamente, e percorreu uma distância de mais 160 quilômetros antes do pouso forçado. Levando tudo isso em conta, os cálculos resultam numa área de mais de 82 mil quilômetros quadrados que precisa ser vasculhada.

Abby fungou e limpou o nariz, decidida a não chorar. Nos primeiros dias, principalmente, quando as primeiras informações começaram a ser passadas para os familiares, o excesso de emotividade tinha tomado conta dela. Ela lembrava pouco do que havia sido discutido durante aquelas reuniões e procurou manter a calma naquele momento, querendo se concentrar até o funcionário da companhia aérea dar todas as informações.

— Os coletes salva-vidas ainda estavam presos na parte inferior dos assentos que foram recuperados — ele disse. — Ou seja, receamos que nunca houve oportunidade para usá-los.

Abby respirou fundo antes de falar.

— De que fileira eram esses assentos?

— Fileira 24.

— Mas Ben estava na primeira classe — Abby disse baixinho, com o lábio inferior trêmulo.

— Sim, senhora. O Sr. Gamble estava na fila quatro — James respondeu e voltou a apontar para o mapa. — Mas nessa área, diversas bagagens também foram encontradas e uma delas pertencia ao seu marido.

Abby tirou os olhos do mapa e encontrou James Darrow olhando para ela. Ela sentiu a visão ficar enevoada.

— Não! — ela exclamou, fazendo um gesto negativo com a cabeça. — Você disse que os assentos eram da classe econômica. Da parte de trás do avião.

— Sim, senhora. Porém, as bagagens encontradas pertenciam a passageiros de várias partes do avião. Em uma delas, alguns itens pessoais do seu marido foram recuperados.

James enfiou a mão no bolso interno do paletó e tirou um saco plástico. Ao vê-lo, Abby voltou a fazer um gesto negativo com a cabeça. Então, as lágrimas irromperam e começaram a rolar pelo seu rosto.

— A senhora reconhece esses itens? — James perguntou e colocou o saco plástico sobre a mesa.

Abby o pegou. Ela abriu o saco e, com dedos trêmulos, tirou o relógio de Ben. Ela o reconheceu imediatamente. Tinha sido seu presente de aniversário para ele. Ainda assim, Abby o virou para ter certeza. As letras *BDG* estavam gravadas em letra cursiva na tampa traseira. Benjamin Dempsey Gamble. O saco plástico também continha a carteira dele, que ela pegou e abriu. Ali dentro, encontrou a carta de motorista do marido. Abby chorou copiosamente quando viu a foto dele, incapaz de se controlar.

— Sinto muito — James disse. — Quer que eu entre em contato com alguém?

Abby fez um gesto negativo com a cabeça e continuou a examinar o conteúdo da carteira de Ben, ainda úmida por causa da água salgada do mar. Sem prestar muita atenção, ouviu o homem de terno dizer que a operação de busca e salvamento estava sendo reduzida a uma missão apenas de busca. Ela só conseguia olhar a foto do marido e se perguntar por que tudo estava acontecendo de novo.

AS FESTAS DE FIM DE ANO

5. O primeiro feriado de Ação de Graças

Quinta-feira, 24 de novembro

13h32

OS SEIS PRIMEIROS MESES DESDE A PERDA DE BEN FORAM QUASE só de tristeza para Abby Gamble. O sofrimento vinha em ondas, às vezes em marolas, outras vezes como um maremoto. Porém, independentemente da intensidade, sempre estava presente. Constante e incessante. O sono era um tormento, porque era ali que ela o encontrava. Nos sonhos, ela sentia o toque e o cheiro de Ben. Até ouvia a sua voz. Abby se perdia naqueles sonhos e nas lembranças do marido. Os sonhos eram tão vívidos que ela passou a acolhê-los, acreditando sempre que eram realidade. Confiante de que Ben estava ali na sua frente. Que o abraço e o beijo dele eram de verdade. Uma parte do seu subconsciente sempre desconfiava no início daqueles sonhos, mas Abby cedia à tentação mais cedo ou mais tarde. No momento em que Abby punha de lado as dúvidas e sucumbia aos desejos, mergulhando na crença de que Ben estava de volta em sua vida, ela acordava. Sempre havia um instante de luta, logo após abrir os olhos, quando Abby travava uma batalha contra a realidade e pelejava para se convencer de que seria diferente daquela vez. Que iria tatear o vazio da cama ao seu lado e encontrar o marido enfiado debaixo das cobertas, com o calor do corpo dele como um fogo para se aconchegar ao lado. Porém, aqueles segundos eram fugazes e, no final das contas, apesar de Abby buscar o corpo de Ben, a fantasia era impossível de ser mantida. Era então que ela despertava plenamente e se conscientizava dolorosamente da ausência do marido. O ritual noturno era como perdê-lo novamente, e o sono acabou se tornando algo a ser evitado.

Abby havia tirado um mês para si mesma depois de perdê-lo. Foi um mês de reclusão e isolamento, de afastamento do trabalho e pouca interação humana. Maggie, a sua irmã, tinha sido o seu único canal para o mundo exterior. Contudo, após aquele primeiro mês, Abby lentamente se insinuou de volta para a vida. O trabalho se tornou o seu refúgio. Doze horas por dia, durante os quais ela evitava pensamentos perturbadores de como aguentaria viver sem ele. A sua carreira representava grande motivo de orgulho, e Abby dedicara boa parte da sua vida ao seu negócio. Era uma muleta fácil. Uma pausa de doze horas contra o sofrimento, um analgésico que ela se prescrevia diariamente; tão viciante quanto qualquer narcótico. Abby conhecia muito bem o vício. Ela havia caído sob o seu feitiço uma vez antes, muitos anos atrás, quando a sua vida fora sacudida e desencaminhada como estava sendo agora.

Nos últimos seis meses, Abby tinha sentido a preocupação das pessoas ao seu redor e havia vestido uma máscara para tranquilizar a todos. Uma ou duas vezes ela tinha saído para jantar com Maggie e algumas amigas. Todos os domingos, ela se dirigia para a casa dos pais para mostrar a eles que estava se recuperando, embora sentisse uma ferida que tinha certeza de que jamais cicatrizaria. A perda de Ben havia criado uma segunda cratera em sua alma que era vizinha da primeira. Porém, a marca do impacto do primeiro asteroide que a tinha atingido muito anos atrás, embora ainda profunda e devastadora, já havia cicatrizado. A ponto, pelo menos, de ela poder explorar a sua topografia e sair ilesa.

Mas nem sempre fora assim. Na primeira perda, quando Jacob, o filho dela e de Ben, morreu, ela fugiu da dor e usou o analgésico do trabalho até quando durou a sua potência. Porém, quando o efeito passou, foi obrigada a avaliar a perda. Só então, e com a ajuda do homem que amava, ela fora capaz de se recuperar e reconstruir a vida. A morte de Jacob tinha mudado a sua vida. Tornou-a diferente e irreconhecível. Contudo, quando Abby conseguiu superar a dor e a raiva, ela percebeu que, tendo Ben ao seu lado, poderia continuar vivendo.

Mas agora Ben tinha ido embora. Dessa vez, quem a ajudaria a percorrer as cavernas e as fendas da sua perda? Ela estava sozinha, deixada por conta própria para se orientar e encontrar o seu caminho. E sabia que a época mais difícil estava chegando. O inverno estava se aproximando, ou seja, o Natal estava por aí à espreita. Na verdade, Abby jamais havia considerado a possibilidade de passar as festas de fim de ano sem Ben. Mas ali estava ela, sem ele, na varanda da casa dos pais no Dia de Ação de Graças.

— Oi, querida — o pai de Abby disse quando abriu a porta.

— Feliz Dia de Ação de Graças, pai — ela desejou, forçando um sorriso.

Em seguida, entregou uma garrafa de vinho e uma torta de abóbora.

— Oi, mana — Abby disse quando entrou na casa.

— A gente poderia ter te buscado — Maggie afirmou.

— Não sei quanto tempo vou ficar. Não estou me sentindo cem por cento. Estou com um probleminha no estômago.

Ultimamente, era a sua desculpa favorita. Uma maneira de abreviar um encontro quando Abby precisava de uma estratégia para voltar para casa. Ou, às vezes, evitá-los completamente. Porém, o Dia de Ação de Graças não podia ser ignorado. Abby sabia disso e, então, ali estava ela.

Maggie pegou a mão da irmã.

— Você não vai a lugar nenhum. Mamãe precisa de ajuda para preparar o recheio.

Em segundo plano, a tevê estava sintonizada num jogo de futebol americano e o marido de Maggie estava sentado no sofá com os pés apoiados na mesa de centro.

— Oi, Abby.

— Oi, Jim.

— Não se levante — Maggie disse ao marido. — Deus não permite que você perca um segundo do jogo.

Jim pegou a sua cerveja e apontou para a tela.

— Os Bears estão prestes a… O jogo está empatado e…

Mas as mulheres foram embora antes que ele conseguisse terminar de falar.

— Feliz Dia de Ação de Graças, mãe — Abby desejou quando entrou na cozinha.

— Abby! Onde você estava? Você deveria ter vindo mais cedo para me ajudar a fazer o recheio.

Abby deu um abraço na mãe.

— Fiquei presa esperando a torta de abóbora assar. Ainda está quente. Mas estou aqui agora, pronta para o trabalho.

As três mulheres Hartland entraram em sua rotina habitual, movendo-se pela cozinha, adicionando sal e canela ao recheio, verificando o peru e preparando o molho. Para Abby, os cheiros, os sons e as vozes traziam de volta as lembranças da infância. Porém, sempre que ela olhava para a sala de estar e via o pai e Jim assistindo ao jogo, os cheiros e os sons desapareciam e tudo o que ela reparava era a única coisa que estava faltando.

Uma hora depois, quando a sua família estava sentada ao redor da mesa de jantar e fazendo orações de agradecimento, ela sabia que todos se perguntavam em segredo a mesma coisa: como Abby Gamble poderia ser grata? Primeiro Jacob, e agora Ben. Estava acontecendo tudo de novo.

Mais tarde, na noite de Ação de Graças, Abby estava sentada sozinha em sua casa. Em quatro semanas, o Natal chegaria, mas ela sabia que não haveria árvore naquele ano. Nada de meias ou enfeites pendurados. Nada, na verdade, que pudesse trazer a imagem de Ben de volta para ela. O marido amava o Natal de uma maneira tão mágica que sempre fazia Abby se lembrar da sua infância, e celebrar a festa sem ele faria parecer que ela estava o abandonando. Pareceria que ela estava seguindo em frente e se esquecendo dele, e Abby estava muito longe de ser capaz de lidar com aquelas emoções.

Para Abby, era cruel como as lembranças de tempos tão maravilhosos podiam ser afiadas a ponto de cortar. Naquele momento, eram tão dolorosas que, em vez de alegrá-la, era melhor evitá-las. Apagá-las até um momento diferente, talvez no futuro, quando o fio da navalha daquelas recordações já estivesse cego e fosse menos perigoso. Ela se aconchegou no sofá naquela noite de Ação de Graças com uma taça de vinho e um livro de ficção barata, pouco inspirada pelas palavras, mas ainda olhando para elas para ajudá-la em sua fuga.

6. Irmãs

Quinta-feira, 15 de dezembro

12h06

A NEVE CAÍA COMO UMA PENUGEM QUE IGNORAVA A FORÇA da gravidade, adotando o seu próprio plano de voo. Polvilhava os ombros e os gorros dos consumidores natalinos que caminhavam pela avenida Michigan, com os seus pés pisoteando a neve acumulada na calçada. No Grand Lux Café, Abby sentou-se com a irmã à mesa ao lado da janela e observou o movimento abaixo. Centenas de pessoas, envoltas em cachecóis e parcas, carregando sacolas e pacotes para o próximo destino. Era sábado à tarde, duas semanas antes do Natal. Uma época frenética para a maioria, conforme a data se aproximava e o tempo escasseava, mas uma calma estranha havia se apoderado de Abby. Ela já tinha concluído suas compras. A sua lista era menor naquele ano; para o bem ou para o mal,

Abby simplesmente tinha menos pessoas em sua vida. Os últimos seis meses não trouxeram novos relacionamentos, e muitos dos antigos morreram junto com o marido. As amizades sumiram de vista; algumas não íntimas o suficiente para dar uma voz de apoio, outras apreensivas de revolver lembranças indesejadas. Os amigos de Ben, com cujas mulheres Abby convivera, estiveram presentes inicialmente, mas, com o tempo, desapareceram. As suas amigas mais próximas se manifestaram por meio de telefonemas e mensagens de texto, contudo nenhuma delas insistiu para trazê-la de volta aos seus círculos sociais, preocupadas — Abby tinha certeza — que o fato de elas continuarem levando as suas vidas normais a levaria ainda mais ao desespero. Abby não tinha certeza se elas estavam corretas, mas, no final das contas, ela era tão culpada quanto elas. Abby não tinha realmente tentado encontrar o caminho de volta para as amigas. Porém, mais à frente, tentaria. Algum dia, pegaria o telefone e ligaria para elas. Voltaria a fazer parte da vida delas, e elas da dela. Era outra etapa do processo pelo qual ela um dia passaria. Naquele momento, porém, as suas feridas eram grandes e estavam escancaradas. Ainda não estavam suturadas e, com certeza, em condições de serem vistas pelos demais.

No entanto, não foram apenas as amigas que saíram da vida de Abby. A mãe de Ben telefonou no primeiro ou segundo mês depois que a busca foi suspensa. Na voz de Janet Gamble, havia algo que sugeria uma dose muito forte do seu filho. Elas se encontraram para almoçar um pouco antes do Dia de Ação de Graças, e logo Abby percebeu que era algo que não se repetiria tão cedo. Nos olhos da sogra, ela viu o marido, sentiu-o no abraço dela e o ouviu na voz dela. Abby também percebeu que a mãe de Ben estava enfrentando o mesmo problema ao falar com a viúva do filho. Então elas se sentaram, duas mulheres cuja vida foi despedaçada, cada uma incapaz de ajudar a outra a juntar os pedaços. Naquele dia, elas saíram do restaurante prometendo fazer aquilo de novo, assegurando uma à outra que ficariam em contato, mas sabendo que era mentira. Nenhuma das duas poderia fazer parte da vida da outra até que cada uma tivesse atravessado a névoa densa de dor e suplício que a morte de Ben havia deixado para trás. Assim, duas semanas antes do Natal, o círculo social de Abby Gamble tinha se reduzido à irmã e aos pais. As compras não levaram muito tempo, e ela se viu querendo passar rapidamente por aquela estação do ano.

— No próximo sábado, Jim e eu vamos a um jantar — Maggie disse, sentando-se diante de Abby. — Por que você não vem com a gente?

Abby deixou de olhar para o movimento da avenida Michigan, sorriu para a irmã e tomou um gole de cappuccino. Maggie Hartland era uma cópia da irmã. Era quatro anos mais nova que Abby e mesmo assim as duas eram confundidas com gêmeas.

— Seria perfeito — Abby respondeu, deixando a sua xícara delicadamente sobre a mesa. — Um jantar cheio de casais e eu chegando sozinha. Não, obrigada.

— Na verdade… — Maggie disse, desviando o olhar da irmã do jeito que ela normalmente fazia quando tentava encurralar Abby. Maggie olhou pela janela e deu uma espiada casual para os pedestres, como se o seu próximo comentário não significasse absolutamente nada. — Vai ter um monte de homens solteiros lá. E tem um cara em particular que eu quero que você conheça.

Num gesto de defesa, Abby levantou a mão.

— Não, obrigada. Não mesmo. Nem pensar.

— Vamos, Abby — Maggie insistiu, recuperando o contato visual. — Vai ser divertido. Você precisa sair mais de casa e também largar um pouco o seu escritório.

— E ir a um jantar com um monte de gente que não conheço? Não consigo pensar em nada pior, Maggie.

— Você conhece Jim e eu.

— Não, obrigada. Prefiro ir sozinha a um casamento do que me sentar para jantar com um bando de estranhos.

— Tudo bem, vamos pular o jantar com estranhos e jantamos só nós quatro.

— Nós *quatro*?

— Sim. Eu quero que você conheça o Mark. Ele é ótimo.

— Maggie! — Abby exclamou, aborrecida.

— Por que você não quer conhecê-lo? Ele é bonito e normal. Prometo.

— Obrigada, mas acho que não.

— É só um jantar. E vamos marcá-lo o mais cedo possível para que você…

— Margaret Marie Hartland — Abby disse, encarando a irmã mais nova e usando uma voz pausada, que era muito mais eficaz do que gritar quando se tratava de lidar com Maggie. — Eu ainda não estou preparada.

Maggie deu um sorriso amarelo e, em seguida, olhou para o seu cappuccino.

— Tudo bem — ela disse, dando de ombros.

O restante do almoço transcorreu em silêncio, e a distância que tinha separado as irmãs nos últimos meses aumentou um pouco. Para as duas mulheres que sempre foram capazes de compartilhar as maiores intimidades das suas vidas, papinho furado nunca fez parte da conversa. Mas foi inevitável.

— Está caindo muita neve lá fora — Abby disse, finalmente.

— Devemos ter doze ou quinze centímetros de neve.

— É o que estão prevendo? Uau, vai ser uma confusão.

Ambas olharam pela janela até que a garçonete misericordiosamente trouxe a conta. Elas se juntaram à multidão em Magnificent Mile e Abby ajudou a irmã a escolher presentes pelo resto da tarde. Elas dividiram um táxi e, depois que a irmã desembarcou, Abby pediu ao motorista que a deixasse no Lincoln Park, a duas quadras da sua casa. Ela precisava andar e desanuviar a mente. E precisava do ar frio para ajudar. Abby puxou o cachecol com força e enfiou as mãos nos bolsos do casaco ao fazer a curva para o leste. Indo na direção da desembocadura do lago Michigan, sentiu a sua respiração gélida, difícil e intensa. Uma rajada de vento desagradável conteve momentaneamente o seu progresso enquanto ela pisoteava a neve compactada. Abby amava a irmã e também os pais, mas nenhum deles sabia pelo que ela estava passando. Nem naquele momento e nem uma década antes, quando outra devastação havia abalado os alicerces da sua vida e quase a fez desmoronar em pedacinhos.

Abby atravessou a Lake Shore Drive e encontrou um banco vazio que oferecia uma vista do lago. A marina de Belmont ficava a cerca de cem metros ao norte. Os veleiros tinham sido guardados por causa do inverno e só restavam vagas vazias. A temperatura estava entre dez e sete graus negativos, e o vento vindo do lago piorava ainda mais a sensação térmica. Porém, quando Abby se sentou e olhou para a vastidão do lago, a temperatura gélida passou despercebida. Os pensamentos sobre o filho anestesiavam o seu corpo e entorpeciam a sua pele. Ela fechou os olhos e voltou a ter vinte e cinco anos.

A dor do parto havia desaparecido naquele momento. A anestesia peridural ainda remanescia. O que restava era um cansaço extremo. O trabalho de parto tinha durado nove horas. O parto em si demandara mais noventa minutos de empurrar e respirar que, no final, foi considerado descomplicado.

— Normal — a obstetra disse.

O seu bebê, no entanto, foi tirado rapidamente da sala de parto, em meio a uma agitação caótica, cercado por médicos e enfermeiras que se materializaram do nada.

— Quando eu posso ver Jacob? — Abby perguntou a uma enfermeira que veio ver como ela estava.

— Estão fazendo alguns exames. Vai demorar algum tempo, querida. Não se preocupe. Isso é bastante comum — a enfermeira respondeu num tom muito agradável. Muito tranquilizador. Como uma comissária de bordo recomendando animadamente que os passageiros apertassem os cintos de segurança por causa da iminente turbulência. — Por que você não descansa um pouco? Você será acordada daqui a pouco.

Abby olhou para Ben, que acariciou a sua cabeça e afastou uma mecha de cabelo do seu rosto.

— Ela tem razão. Durma um pouco. Vou acordá-la assim que Jacob voltar — ele disse.

Preocupada, Abby mordeu o lábio inferior. Ela ainda tinha que segurar o filho.

— Alguma coisa está errada, não está? — Abby perguntou.

— Jacob vai ficar bem — Ben respondeu e beijou a testa da mulher.

Tanto tempo atrás e Abby ainda conseguia se lembrar daquelas palavras como se tivessem acabado de ser ditas. E ali estava ela, uma década depois daquele dia, revivendo um estranho paralelo. Mas desta vez, enquanto ela percorria os destroços da sua vida, Ben não estava ali para ajudá-la.

No momento em que o frio se tornou insuportável, Abby se levantou do banco e virou as costas para o lago e para os seus pensamentos. Caminhou dois quarteirões até a sua casa, num passeio lento apesar da ardência no rosto.

Em seu quarto, Abby se trocou e vestiu um moletom confortável. Em seguida, passou a mão sobre os ternos de Ben pendurados no armário. Uma fileira perfeita de paletós sob medida que não tinham sido mexidos durante seis meses. Uma gravata errante havia escorregado do cabide e caído no chão. Ela a recolocou no lugar, puxando a extremidade fina até que se equilibrasse perfeitamente para combinar com as outras. Do armário, Abby foi até a cômoda e pegou a carteira de Ben, que estava no mesmo lugar onde ele costumava deixá-la depois do trabalho. Abby tinha a colocado ali depois que James Darrow, da Transcontinental Airlines, a devolveu, como se Ben pudesse voltar para casa e enfiá-la no bolso. O relógio dele também estava ali. Abby começou a chorar quando o colocou junto ao ouvido, escutando o ponteiro de segundos como se de algum modo ela pudesse sentir a presença do marido chegando até ela através do tempo.

7. Uma mochila

Quinta-feira, 15 de dezembro

16h04

VENTOS INTENSOS AÇOITAVAM A SUPERFÍCIE DO MAR E AGITAVAM a água enquanto relâmpagos inflamavam o céu em pulsos luminosos encobertos por nuvens de tempestade. Ondas colossais se erguiam do mar na direção do céu, culminando em cristas espumantes com seis metros de altura. A chuva caía pesada e borrava a distinção entre água e ar. Em meio a tudo isso, a mochila resistiu. Surfou uma onda após a outra, desaparecendo nas cristas antes de cair de volta no mar e mergulhar fundo sob a superfície da água.

A jornada continuou noite adentro, uma sequência redundante de mar escuro e furioso, cuspindo a mochila onda após onda e a engolindo novamente. Ao amanhecer, o sol surgiu no horizonte permeando as nuvens de tempestade persistentes e as colorindo de um castanho-avermelhado vivo. Uma última onda agarrou a mochila e voltou a arremessá-la. Daquela vez, em vez de ela cair de volta no mar, aterrissou numa praia. A onda quebrou e a arrebentação molhou a areia. A mochila deu uma cambalhota numa trama de bambus entrecruzados que a mantiveram presa enquanto a onda recuava, de volta ao mar. Oito ou dez centímetros acima do solo, a trama de bambus impediu que outras ondas recapturassem a mochila. Após uma jornada longa e turbulenta, ela tinha finalmente chegado.

O garoto estava caminhando na praia e observou a onda quebrar na praia. Ele viu quando a mochila ficou presa nos bambus. Levantou-a, abriu o zíper e espiou o interior dela. Decididamente, sacudiu-a para secar, enganchou a alça no ombro e continuou a sua caminhada pela praia. Depois de oitocentos metros, virou terra adentro, caminhou ao longo da beira da laguna e chegou à sua cabana, deixando cuidadosamente a mochila do lado de fora junto à porta. Em seguida, entrou para ver como seu pai estava.

Ele não estava bem desde a queda do avião.

8. Véspera do Natal

Sábado, 24 de dezembro

13h22

O TELEFONE NÃO PAROU DE TOCAR DESDE LOGO CEDO NA véspera do Natal. Abby sabia que as intenções eram sinceras, mas naquele dia ela precisava ficar sozinha. Ela colocaria um sorriso no rosto e passaria o dia seguinte com a família. Naquele dia, porém, ela não era capaz de invocar a vontade de fingir.

Maggie estava com Jim e a família do marido, e após o seu terceiro convite, Abby teve de voltar a usar a voz pausada para convencer a irmã mais nova de que passar a véspera do Natal com a família do cunhado era a última coisa que ela queria fazer. Finalmente, Maggie cedeu.

Os pais de Abby eram outra história. Os telefonemas começaram às oito da manhã e não pararam.

— Os Coopers e os Sullivans estão vindo como sempre — a sua mãe disse. — Por que você não dá uma passada para a ceia?

Os Coopers e os Sullivans eram pais de velhos amigos do ensino fundamental, e Abby tinha certeza de que relembrar acontecimentos de vinte anos atrás não era o que ela precisava naquela noite, sobretudo porque falar do passado acabaria levando a falar do presente, acerca de quem está casado e quem não está, acerca de quem tem filhos, quantos anos eles têm e em que ano da escola estão. Abby imaginou a interrupção brusca que a conversa teria quando todos voltassem a atenção para ela. Na sequência, haveria uma discussão inoportuna sobre o clima e o trabalho. O pensamento a fez estremecer. A véspera do Natal na casa dos pais simplesmente não iria acontecer.

— Seremos só nós seis — a mãe continuou. — E Bruce e Carol não veem você desde... — a mãe disse e pigarreou. — Bem, eles não veem você faz um tempo e tenho certeza de que elas adorariam que você aparecesse.

Abby sabia muito bem a última vez que havia visto Bruce e Carol Cooper. Foi a última vez que havia visto muitos amigos dos pais e, aliás, muitos dos seus próprios. Foi em agosto, três meses após o acidente do avião de Ben e logo depois que a operação de busca e salvamento fora alterada para uma missão apenas de busca. A última vez que ela havia visto os amigos dos pais foi no dia em que todos se reuniram na casa funerária para se ajoelhar diante de um caixão vazio e se despedir do seu marido. A véspera do Natal não era o melhor momento para a recondução de Abby, com as emoções à flor da pele, ao mundo real.

— Não, obrigada, mãe. Eu estou bem.

— Temos bastante comida. Talvez só para a sobremesa, então? Apenas passe para cumprimentar.

— Mãe, eu preciso ficar sozinha hoje à noite. Eu preciso disso. Mas Maggie e Jim virão me pegar amanhã e estaremos aí ao meio-dia. Divirta-se esta noite e, *por favor*, pare de se preocupar comigo.

Houve uma longa pausa. Então, finalmente, o silêncio foi rompido.

— Tudo bem, querida. Se você precisar de alguma coisa, seu pai e eu vamos estar aqui. É só ligar.

— Obrigada, mãe.

— E se prepare para amanhã. O seu pai ficou fermentando o vinho *glögg* dele durante três dias. Estou quase acostumada com o cheiro.

— Caramba — Abby disse, soltando um risinho. — Mal posso esperar. Até amanhã, mãe. Feliz Natal.

Ao desligar o telefone, Abby quase podia sentir o cheiro do vinho *glögg* do pai. Era uma tradição que remontava à sua infância, sendo algo em que o pai trabalhava duro todos os anos: um caldeirão fumegante no fogão contendo o terrível preparado chamado vinho *glögg*. Não era nenhum segredo que o vinho era insuportável, mas o esforço do pai — três dias de mistura, degustação e ajuste fino, e depois todo o dia de Natal fermentando e fervendo em fogo brando — era suficiente para todos encararem um copo. O vinho piorava a cada ano. Uma estranha anomalia de proporção inversa, em que mais esforço resultava num produto inferior. Contudo, o pai sempre considerou o vinho uma criação fantástica. Ben tinha ajudado a apoiar essa ideia todos os anos e sempre havia sido convincente. Ela se lembrou de Ben e do pai diante da fogueira e ao lado da árvore.

No momento em que Abby estava se recompondo por meio de uma série de respirações profundas depois que terminou de falar com a sua mãe, o telefone voltou a tocar. Ela atendeu, esperando que fosse o pai, num esforço final. Mas, em vez disso, ela ouviu outra voz. Era a mãe de Ben.

Elas conversaram pela última vez naquele almoço, um mês antes. Conforme o Natal se aproximava, Abby havia pensado muitas vezes a respeito do lugar onde passaria a véspera do Natal. Nos últimos doze anos, ela tinha passado na casa dos pais de Ben e, naquele momento, parte dela achou que deveria passar lá. Porém, mesmo pelo telefone a voz da sogra trouxe à tona aqueles sentimentos de perda, os mesmos do almoço. Abby sabia que a casa de Janet Gamble, na véspera do Natal, era um colapso emocional prestes a acontecer. A tentativa de recriar a véspera do Natal sem o marido era uma maneira infalível de desfazer qualquer cura que Abby havia conseguido nos últimos meses. Quem sabe no próximo ano fosse diferente, mas Abby se resignara ao fato de que precisava passar sozinha a véspera do Natal.

— Feliz Natal, Abby — a mãe de Ben desejou.

— Obrigada, Janet. Feliz Natal.

— Abby, eu me sinto péssima por não ter ligado antes. Claro, você sabe que é sempre bem-vinda aqui. Caso você não tenha outros planos, gostaríamos muito que você viesse para a ceia. O pessoal de sempre está vindo, e a noite não seria a mesma sem você.

— Obrigada, Janet. Puxa, eu deveria ter ligado para você na semana passada para avisá-la. Estou indo à casa dos meus pais hoje à noite — Abby disse.

Foi uma mentira fácil.

— Ah, eu me sinto péssima por não ter convidado você antes.

— Por favor, Janet, deixa disso. Eu disse que entraria em contato, mas fui adiando. A mancada foi minha. Prometo que vamos almoçar juntas de novo em breve. Temos de pôr a conversa em dia.

Daquela vez, a mentira foi um pouco mais difícil, mas Abby conseguiu não se enrolar.

— Eu adoraria. Você tem certeza de que vai ficar bem esta noite?

— Está tudo bem, Janet. Com certeza. Muito obrigada por ligar.

— Está certo, querida. Se você precisar de algo, é só ligar para nós.

— Ligarei, com certeza.

— Feliz Natal.

— Feliz Natal para vocês.

Abby desligou o telefone e decidiu não atender novamente. Ele nunca tocou.

9. O diário

Sábado, 24 de dezembro

15h22

O COCO ESTAVA ENTERRADO NA AREIA E DA SUA POLPA germinou um broto que tinha crescido até um metro de altura. Gerou uma única e impressionante folhagem. Não era muito, mas serviria. A partir da folhagem solitária, ele pendurou frutos silvestres entrelaçados com fibras da casca de outro coco. Ajustou uma pequena estrela-do-mar petrificada no topo do broto. Ao concluir a sua criação, deu um passo para trás para analisar o seu trabalho. Considerando os recursos escassos da ilha, era uma árvore de Natal de aparência impressionante.

Depois de coçar o pescoço, ele passou os dedos pela barba crescida, que estava espessa e comprida. Sentou-se em sua cadeira do lado de fora da pequena cabana que chamava de lar, tirou o diário da mochila e o examinou. A capa dura ficara flexível por causa dos danos causados pela água, e suas páginas — inchadas por terem absorvido água do mar — empurraram a capa dura, abrindo-a como as pétalas de uma flor desabrochando. Ele observou a outra cabana que ficava bem perto da sua e ficou grato ao fato de William — o adolescente com quem ele dividia a ilha — ter agido tão rápido depois que viu a mochila chegar à praia. Apesar de ser à prova d'água, nem mesmo o exterior de tecido impermeável da mochila conseguiu proteger totalmente o diário depois de tanto tempo no mar agitado. Felizmente, o garoto fez o resto. William havia passado dois dias recuperando o diário que encontrou dentro da mochila, colocando-o ao sol e alisando as páginas danificadas. A encadernação rígida que prendia a capa impedira que as páginas internas sucumbissem totalmente ao mar e, após dois dias sob o sol quente, a lombada secara e as páginas úmidas se recuperaram. A tinta tinha aguentado e quase todas as páginas estavam legíveis. No entanto, os poucos trechos que não estavam legíveis não se perderam. Não demorou muito para o homem reconstituir aqueles trechos. Eles permaneciam nítidos em sua mente desde quando ele os tinha escrito. Era uma história que ele ainda sabia de cor.

Naquele momento, abrindo o diário, ele o folheou e parou no seguinte título:

O dia em que eu soube que a amava

Ele virou a página e leu.

Era o meu lugar secreto. Eu ia ali para lidar com as pressões da faculdade sempre que era necessário estudar livre de preocupações. Ao contrário da biblioteca ou de muitos dos prédios do campus, cujos recantos de estudo secreto há muito tempo tinham sido explorados e espoliados do seu valor, o terceiro andar da academia de ginástica era um tesouro perdido. O jovem arquiteto dentro de mim analisou o espaço quando o encontrou pela primeira vez e imediatamente se deu conta do seu potencial. Escuro, sombrio e repleto de aparelhos de ginástica da década de 1970 cobertos por uma espessa camada de poeira, presumi que era a primeira pessoa a entrar no recinto em muitos anos. Aquilo era uma coisa boa. Assim como a escada íngreme e estreita que levava ao espaço abandonado no terceiro andar, prometia privacidade.

Quando percebi a luz do sol penetrando pela janela em forma de meia-lua e cobrindo de listras uma grande mesa de carvalho que ficava na frente dela, entendi que havia encontrado o lugar perfeito para estudar. Levei alguns dias para arrumá--lo, mas, no final de semana, o espaço parecia decente. A poeira e as teias de aranha tinham desaparecido. Empilhei os aparelhos de ginástica num canto e os cobri com uma lona. A pesada mesa de carvalho ficou centralizada diante da janela, e eu coloquei uma luminária em sua superfície para estudar. Conforme o semestre avançava, o refúgio tranquilo no último andar da academia de ginástica se tornou o meu lugar favorito.

Eu tinha o privilégio de possuir um molho de chaves reservado para alguns alunos considerados suficientemente responsáveis para abrir e fechar a academia de ginástica. O sótão do terceiro andar, com a sua escada estreita e escura, era um local tabu há muito esquecido. O tempo, as formaturas, a rotatividade de pessoal e as aposentadorias tinham eliminado do campus todos os estudantes ou professores que sabiam da existência daquele lugar peculiar. Provavelmente, aqueles aparelhos de ginástica antigos tinham sido jogados ali há muitos anos. Até o dia em que cheguei por acaso nele, o espaço era apenas um depósito abandonado no último andar de um prédio do campus. Naquele momento, porém, era o meu santuário secreto.

Eu estudava ali com frequência, geralmente depois do horário escolar, quando a academia de ginástica ficava vazia e silenciosa. De vez em quando, passava a maior parte da noite em minha fortaleza oculta me preparando para os exames, sempre pronto para escapar antes da reabertura da academia pela manhã. O lugar pertencia a mim e só a mim. Porém, no meu terceiro ano da graduação, essa situação mudaria numa noite fria de dezembro. Tranquei-me no meu refúgio para uma noite inteira de estudo, devido ao último exame antes das férias de Natal. Então, à meia-noite, ouvi os degraus de madeira rangendo sob o peso de passos ascendentes.

Nunca tinha havido um visitante em meu santuário privado. Ao meu conhecimento, ninguém sabia da existência daquele espaço. No momento em que me sentei no recinto escuro, meu coração bateu mais forte. Quando girei a cadeira na direção da entrada, eu a vi. O vão da porta emoldurou a sua figura, e a visão dela se gravou na minha mente como a pós-imagem de um flash de câmera fotográfica. A luz da escada iluminou as suas feições: cabelo castanho-avermelhado na altura dos ombros, pele morena, rosto imaculado e formoso, e dentes brancos como marfim, perfeitos e alinhados quando ela sorria, o que ela fez quando me viu.

— Ah, desculpe — ela disse e colocou a mão sobre o peito. — Credo, você me assustou. Não sabia que tinha alguém aqui em cima. Vou deixar você estudar. Desculpe.

— Não, não. Há espaço de sobra.

Eu teria sido um idiota se dissesse qualquer outra coisa. Apontei para um lugar vazio à minha frente.

— Sério — continuei, tentando não soar como se estivesse implorando. — Há bastante espaço se você precisa de um lugar para estudar.

— Você tem certeza? — ela perguntou.

— É a última noite dos exames finais. Não tem como eu te expulsar.

Transferi meus livros para um lado da robusta mesa de carvalho. Ante a aproximação dela, estendi a minha mão.

— *Ben* — *apresentei-me.*

— *Abby* — *ela respondeu.*

As nossas mãos se uniram. Havia algo inebriante no sorriso dela, e não há como explicar o que ele fez comigo naquela noite. Só posso dizer que o sorriso dela nunca deixou de me afetar do jeito que afetou naquela noite. O vento assobiava junto ao vidro da janela em forma de meia-lua e o resfriava com uma geada gelada. Naquela noite, mais conversamos do que estudamos, e quando o sol raiou no horizonte, pouco depois das seis da manhã seguinte, descemos sorrateiramente pela escada rangente e escapamos pela porta dos fundos.

Cinco anos depois daquele primeiro encontro, Abby sendo jovem e atlética, a barriga mal estava aparecendo quando a enfermeira passou a sonda de ultrassom sobre o seu ventre. Você estava se desenvolvendo no útero dela, e eu sabia que a minha vida nunca mais seria a mesma.

Ele tirou os olhos do diário e recordou a época de sua vida em que escreveu aquelas passagens. O diário continha uma série de cartas que um pai enlutado escreveu para o filho logo depois de perdê-lo. As cartas tiveram um efeito terapêutico. Eram um canal para um tempo e espaço diferentes, uma maneira de romper a fronteira entre a vida e a morte, comunicando-se com o filho perdido. Portanto, era natural, naquelas anotações do diário referentes ao seu filho, começar com a história de como ele conheceu Abby e como se apaixonou perdidamente por ela.

Ele dirigiu a sua atenção para o pequeno coqueiro brotando da areia, com os pequenos frutos silvestres que havia pendurado em sua folha solitária e a estrela-do-mar presa no alto. Recolocou o diário na mochila e se levantou da cadeira. Caminhando pela mata, desdobrou a lâmina do canivete suíço ao se aproximar de uma árvore na beira da vegetação. A casca estava ausente numa área irregular perto do pé, expondo o tronco liso embaixo. Tocou a ponta da lâmina do canivete na lateral da árvore e entalhou um corte vertical que juntou aos demais. Estavam organizados em grupos de cinco: quatro linhas verticais com um corte diagonal através delas para criar um conjunto de cinco dias e facilitar a tarefa de calcular o tempo em que ele estava na ilha.

Ben Gamble voltou a contar os grupos de cinco, como já havia feito inúmeras vezes antes. Fez alguns cálculos de cabeça. Se corretos, era véspera do Natal.

10. Os cartões

Sábado, 24 de dezembro

17h13

ABBY PASSOU A TARDE DA VÉSPERA DO NATAL EMBRULHANDO presentes para os pais e para Maggie. Deixou os presentes no canto onde ela e Ben costumavam colocar a árvore. Ao se afastar, ela a imaginou decorada com luzes coloridas e repleta de enfeites. Foi a primeira vez naquela estação do ano que sentiu vontade de ter decorado uma árvore.

Impulsionada por um surto de espírito natalino que ela tinha dado o máximo de si para reprimir durante todo o período, Abby desceu a escada para o porão e se dirigiu até um canto, onde caixas de enfeites natalinos estavam empilhadas. Ela as inspecionou até encontrar a que precisava. Pegou a caixa com as duas mãos e, em seguida, subiu a escada e voltou para a cozinha. A caixa continha oito canecas de porcelana, com a superfície de cada uma esculpida e moldada em forma de Papai Noel de barba branca. Ben tinha lhe dado as canecas de Natal alguns anos atrás, depois de comprá-las em Hamburgo numa viagem de negócios. Elas saíam do porão mais ou menos no mesmo momento todos os anos: no início da estação do ano em que a magia era apenas uma leve sensação, como os primeiros flocos de uma nevasca que se aproximava. As canecas tinham pairado em sua lembrança enquanto ela e Maggie viam prateleiras de uma loja de decoração duas semanas antes, mas Abby havia decidido deixá-las enterradas no porão. Naquele momento, porém, na véspera do Natal, ela encontrou forças para recuperá-las.

Abby encheu uma leiteira com leite e a colocou no fogão para ferver. Depois, subiu a escada e se dirigiu até o armário do quarto. Alguns minutos depois, voltou para a cozinha trazendo uma velha caixa de loja de departamentos. Na caneca gigante de Papai Noel, ela despejou o leite quente e o chocolate em pó, cobrindo com chantilly e polvilhando com noz-moscada. Em seguida, acomodou-se no sofá.

Com a caixa no colo, Abby removeu a tampa e inspecionou o conteúdo. O interior continha dezenas de cartas e cartões que Ben havia escrito para ela ao longo dos anos. Ela tinha guardado todos, desde o primeiro cartão que ele deixou para ela na velha mesa de carvalho da fortaleza de estudos deles no terceiro andar da academia de ginástica onde se conheceram. Durante quinze anos, a pilha de cartas tinha virado uma coleção e tanto. Ainda que Abby não estivesse preparada para enfrentar o mundo na véspera do Natal, parecia apropriado passar o dia que tinha sido o preferido do marido relembrando a história de amor deles. Era algo que ela não conseguiria ter feito um mês atrás. Naqueles últimos meses, Abby havia gastado uma grande quantidade de energia procurando *não* pensar em Ben. O sofrimento era insuportável. Porém, naquela noite, ela precisava dele. Naquele noite, ela o *sentiu*.

Abby começou com os cartões de Natal e se agarrou a cada palavra. Os primeiros, escritos durante o namoro, tinham longas colunas de prosa. Ela os examinou atentamente, arrancando da página a lembrança de se apaixonar. Tinha acontecido apenas uma vez em sua vida.

Na parte inferior de cada cartão, pouco antes do nome dele, estava o fecho que Ben tinha colocado em tudo que ele já havia escrito para ela. Um lembrete de que o coração dele pertencia a ela até o fim dos tempos.

Eu te amo (para sempre)
Ben

Olhar para a assinatura de Ben a levou para a fortaleza de estudos deles na faculdade. Era o final do terceiro ano de graduação deles e, após apenas alguns meses, ambos sabiam que passariam a vida juntos.

— E quanto a você? — Abby perguntou.
Eles estavam sentados à mesa de carvalho com a janela em forma de meia-lua ao lado deles e um campus na escuridão mais além. Passava pouco das duas da manhã e o estudo para os exames estava perdendo o ritmo. O recinto estava iluminado apenas pelo brilho suave da luminária de mesa.
— E quanto a mim? O que exatamente você está perguntando? — Ben quis saber.
— Você já se apaixonou por quantas garotas?
Ben fechou o seu livro-texto. A mesa estava coberta de cadernos e papéis.
— Você quer mesmo falar a respeito disso?
— Sem dúvida.
— Nada de bom virá disso.
— Acho importante eu saber.
— Por que isso é importante?
— Quantas? — Abby insistiu.

— Isso é tão idiota.

— Quantas?

— Duas, além de você. Ambas no ensino médio.

— E? — Abby perguntou, esperando pela confissão de Ben.

— E o quê?

— Você transou com essas garotas por quem você se apaixonou?

Incomodado, Ben franziu a testa.

— Nós vamos mesmo continuar falando a respeito disso?

Abby olhou para ele com olhos como punhais.

— Você dormiu com elas?

— Não. Nós lemos poemas juntos.

— Ah, seu cachorro — Abby disse, sentando-se ereta.

Ben deu uma risada.

— Namorei cada uma delas por mais de um ano. E se você quer saber, achei que amava as duas.

— Você achou que amava elas?

— Sim, na época.

Abby fez um gesto negativo com a cabeça.

— Eu me apaixonei por um vira-lata imundo e asqueroso.

— Se eu sou um vira-lata imundo, você é o quê, senhorita Honda Civic?

Abby tinha acabado de fazer a sua própria confissão a respeito da sua primeira vez. Era uma história enrolada a respeito de um namoradinho do ensino médio que não só tinha roubado brevemente o coração de Abby, mas também a sua virgindade, no banco traseiro do Honda Civic dos pais dela.

— Sou uma garota inocente que teve uma desilusão amorosa.

Impaciente, Ben olhou em volta.

— Desilusão amorosa, talvez. Inocente, nem pensar — ele disse e se inclinou para mais perto de Abby. — Os Civic são tão apertados que você teria que ser uma acrobata para... — prosseguiu. Em seguida, voltou a fazer um gesto negativo com a cabeça e se inclinou para trás. — Está vendo? Nada de bom. Exatamente como eu disse para você. Agora, estou chateado.

Abby arregalou os olhos em sedução. Ficou de pé e se aproximou de Ben, sentando-se no colo dele. Com o olhar fixo nos olhos dele, ela se posicionou, escorregando os quadris para a direita.

— Não seja ciumento, Ben Gamble — ela disse e, com as mãos nos ombros dele, inclinou-se para a frente e o beijou na boca.

Ben moveu as mãos até a inclinação sedosa das coxas de Abby, com os dedos rastejando sob a bainha dobrada do short dela.

Abby recuou e acenou com um dedo de repressão:

— Mais uma pergunta.

— O que é? — Ben disse, parecendo confuso.

— Se você achou que amava aquelas garotas, como você pode ter certeza que está apaixonado por mim? Talvez seja apenas uma fase passageira para você, como as outras.

— Não é — Ben respondeu. — Tenho certeza — ele disse e tentou beijá-la.

— Como você pode ter tanta certeza? — Abby perguntou, voltando a recuar.

— Abby — Ben disse com uma voz pausada que, tempos depois, ela aprenderia a usar com a irmã dela. — Já são duas da manhã. Tenho um exame final amanhã. Sinto-me um pouco enjoado de ouvir a versão da minha namorada de como ela perdeu a virgindade. E agora você fica fazendo perguntas irracionais sobre o quanto eu te amo. Não sei o que vai acontecer amanhã com o meu exame, nem sei se o enjoo vai passar. Sei que nunca mais vou poder andar num Honda sem me sentir muito incomodado. Mas eu sei que te amo. Tenho certeza disso.

Abby forçou um sorriso.

— Ainda assim… Quer dizer, o verão está chegando. Depois, será o nosso último ano aqui. Então, quem sabe? Podemos nem ficar na mesma cidade. Como eu sei…

— Porque eu vou te amar para sempre. Não importa em que ano estamos, ou em que cidade moramos — Ben afirmou e pegou o rosto dela em suas mãos. — Será para sempre, Abby. Eu nunca vou estragar isso.

Abby leu novamente o fecho de Ben olhando para o cartão.

Eu te amo (para sempre)

Ela leu essas palavras uma centena de vezes na véspera do Natal. Elas apareciam na parte inferior de cada carta e cada cartão. Ela as leu encolhida no sofá, com a lareira estalando e a caneca de chocolate quente fazendo companhia. Leu-as até chorar e até as suas pálpebras ficarem pesadas de cansaço. Leu-as até cair num sono profundo, onde encontrou a sua alma gêmea percorrendo os seus sonhos como se ele ainda estivesse vivo.

PARTE II
NOVOS COMEÇOS

NA PRIMAVERA SEGUINTE

11. O rio

Quinta-feira, 13 de abril

17h32

AS SOMBRAS DO ANOITECER SE ALONGARAM ANTE A APROXIMAÇÃO *das dezoito horas. Os garotos Keaton acharam que tinham tempo suficiente para atravessar o rio e voltar para casa antes do jantar. Eles previram sair correndo da mata nos fundos da casa e passar pela porta telada, deixando para trás o escritório do pai e entrando na cozinha, onde se deixariam cair em suas cadeiras e esperariam que o pai surgisse do andar de cima e assumisse o seu lugar na cabeceira da mesa. Dependendo do* timing, *eles poderiam sussurrar alguns detalhes sobre a aventura para a irmã, certificando-se de que Brandon, o irmão mais velho, ouvisse tudo. Eles nunca olhariam para Brandon. Na verdade, eles fariam de conta que ele não estava ali enquanto contavam detalhes para a irmãzinha acerca de como o rio estava cheio e como eles o tinham atravessado. Como os dois irmãos mais novos conseguiram algo que Brandon nunca faria. Brandon sempre tinha sido cauteloso, abortando cada tentativa de travessia quando o rio estava cheio e revolto ao dizer aos irmãos mais novos que era perigoso demais.*

Se desse tudo certo naquele dia, os dois garotos Keaton mais novos diriam para a irmãzinha que era a quarta vez que atravessavam o rio naquele verão, que não precisavam mais de Brandon para comandá-los, e que talvez algum dia convidariam Rachel para se juntar a eles. Eles falariam tudo antes de seu pai se sentar à mesa de jantar, para que Brandon não pudesse reagir. Talvez eles mostrassem as suas calças sujas como prova. Seria um momento épico. Um golpe adolescente que marcava a passagem de bastão e uma história de amadurecimento para os dois garotos Keaton mais novos, o que significava que eles não precisavam mais do irmão mais velho para cuidar deles. Porém, eles precisavam ter sucesso naquilo primeiro.

Os irmãos chegaram a um lugar onde o rio se estreitava. Uma tora robusta se estendia da margem e se alojava entre duas rochas que afloravam à superfície no meio do rio revolto. A corrente forte de água batia em volta das rochas furiosamente, gerando um rugido alto o bastante para forçar os garotos a gritarem quando falavam. Do outro lado do rio, um tronco de árvore caído batia contra as rochas e completaria a jornada dos garotos pela água.

Tora + Rochas + Tronco.

Parecia uma fórmula fácil e era sem dúvida a melhor opção que eles encontraram depois de quase um quilômetro e meio de caminhada pela margem do rio.

— Aqui. Vamos atravessar aqui.

Joél Keaton, o mais novo dos irmãos, examinou o caminho indicado pelo irmão. Ele percebeu o vazio entre as rochas no meio do rio e o tronco caído na outra margem.

— Como vamos das rochas para aquele tronco de árvore? — Joel perguntou.

Naquele momento, o irmão de Joel percebeu a curta distância entre as estruturas.

— Vamos ter que dar um salto. Vai dar tudo certo — o irmão respondeu.

Poderia ter havido melhores opções se os irmãos continuassem a procurar, mas eles precisavam atravessar o rio rapidamente. Andar um quilômetro e meio de volta até a ponte e, mesmo cortando caminho pelo Cemitério Gentry, faria com que eles chegassem a casa depois da seis da tarde. Explicar por que estavam atrasados, com as calças sujas e os tênis enlameados, não seria fácil.

Eles olharam mais uma vez para a ponte ao longe, rio acima. Dois carros se cruzaram ao passarem por ela em direções opostas. Sempre havia a possibilidade de que o pai deles fosse chamado para uma cirurgia de emergência. Acontecia uma vez a cada semana ou duas, e eles jantavam sem ele. Enfrentar a mãe com os tênis enlameados e as calças sujas seria um desafio mais fácil, mas eles não podiam contar com o atraso do pai. Eles voltaram a olhar para o rio.

— Nós vamos conseguir — o irmão de Joel disse. — Vai dar tudo certo. Vamos logo.

Os dois subiram na tora caída e ficaram de pé. Com os braços estendidos como equilibristas, o garoto Keaton do meio seguiu na frente do irmão mais novo ao longo da tora grossa e robusta situada no meio do rio.

Joel Keaton estava sentado em uma desconfortável cadeira revestida de plástico ao lado da cama hospitalar. Ele apoiava os cotovelos nos encostos para os braços. Estava com os dedos entrelaçados e pressionados contra a testa. Uma enfermeira entrou no quarto.

— Alguma novidade? — ela perguntou.

Ao som da voz dela, Joel foi puxado de volta das suas lembranças a respeito do rio. Ele ergueu os olhos, viu a enfermeira e fez um gesto negativo com a cabeça.

— Não. Ele tem estado bastante tranquilo.

A enfermeira ajustou o travesseiro e o homem acamado gemeu. Joel colocou a mão no ombro do homem.

— Relaxe, pai. Ela só está tentando deixar você confortável.

A enfermeira verificou o gotejamento intravenoso e olhou para o relógio de parede.

— Ele pode receber mais morfina em uma hora. Não preciso dizer ao senhor, dr. Keaton, mas é tudo uma questão de deixá-lo confortável agora.

Joel inclinou-se até perto do ouvido do pai.

— Analgésicos dentro de uma hora. Você aguenta até lá?

Outro gemido. Joel olhou para a enfermeira e a agradeceu. Ela sorriu de modo simpático e saiu do quarto.

Joel esperou até o pai se acalmar e os gemidos cessarem. Então, ele se sentou de volta na cadeira e deixou a mente retornar à infância. Ao seu irmão, ao rio revolto e à terrível tragédia ocorrida quase trinta anos antes.

12. A promessa

Quinta-feira, 13 de abril

21h05

CAMINHANDO COM DIFICULDADE PELA AREIA, ELE TROUXE lenha da mata e a empilhou perto da fogueira. A noite estava chegando e a temperatura tinha caído vários graus. Ele colocou algumas lenhas na fogueira para reviver as chamas e aquecer o corpo. Não tinha muita gordura para protegê-lo das intempéries, e a sua roupa já tinha visto dias melhores. Quando o fogo ganhou intensidade e ficou autossuficiente, ele se sentou na cadeira do lado de fora da cabana. Tirou o diário da mochila, folheou as páginas até onde havia parado e permitiu que as chamas iluminassem a página enquanto lia o título:

O dia em que você nasceu

Sentei-me ao lado de Abby, que estava deitada na cama da maternidade, apoiada em travesseiros. Você tinha nascido algumas horas antes, e nós ainda não tínhamos te segurado. A obstetra de Abby estava aos pés da cama e outra médica desconhecida esperava de modo suspeitoso em segundo plano.

— Logo após o parto, percebi que a cor da pele de Jacob não estava normal, e ele também não estava reagindo ao ambiente. Por isso nós o levamos tão rapidamente para a unidade de terapia intensiva neonatal — a nossa obstetra informou. — Os sintomas iniciais de Jacob eram compatíveis com sepse, uma infecção sanguínea que não é detectada in vitro, mas que possui uma aparência clínica distinta após o nascimento. No entanto, ele não reagiu à antibioticoterapia. Então, realizamos outros exames. Esta é a Dra. Harding. Ela é uma oncologista pediátrica, que vai explicar o que encontramos.

A palavra oncologista fez as minhas entranhas revolverem.

A especialista se apresentou. Porém, mesmo antes de ela falar, a sua expressão já revelou a gravidade do caso.

— Quando Jacob não reagiu a antibioticoterapia, examinei as suas células sanguíneas, assim como a sua medula óssea. Os exames revelaram células atípicas compatíveis com leucemia mieloide aguda, ou aquilo que é genericamente chamado de leucemia congênita.

Abby apertou a minha mão.

— O que isso significa? — perguntei. — Como você trata isso?

— Vou fazer todo o possível por seu filho, mas... — ela disse e fez uma pausa, em busca de palavras. — Receio que o prognóstico nesses casos não seja bom. Podemos pensar na possibilidade de uma quimioterapia, e examinaremos as especificidades se vocês escolherem esse caminho. No entanto, observei atentamente as manchas de Jacob e o caso dele é grave. Não creio que o tratamento possa ter um efeito benéfico. Estou sendo franca porque é importante que vocês entendam o que está acontecendo. É fundamental que vocês se preparem.

— Nos prepararmos para quê? — Abby perguntou com a voz fraca.

— Apenas uma pequena minoria de pacientes com leucemia congênita sobrevive além de vinte e quatro meses.

Engoli em seco e procurei não olhar para Abby.

— Não há como resolver isso? — perguntei.

— Receio que não.

Ben fechou o diário e olhou para a fogueira. Naquele momento, o céu estava escuro, com apenas uma fita azul brilhante no horizonte. Ele passou a mão na capa do diário e uma lágrima rolou pelo rosto até que a barba a absorveu. Ao ouvir a porta da cabana do garoto se abrir, a apenas vinte metros da sua, ele enxugou o rosto.

Ben pigarreou e disse:

— William.

O adolescente se aproximou e parou diante da fogueira.

William ergueu a mão numa saudação gentil e, em seguida, apontou para o diário:

— Como eu me saí?

— Ficou perfeito. Todas as páginas. Obrigado novamente. Teria ficado estragado se você não tivesse cuidado dele.

— Parece que o diário significa muito para você.

— Sim. Ele contém diversas cartas que escrevi para Jacob, o meu filho — Ben disse. Em seguida, ele se juntou a William perto da fogueira. — Sério. Esse diário significa muito para mim. E sou muito grato a você por tê-lo encontrado.

— É o mínimo que posso fazer — William afirmou. — Por tudo o que você está fazendo por mim e meu pai.

Os dois tinham passado por muita coisa juntos. Embora a aliança deles fosse improvável, constituída por necessidade e sobrevivência, ela se transformou numa amizade sincera.

— Como está o seu pai? — Ben perguntou, apontando para a cabana de William.

— Hoje está sendo um dia ruim — William respondeu, balançando a cabeça.

— Gostaria de poder fazer mais por ele.

— Você pode — William afirmou. — Nós temos um plano para ajudá-lo. Só precisamos cumpri-lo.

Ben olhou para além do fogo, em direção ao mar escuro diante deles.

— Vou cumpri-lo. É uma promessa — Ben disse.

13. A decisão

Sexta-feira, 14 de abril

6h45

O INVERNO TINHA SIDO RIGOROSO, MAS FINALMENTE ESTAVA começando a perder a força. A primavera estava se apresentando não muito visível nas árvores ou na paisagem, mas perceptível na sensação e no cheiro do ar. As parcas foram trocadas por jaquetas. As luvas e os chapéus foram guardados. Os dias estavam mais longos e a presença do sol se prolongava até mais tarde. O ar mais quente derretia a geada do chão em brumas de névoa matinal. As tulipas abriam caminho através da terra, os gansos grasnavam de manhã cedo e, pela primeira vez em quase um ano, com o sol matinal alcançando suavemente o seu travesseiro, Abby Gamble acordou sem o tormento da ausência do marido pesando em sua mente.

O tempo era a cura de todas as aflições — progressos modestos, às vezes imperceptíveis, aconteciam todos os dias até que o efeito cumulativo era a pequena vitória de acordar sem tristeza. Foi um alívio bem-vindo em relação aos primeiros meses, que pareceram a difícil escalada de uma encosta íngreme, cada passo mais árduo que o anterior. A recuperação do relógio e da carteira de Ben fora o auge do sofrimento de Abby. Era a prova, tanto quanto ela poderia esperar receber, de que Ben nunca voltaria para ela. Além da dor de perdê-lo, Abby havia enfrentado os pesadelos do que Ben havia passado durante o fatídico voo. Ela sofreu com sonhos repletos de imagens aterrorizantes de um Boeing 747 deslizando pela superfície do mar. Pensamentos torturantes turvaram a sua mente, imaginando a água escura engolindo o imenso avião. Abby lutou contra a imagem de Ben preso em seu assento enquanto o avião afundava... Cada vez mais fundo.

Os familiares dos outros passageiros do voo 1641 entraram em contato com ela por e-mail e a convidaram para o grupo de apoio que criaram, mas Abby nunca foi capaz de reunir forças para responder. Ela tinha certeza de que havia mérito na ideia de luto compartilhado, mas nunca pareceu certo para ela. O último ano — por si só, com a agitação diária da vida e a batalha constante para manter sob controle os seus pensamentos mórbidos a respeito do amaldiçoado voo 1641 — tinha sido tudo o que ela podia suportar. Abby temia que, se tentasse se encontrar com as outras viúvas, parecesse egoísta, pois não tinha certeza se conseguiria ouvir com convicção o pesar de outra mulher que havia perdido o marido.

O sofrimento do turbulento ano anterior atingiu o pico na véspera do Natal, quando Abby passou a noite em meio a cartões velhos e recordações antigas. Apesar da aflição daquela noite, a leitura dos cartões era algo de que ela precisava, uma limpeza e uma purgação dos meses de emoções armazenadas. Na manhã seguinte, no dia de Natal, Abby tinha ido para a casa dos pais com Maggie e Jim e o vinho *glögg* do pai. Ela havia passado o dia sem uma lágrima, mas mais tarde, sozinha em sua casa, enfrentou o constante violador do silêncio, um lembrete inequívoco de que era o seu primeiro Natal em mais de uma década sem o marido. Na noite do Natal, encolhida na cama, ela voltou a ler os cartões.

Porém, desde aquela noite, Abby recolocou lentamente a sua vida nos eixos. Algo havia mudado em seu íntimo desde a aflição do Natal. Como o motor de um carro sendo forçado com o câmbio em terceira marcha e, de repente, ao passá-lo para a quarta, os acontecimentos cotidianos ficaram mais fáceis e menos tensos. Ela não sabia explicar o que era ou como aconteceu. As coisas pareciam mais fáceis. Onde anteriormente as suas lembranças eram como mexer em vidro quebrado, escolhendo os pedaços que pareciam seguros e evitando os cacos que poderiam cortar, Abby, naquele momento, via-se capaz de se divertir com suas lembranças de Ben. Imaginar o rosto dele e sentir o poder do sorriso dele a ajudou a aceitar que ele estava em um lugar melhor. Algum lugar seguro e grandioso, e qualquer dor que ele pudesse ter sofrido nos momentos antes de chegar àquele lugar especial se foi e desapareceu. Era a única coisa que ela *podia* imaginar, porque a alternativa havia sido nefasta para ela. Abby decidiu que Ben não iria querer aquilo para ela. Ela decidiu que Ben iria querer que ela seguisse em frente e se livrasse do pesar. Pela primeira vez, Abby sentiu que se afastar da aflição de perder o marido era algo que poderia ser possível.

Quando o luto foi se dissipando, os pensamentos de Abby se voltaram para Jacob. Nos doze anos anteriores, nem um único dia havia se passado sem que Abby não pensasse no filho. Porém, nos primeiros meses após a morte de Ben, o seu coração não tinha espaço para uma dor extra e não era capaz de suportar o peso adicional de outro fardo. Assim, os pensamentos sobre Jacob acabaram ficando em segundo plano. Abby se sentiu culpada por manter o filho ausente dos pensamentos por tanto tempo. Ao contrário das recordações de Ben, doze anos amenizaram o golpe de perder Jacob, e ao pensar no filho, Abby fazia isso com orgulho e júbilo. Naturalmente, não tinha sido sempre assim. A morte de Jacob provocara uma angústia que se infiltrou em seu coração da mesma maneira que um vinho de décadas chega até a rolha que o retém na garrafa. Porém, naquele momento, quando as lágrimas rolaram, não eram porque ela sentia falta dele, mas porque ela nunca chegou a conhecê-lo. Nunca conseguiu ver o seu primeiro passo, ouvir a sua primeira palavra ou testemunhar o seu primeiro sorriso. Nunca conseguiu vê-lo marcar um gol ou fazer um *touchdown*.

Abby costumava imaginar Jacob em sua mente. Pensando em como ele seria naquele momento. Fantasiando como a sua voz soaria e o tipo de jovem que ele seria.

A mente de Abby vagou para o dia em que o filho foi tirado deste mundo. Ela estava sentada na cadeira da maternidade, com os braços de Ben bem apertados ao seu redor. Os dela ao redor de Jacob. Os tubos que alimentavam a vida do filho haviam sido removidos após três longos meses. O zumbido do ventilador tinha desaparecido e um silêncio estranho tomara conta do quarto. Naquele dia, Abby se desmanchou em lágrimas, sem fim à vista. Ela se lembrou da sensação das lágrimas de Ben em sua nuca quando ambos souberam que estava tudo acabado. A decisão deles de doar os órgãos de Jacob foi uma iniciativa para dar sentido ao absurdo e atribuir significado à breve vida do menino. Se Jacob pudesse ajudar outras crianças doentes, o seu pouco tempo neste planeta teria valido a pena, aliviando a dor que ela e Ben estavam sentindo. Porém, aquela decisão adicionou uma cronologia ao fim da vida de Jacob, e a equipe médica esperou pacientemente que os pais se despedissem do filho depois que ele morreu. Dois dias depois, o enterro reduziu Abby a nada. Na sequência, um ano de desolação. Foi muito parecido com aquilo que Abby havia sofrido no ano anterior.

No ano após a morte de Jacob, ela e Ben trabalharam e dormiram. Raramente falavam sobre o filho — sofriam demais ao fazer isso — e, por não pensarem em outra coisa, deixaram de conversar por completo. Ambos trancados em seu próprio mundo de dor e martírio, incapazes de ajudar a si mesmos ou um ao outro. Foi um ano perigoso para o casamento deles. Eles perderam a intimidade e prejudicaram o vínculo. Cada um lidava com um pesar nunca antes sentido. Um luto cujos peso e presença eram tão imensos que ameaçou produzir um escoadouro que engoliria os dois.

Eles recusaram a ajuda oferecida por aqueles que se preocupavam com eles. Uma terapia de luto foi evitada. Os familiares foram ignorados. Os domingos na igreja — que tinham feito parte de suas vidas antes de se conhecerem e se transformaram num reforço semanal da sua fé e do seu amor durante o seu tempo juntos — terminaram. Até as visitas secretas que Abby fazia ao seu pastor acabaram. Então, no que teria sido o primeiro aniversário de Jacob, eles proferiram as suas primeiras palavras sobre o filho em muitos meses.

— Você sabe que dia é hoje? — Abby perguntou enquanto eles estavam se aprontando para o trabalho.

Era de manhã cedo, e ambos tinham tomado banho. Eles estavam olhando para o espelho do banheiro. Os dois estavam perdidos e sozinhos, quase não reconhecendo o casal que olhava de volta. Porém, naquela manhã, eles se encontrariam, dois andarilhos solitários se unindo na hora certa. De algum modo, os seus caminhos se cruzando enquanto cada um vagava cegamente.

— O aniversário dele — Ben respondeu, movendo o seu olhar para encontrar o da mulher.

Abby começou a chorar e sentiu o lábio inferior tremer. Num piscar de olhos, eles se moveram um para o outro. Abraçaram-se com força, cada um encontrando alívio no toque do outro. Ela continuou chorando, tão copiosamente quanto no ano anterior.

— Eu o quero de volta — Ben disse no ouvido da mulher. — Nós o perdemos, mas eu o quero de volta.

Abby pegou o rosto do marido em suas mãos e olhou nos olhos dele.

— Não podemos tê-lo de volta, Ben. Passamos um ano nos recusando a acreditar nisso. Isso está nos matando. Está arruinando quem nós somos. Agora é hora de decidir. Ou deixamos que isso nos mate ou superamos isso. Uma coisa ou outra.

— Sinto falta de Jacob.

— Eu também — Abby disse. — Muito.

Nenhum dos dois conseguiu trabalhar naquele dia ou no mês seguinte. Eles encontraram uma casa isolada a mil e quinhentos quilômetros de distância, em Lake Tahoe, e passaram quatro semanas revitalizando o relacionamento e cuidando das feridas que tinham ignorado durante um ano. Fizeram amor pela primeira vez em meses e, ao sentirem a alegria de se apaixonar novamente, a dor da perda do filho começou a escoar para o passado.

Abby lembrou que foram aquelas semanas em Lake Tahoe que salvaram o seu casamento. Foram aquelas quatro semanas que salvaram a sua vida. Ao colocar as cobertas para o lado e se levantar da cama quase um ano após a morte de Ben, ela considerou que precisava novamente de uma intervenção. Que a sua vida precisava ser salva, tal como antes.

Era hora de decidir. Abby poderia deixar a dor pela perda de Ben matá-la ou ela poderia superá-la.

14. Uma confissão

Sábado, 15 de abril

10h32

A JORNADA ERA ÁRDUA. AS ROCHAS NAS QUAIS A EXTREMIDADE da tora estava presa faziam com que ela angulasse um pouco para cima à medida que os irmãos se aventuravam mais longe ao longo da sua superfície. Enquanto isso, a água do rio se movia rapidamente debaixo deles. Quando eles alcançaram as rochas, ambos se sentaram ao estilo caubói com a tora entre as pernas, e os pés balançando de cada lado. As pernas de Joel eram curtas demais para que os seus tênis tocassem a água, mas quando os dois garotos se acomodaram sobre a tora, o rio chegou até os pés do seu irmão e arrancou o tênis direito dele.

— Droga! Lá se foi o meu tênis.

Os dois viram o tênis de lona de cano alto se afastar nas corredeiras, ricochetear numa rocha e desaparecer. Explicar a perda de um tênis para o pai seria impossível.

— Acho melhor desistirmos — Joel disse.

De repente, o rio pareceu mais perigoso do que nunca.

O seu irmão olhou para a ponte rio acima.

— Não temos tempo. Vamos. Vamos subir nas rochas.

Com as duas mãos entre as pernas, eles se arrastaram para a frente sobre o fundilho das calças até chegarem às duas rochas. O irmão de Joel subiu em cima de uma, colocando a maior parte do seu peso no tênis restante. Joel imitou o movimento do irmão e subiu em cima da outra rocha, em frente a ele. Cada um deles examinou o tronco caído, que era a saída deles para a outra margem do rio. Porém, a madeira apodrecida estava mais longe das rochas do que parecia quando a observaram da margem.

O sol vespertino já estava baixo e projetava os troncos das árvores em longas sombras do outro lado do rio. As sombras dos garotos Keaton caíam como fantasmas na água abaixo. O pai deles tinha lhes ensinado as configurações da bússola com base na direção em que as sombras se estendiam e no horário. O rio corria do norte para o sul, e o contorno fino dos seus corpos se alongava a partir dos seus pés, passava pelo tronco caído e alcançava quase a margem do outro lado. Eles estavam voltados para o leste, e os dois garotos desejavam poder alcançar a margem do rio tão facilmente quanto as suas sombras.

— Eu vou primeiro — o irmão de Joel afirmou.

— E se eu não conseguir ir e você já tiver ido? — Joel perguntou.

Joel observou o irmão pensando a respeito do seu argumento. Seria um salto difícil da primeira vez, e a última coisa que o seu irmão gostaria era ter que fazer isso duas vezes: uma para si mesmo e uma segunda vez para resgatar Joel.

— Tudo bem — o irmão de Joel finalmente respondeu. — Você vai primeiro. Eu vou seguir você. Eis o que você vai fazer: vá até a beirada da sua rocha e salte para aquele lugar seco — ele continuou e apontou para o tronco da árvore. — Está vendo?

— Sim.

— Se você alcançar o lugar molhado, você vai cair.

— Tudo bem — Joel disse, observando a área de pouso.

— Rápido. O nosso pai vai estar em casa em breve.

Joel se moveu até a beirada da rocha e se agachou até o fundilho da sua calça tocar no granito. Ele se levantou lentamente e saltou. As suas solas de borracha alcançaram a casca seca do tronco caído e, após duas etapas de acomodação, ele se endireitou. Ele se virou e se agachou, segurando o tronco para se equilibrar. Sorriu para o irmão mais velho e cerrou o punho, celebrando o triunfo. Haveria grandes histórias para contar.

O seu irmão se moveu para a beirada da sua rocha. A água se agitou abaixo e Joel sentiu o borrifo no rosto. O rugido do rio encheu os seus ouvidos enquanto observava o irmão dobrar os joelhos e se preparar para saltar. Ele parecia desajeitado e desconfortável com apenas um tênis. O irmão de Joel ergueu primeiro o dedo indicador, depois o dedo médio e, finalmente, o dedo anelar. Joel fez a contagem de três mentalmente: um, dois, três!

O irmão se lançou para a frente, mas o pé descalço escorregou e escapou da rocha durante o salto. Ele mal chegou à metade do caminho até Joel. Mesmo com os braços totalmente estendidos, ele não conseguiu alcançar a segurança do tronco e caiu na água. Como se estivesse se agarrando e rastejando por um piso de madeira escorregadio, o rio o puxou contra a sua vontade. Ele foi arrastado até a mesma rocha que o seu tênis tinha encontrado alguns minutos antes. A turbulência da água o golpeou com força contra o granito e, em seguida, cobriu a sua cabeça. Mais à frente, as correntes e as contracorrentes ferozes o fizeram girar e o cuspiram além da rocha, onde a corrente principal o arrastou rio abaixo. Ele chegou a outro tronco caído e conseguiu abraçá-lo com os braços, fazendo com que o seu corpo se esticasse horizontalmente enquanto a água o puxava. Ele perdeu o outro tênis. O seu short escorregou pelas coxas até que, trinta segundo depois, sumiu.

Ele estava a apenas vinte metros das rochas onde ele e Joel tinham saltado, mas a distância parecia muito maior. Enquanto o irmão se agarrava ao tronco, Joel o ouviu gritar por cima do rugido do rio.

— Procure ajuda!

— O quê?

— Chame o Brandon! — o seu irmão gritou. — Rápido!

Joel se virou e correu ao longo do tronco, saltando em terra firme. Ele correu rio abaixo até ficar paralelo ao irmão.

— Vou para casa buscar a nossa mãe.

— Não! Busque o Brandon! Rápido!

Joel se virou e correu.

Joel estava sentado junto à cabeceira da cama do pai, com os olhos fechados. O rio revolto e os gritos de socorro do irmão mais velho ecoavam em seus ouvidos. Os monitores apitavam de forma ritmada. Naquela altura da doença paterna, Joel tinha ficado surdo aos medidores e aparelhos que diziam o quão perto da morte estava o seu pai.

Joel se aprumou na cadeira e, em seguida, inclinou-se na direção do pai.

— Pai.

Não houve resposta.

— Pai, você consegue me ouvir?

Joel viu um sutil movimento da cabeça do pai, mas os olhos permaneceram fechados e a boca paralisada, com os lábios rachados entreabertos do jeito imóvel que Joel tinha visto tantas vezes ao longo da sua carreira. A morte estava se aproximando.

— Pai, eu tenho algo a dizer para você. É sobre o rio. Eu guardei segredo sobre isso por muito tempo.

Um leve surto de adrenalina ergueu as pálpebras do pai por um breve momento. Joel sabia que tinha a atenção do pai. Tanto quanto era possível para um homem que estava à beira da morte.

— Eu sei o que aconteceu. Eu estava lá.

15. A noitada das garotas

Sábado, 15 de abril

19h25

AOS TRINTA E QUATRO ANOS, ABBY AINDA TINHA AQUELA aparência impecável da juventude: um rosto sem rugas e sem manchas, que se defendia facilmente contra os efeitos da gravidade. Ao sorrir, uma covinha se formava no lado direito do rosto; uma característica que sempre foi descrita como *engraçadinha*, que ela tinha odiado quando era mais jovem, mas naquele momento, na casa dos trinta, apreciava. Abby pegou a sua bolsa quando ouviu a buzina do táxi e saiu para a sua primeira noitada em quase um ano. Ela decidira recolocar a vida nos eixos, e fazer isso com a irmã parecia o melhor jeito para começar. Jantares e drinques com a irmã mais nova eram comuns antes da morte de Ben, e com a intervenção que se autoimpôs em andamento, Abby decidiu que o primeiro passo seria acolher a irmã de volta em sua vida.

Ao sair de sua casa, Abby encontrou Maggie esperando dentro do táxi, com a porta traseira aberta e um sorriso no rosto. A irmã levantou as mãos, cada uma segurando um copo térmico tilintando com o som abafado de cubos de gelo.

— Vamos, irmã — Maggie apressou.

— O que você tem aí? — Abby perguntou, entrando no táxi.

— Margaritas de morango.

— Você não pode levar isso num táxi.

— Chame a polícia, então — Maggie afirmou, acomodando-se no assento.

Em desaprovação, Abby balançou a cabeça, mas não conseguiu deixar de sorrir. Ela tinha sentido falta da irmã.

— Vamos ao Pops, na Sheffield — Maggie disse ao motorista.

No momento em que o táxi partiu, Maggie entregou uma margarita para Abby.

— Pirou? — Abby perguntou.

— Como assim?

— Margaritas num táxi? Quantos anos nós temos?

— Eu tenho vinte e nove — Maggie respondeu, tomando um gole. — Se você quiser que eu revele a sua idade, eu revelo. Mas eu manteria em segredo.

— Você tem *trinta*. O que deu em você?

— Empolgação. Faz muito tempo que nós não saímos.

— Não se empolgue. Provavelmente vou dormir às dez.

— Ah, sem essa! Vamos nos divertir.

O táxi estacionou junto ao meio-fio em frente ao Pops, um bar badalado para o pessoal de trinta e poucos anos. No interior, diversas mesas redondas cobertas com toalhas brancas para grupos de duas ou quatro pessoas estavam espalhadas pelo salão. Um piano de cauda ficava sobre um palco ligeiramente elevado, onde músicos convidados tocavam sete noites por semana.

O Pops estava lotado naquela noite. Depois que as irmãs se sentaram, uma garçonete anotou os pedidos de bebida: duas taças de champanhe *brut rosé*. Elas conversaram durante uma hora, pondo em dia a vida uma da outra. Depois que tomaram duas taças cada uma, e uma terceira chegou, Maggie olhou para a irmã mais velha com uma expressão mais séria.

— Abby, preciso dizer uma coisa para você...

— O que há de errado?

— Nada, acontece que... — Maggie disse e forçou um sorriso.

— Quem está doente?

— Ninguém.

— Nossos pais tiveram outro colapso nervoso por minha causa?

— Não. Não é nada disso. Acontece que...

Abby esperou.

— ... Jim e eu estamos querendo ter um bebê.

Por um instante, em dúvida, Abby semicerrou os olhos. Em seguida, as irmãs se entreolharam e, então, afastou a taça de Maggie.

— Você está louca? Você não pode beber champanhe. E se você já estiver grávida? — Abby disse.

— *Ainda* não estamos tentando — Maggie afirmou, rindo. — Eu ovulo em duas semanas. Doze dias, para ser exata, se o maldito termômetro estiver correto.

— Ah! — Abby exclamou, devolvendo a taça de champanhe para Maggie. — Então qual é o problema? Deveríamos estar comemorando.

— Sim, bem, não tinha certeza, sabe, se você queria ficar sabendo disso.

— Você está brincando? Eu quero saber tudo. Quer dizer, deixe de fora a fecundação, mas tudo o mais eu quero saber — Abby disse e balançou a cabeça. — Minha irmãzinha tendo um bebê. Ainda penso em você como uma garotinha, e agora você está pronta para ter um bebê. O que aconteceu com aquelas duas garotinhas? As pequenas Abigail e Margaret Hartland?

— Nós crescemos, acho.

A garçonete se aproximou com mais duas taças de champanhe.

— Essas são uma cortesia dos cavalheiros do balcão — a garçonete disse, colocando as bebidas na mesa e se afastando.

Lentamente, Abby e Maggie moveram os olhos — que, nos últimos momentos, tinham estado ligeiramente arregalados e fixos uns aos outros — em direção ao balcão, até que viram dois rapazes olhando para elas. Eles eram bonitos. Um deles estava usando camisa oxford aberta no colarinho; o outro, um blazer sobre uma camisa azul de colarinho abotoado. Os homens ergueram seus copos assim que Abby e Maggie os viram.

As irmãs caíram na gargalhada, envergonhadas e lisonjeadas. Então, Maggie se recompôs antes de se voltar para os rapazes e erguer a sua bebida.

— Saúde — ela gritou sobre a música do piano.

Os rapazes sorriram e inclinaram os copos na direção delas.

— Devemos convidá-los? — Maggie perguntou.

Surpresa, Abby olhou de soslaio para a irmã mais nova.

— Pelo amor de Deus, Maggie. Nós somos casadas.

Assim que Abby falou as palavras, ela parou e olhou para a mesa. O sorriso desapareceu do rosto quando ela se deu conta do seu erro.

— Você tem razão — Maggie disse. — Não é uma boa ideia.

— Não. Tudo bem. Acontece que… Eu não sou… Você sabe…

— Camarão frito! — Maggie disse, impassível e olhando diretamente para Abby.

— O quê?

— Ainda não decidimos onde vamos jantar. Que tal camarão frito?

Abby fechou os olhos e sorriu. Elas sempre tiveram aquela relação inversa: Maggie, a irmã mais nova, era quem proporcionava proteção.

— Excelente ideia.

— Ótimo. Há um restaurante de frutos do mar no quarteirão. Se formos agora, provavelmente não haverá espera.

Elas pagaram a conta e, um minuto depois, estavam de saída. Maggie deu uma piscadinha para os rapazes no caminho.

— Obrigada pelas bebidas, rapazes.

* * *

Mais tarde naquela noite, Abby se viu de volta ao recanto familiar do seu sofá, com as luzes reduzidas e a caixa de cartas e cartões perto dela. Eles se tornaram um apoio estranho que ela costumava usar em estágios intermitentes de dor. Ela sabia que era doentio, mas a dor tinha voltado a tomar conta dela naquela noite, desde que se despediu de Maggie.

Já havia acontecido antes, e Abby nunca tinha se importado com a atenção que despertava em outros homens. Ela sempre achara aquilo lisonjeiro. Porém, aquela foi a primeira vez que despertara aquela atenção desde a perda do marido. A primeira vez que ela não poderia usar a sua aliança de casamento como uma saída. A noite em que ela se deu conta de que não era mais casada.

Doze anos de casamento e três de namoro resultaram em uma década e meia de compromisso; algo que não podia ser facilmente deixado de lado, e sem o qual ela se sentia nua. Contudo, naquela sensação de vazio, Abby também compreendeu que o vazio nunca seria preenchido se ela se recusasse a seguir em frente.

Abby olhou para a sua aliança de casamento, firmemente ajustada em seu dedo anelar esquerdo. Ela a girou um pouco, soltando-a do sulco em que estava. Por um minuto, continuou a girando e quase a tirou do dedo. Por fim, porém, parou de brincar com a aliança e, em vez disso, recolocou os cartões e as cartas ordenadamente na caixa. Por um momento, olhou para eles e, em seguida, fechou a tampa e subiu a escada para o seu quarto. Guardou a caixa de volta na prateleira superior do armário de onde a tinha recuperado na véspera do Natal e, em seguida, dirigiu-se até a cômoda e olhou para a carteira e o relógio de Ben, ainda à espera, como se ele pudesse voltar. Abby pegou o relógio e o examinou. Tinha sido o presente de aniversário quando Ben fez trinta anos: um Rolex de milhares de dólares, sinal da crescente prosperidade do casal. Ao longo da semana passada ou da anterior a essa, tinha parado de funcionar. Ela pegou a carteira dele e inspecionou o conteúdo, fixando-se na carteira de motorista de Ben. Olhou para a foto e tirou uma mancha da superfície laminada. Finalmente, dirigiu-se até a escadinha junto ao armário. Inicialmente hesitante, forçou-se a continuar, subindo os dois degraus e colocando o relógio e a carteira do marido na caixa que continha os cartões e as cartas que ele tinha escrito para ela. Fechou a tampa e passou a mão por cima.

Ela apagou a luz ao se afastar do armário, lançando na escuridão as suas lembranças do único homem que já tinha amado.

16. O nariz

Domingo, 16 de abril

7h22

DE MANHÃ CEDO, A FLORESTA TROPICAL ESTAVA ESCURA E silenciosa, exceto pelo som da água do riacho, que seguia o seu caminho pela ilha, serpenteando ao redor das rochas e ondulando acima dos bambus caídos. Ben acompanhou o seu curso até chegar ao cedro-vermelho gigante. Quando encontrou a árvore, uma trepadeira fina tinha acabado de florescer em seu pé, mas, alguns meses depois, a trepadeira já tinha alcançado a metade do tronco. Era uma trepadeira estéril, sem galhos ou brotos, mas estava crescendo rapidamente. Circundou o tronco largo e, nas semanas anteriores, havia começado a cobrir parcialmente o seu trabalho.

Ben sentia uma ligação estranha mas reconfortante com aquela árvore, atraído por sua força e abrigo. Ele ia ali diariamente, pelo simples fato de manter o foco. Um pedaço da casca estava ausente na superfície do tronco, e ele passou a mão na madeira lisa que estava exposta. Do bolso, tirou o canivete suíço, desdobrou a lâmina e pressionou a ponta no tronco da árvore. Entalhou outra pequena marca na madeira, que se juntou a centenas de outras que tinha feito: barras verticais curtas organizadas em grupos de cinco. Ele voltou a contá-los. No total, eram 335 marcas, uma para cada dia da sua permanência ali.

Por mais um momento, ele estudou o seu trabalho. Em seguida, afastou-se da árvore, saiu da mata e entrou na clareira. O riacho que ele tinha seguido desaguava numa laguna, cuja água azul-clara estava calma e imóvel naquela manhã. Ao sair da mata coberta pela copa das árvores, o céu se pôs à vista dele numa trama de nuvens escuras. Outra tempestade se aproximava.

Ben olhou do outro lado da laguna. Foi ali, na margem oposta, o lugar onde a fuselagem do avião tinha parado. A parte dianteira do avião foi lançada num ângulo descendente que fez o nariz submergir abaixo da superfície da água. Fragmentos irregulares de metal, onde o avião tinha sido partido ao meio, projetaram-se no ar. Ele fechou os olhos e se lembrou da vista da janela pouco antes do impacto, quando a água subiu ao encontro do avião. Os gritos dos passageiros ainda ecoavam em seus ouvidos, e pior, o silêncio sinistro que se seguiu enquanto a água inundava a cabine. Ben não conseguia se lembrar de muita coisa depois daquilo. Quando ele se arrastou para a praia perto da laguna, acreditou que fosse o único sobrevivente, e que não havia nenhuma outra pessoa na ilha. Então, ele encontrou William.

Perto dos destroços, e espalhadas ao redor da laguna, estavam as cabanas que ele e William descobriram quando exploraram a ilha pela primeira vez. As pequenas estruturas ofereciam abrigo contra as habituais tempestades daquela região. Nos últimos meses, Ben tinha ido morar em uma daquelas cabanas. Porém, era algo temporário, ele continuava se lembrando. As marcas entalhadas na árvore eram mais do que uma maneira de manter o registro dos dias. Eram uma promessa para si mesmo de que, independentemente de quantos dias passassem, ele encontraria o caminho de volta para Abby. Os pensamentos em sua mulher o levaram até ali, e Ben nunca perderia a esperança de revê-la.

Trezentos e trinta e cinco dias. Depois de ajustar as alças da mochila nos ombros, Ben se encaminhou até os destroços, perguntando-se quantos dias faltariam para rever a mulher.

17. O segredo

Domingo, 16 de abril

20h32

A MULHER ESTACIONOU O CARRO JUNTO AO MEIO-FIO EM frente a casa e viu a viúva de Ben Gamble subir a escada da varanda e entrar pela porta da frente. Ela ficou observando por algum tempo, vendo a casa se iluminar quando as luzes se acenderam. Ela se esforçou para arranjar coragem para sair do carro, subir os degraus e bater na porta da frente. Como de costume, porém, apesar de seus esforços, ela não foi capaz de reunir forças. Em vez disso, tirou a carta do bolso e a leu sob o brilho suave da luz do teto do carro.

Oi,

Sei que tenho que contar tudo para Abby. Tenho a intenção, juro. Mas o momento não é oportuno. Preciso de mais tempo para resolver as coisas. Para ter certeza de que essa é a coisa certa a fazer. Você e eu não planejamos isso. Simplesmente aconteceu. Ainda é uma surpresa para mim, e preciso de algum tempo para contar para ela. Não quero magoá-la, e eu sei que você entende. Por favor, me dê esse tempo. Só mais um pouco. Estou empolgado para ver vocês neste fim de semana.

Ben

Quase um ano havia se passado desde a queda do avião de Ben. Nos primeiros meses, ela se sentiu perdida, sozinha com o seu segredo. Mas naquele momento, quase um ano depois, ela precisava falar com Abby Gamble. Simplesmente não havia maneira de contornar aquilo. Ela não podia mais guardar aquele segredo.

Ela ficou sentada no carro durante uma hora. A casa de Ben foi caindo lentamente na escuridão à medida que Abby passava de aposento em aposento apagando as luzes. Então, apenas o quarto do casal ficou iluminado. Quando, finalmente, a luz ali foi apagada, a mulher dobrou a carta de Ben e a colocou na bolsa. Ela tinha muitas outras cartas que pretendia mostrar para a viúva. Virou-se e estendeu a mão para o banco traseiro, verificando se a criança estava bem presa na cadeirinha. A mulher era uma mãe nervosa, sempre com medo de que algo terrível acontecesse com o filho. Depois que ela ouviu o murmúrio suave da sua respiração, desligou a luz do teto, deu a partida, engatou a marcha e se afastou lentamente.

Ela voltaria outro dia. Talvez então criasse coragem para contar a Abby Gamble sobre o segredo que ela compartilhou com Ben Gamble.

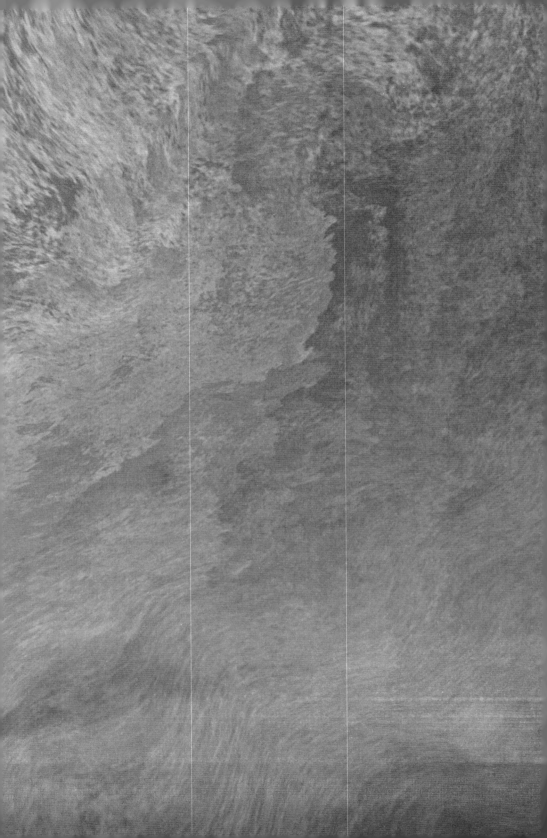

PARTE III

AO ENCONTRÁ-LO

18. Lavando as mãos

Terça-feira, 2 de maio

15h32

O MERCEDES-BENZ PRETO ESTAVA NA ENTRADA DA GARAGEM
quando Joel dobrou a esquina a toda velocidade. Aquilo era um problema. O seu pai estava em casa. Rapidamente, ele elaborou um plano para se esgueirar pela porta dos fundos, passar na ponta dos pés pelo escritório do pai e depois subir a escada de dois em dois degraus. Ele contaria tudo a Brandon e eles correriam de volta para o rio. Para o inferno com o jantar. Eles pensariam numa desculpa.

Joel abafou o rangido da porta telada abrindo-a lentamente. Uma mudança em relação ao ritmo frenético que havia assumido para vencer a distância de mais de dois quilômetros entre o rio e a sua casa. Ele tinha cortado caminho através de quintais e sobre cercas, acelerado o passo sobre os túmulos do Cemitério Gentry, e feito o trajeto em tempo recorde. Joel estava suado e sem fôlego. Esforçou-se para controlar a respiração sibilante enquanto se esgueirava para dentro da casa. O escritório estava vazio. Sentiu que a sorte estava do seu lado. Subiu a escada sem contratempos e pegou o corredor até o quarto de Brandon. Estava vazio. Joel verificou o banheiro. Nenhuma sorte. Ele começou a se inquietar enquanto a decisão tomava conta dele. Então, ouviu o tilintar dos pratos na cozinha e, em seguida, a voz grave do irmão adolescente. A voz de Brandon tinha assumido aquele tom adulto nos últimos meses. Joel queria se aproximar do irmão e pedir ajuda. Ele precisava de Brandon do pior jeito.

Joel ouviu a porta para o terraço se abrir e a voz da mãe desaparecer quando ela saiu, talvez para falar com o seu pai, que provavelmente estava sentado como de costume com as pernas cruzadas e bebendo um copo cheio de líquido dourado que Joel tinha tomado um gole uma vez. Aquilo havia queimado a sua garganta e feito os seus olhos lacrimejarem. Naquele momento, ele sabia que era a sua única chance.

Desceu a escada em fração de segundos e irrompeu na cozinha, encontrando Brandon sentado à mesa lendo uma história em quadrinhos. A irmã, Rachel, estava arrumando a mesa para o jantar. Joel já tinha elaborado a sua história, acerca de como eles tentaram atravessar o rio, mas a água estava muito agitada, e naquele momento o irmão estava agarrado a um tronco, só Brandon poderia ajudar e eles tinham que ir naquele instante! Imediatamente, naquele exato minuto, porque o irmão deles não seria capaz de se segurar naquele tronco por muito mais tempo...

Porém, antes que Joel pudesse começar a falar, o pai entrou na cozinha. O copo na mão dele estava vazio, e ele encarou Joel com os olhos semicerrados e uma expressão de desconfiança.

— Lave as suas mãos e se apronte para o jantar — o pai disse.

Joel olhou para Brandon com uma expressão de pânico, fazendo o irmão mais velho rir.

— O que há com você? — Brandon perguntou. — Lave as mãos.

— Sim — Rachel disse. A voz da irmã mais nova era aguda e infantil em comparação com a de Brandon. — As suas mãos estão sujas.

Por um momento em suspensão, a história que Joel havia preparado ficou na ponta da língua e quase escapou. Ele quis tossi-la e vomitá-la na cozinha para que saísse e ele não pudesse voltar atrás. Por um instante, Joel quis a fúria do pai, porque aquilo significaria que também teria a ajuda dele. Mas aquele instante passou, e depois outro e outro. Inexplicavelmente, Joel caminhou devagar até a pia e ensaboou as mãos.

Diante do lavatório, o dr. Joel Keaton limpava as unhas e as cutículas dos dedos das mãos com as cerdas de uma escova cirúrgica. Era sempre um trabalho penoso ensaboar as mãos antes de uma cirurgia; a rotina o levava de volta à noite em que deixou o irmão morrer no rio enquanto lavava as mãos na pia da cozinha em vez de pedir a ajuda do pai. O fato de quase trinta anos terem se passado não amenizou a culpa daquele dia, além do fato de ele nunca ter compartilhado o seu segredo.

Desde aquele momento na pia da cozinha, o segredo de Joel havia maculado o relacionamento com o pai e com Brandon. Nos dias após o afogamento, o seu pai perguntou a Brandon uma centena de vezes a respeito do rio, e se ele já tinha levado os dois irmãos mais novos ali. As negativas de Brandon nunca pareciam satisfazer o pai. Como poderiam? Brandon havia levado os irmãos mais novos ao rio em dezenas de ocasiões, e os três garotos Keaton tinham atravessado aquele rio incontáveis vezes. Porém, Brandon sempre alertara os irmãos acerca dos perigos de atravessar o rio quando estivesse alto, e só quando os dois garotos Keaton mais novos se aventuraram por sua própria conta que as coisas deram errado. O pai de Joel nunca culpou Brandon pelo que aconteceu, mas a suspeita não dita era pior do que a acusação em si. O fato de Joel saber a verdade e guardá-la para si foi um fardo que pesou pelo resto da sua infância. O seu segredo destruiu o vínculo fraternal que ele compartilhara com Brandon, que tinha as próprias suspeitas a respeito daquele dia. E também provocou uma ruptura em seu relacionamento com o seu pai que nunca pôde ser superada.

Joel tentara diversas coisas para atenuar os efeitos destrutivos do seu segredo e protelar a tarefa de enfrentá-lo de frente. Em sua adolescência, ele se ensimesmou e se tornou um recluso. A rejeição ao amor daqueles ao seu redor parecia um preço pequeno a pagar pelos seus pecados. O hábito continuou na idade adulta e era especialmente profundo quando se tratava de se permitir amar uma mulher. A autossabotagem era um tema comum na vida amorosa de Joel Keaton. Quando adulto, ele mergulhou nos rigores da faculdade de medicina e da residência e, depois, permitiu que a sua carreira o consumisse. Ele nunca tinha desejado ser médico; aquele era o sonho do irmão morto. Porém, tornar-se um cirurgião serviu como uma maneira de ganhar a aprovação de um pai que nunca mais foi o mesmo depois que um policial apareceu para lhe dizer que o filho do meio tinha se afogado no rio Pichatauk. O fato de Joel ter se tornado um cirurgião de talento — a vocação que o irmão tinha esperado seguir — era uma maldição com a qual Joel aprendera a conviver e uma ironia que jamais poderia ser explicada. Lavar as mãos sob o olhar atento do pai trinta anos antes tinha custado a vida do irmão; naquele momento, aquela mesma ação representava a salvação para aqueles que esperavam o trabalho das suas mãos talentosas.

Joel respirou fundo e deixou a água quente lavar o sabão, as lembranças e a culpa, também esperando que a sua ansiedade fosse pelo ralo. Ele realizara mil trezentas e dezessete vezes operações em seus treze anos como cirurgião. Uma extração de apêndice era uma das cirurgias mais simples. Mas ainda assim estava sentindo um frio na barriga, uma sensação que nunca tivera antes em sua carreira. Ao contrário dos seus colegas residentes que ficavam com as mãos trêmulas antes do primeiro corte do bisturi, Joel nunca sentira medo numa cirurgia. O seu sucesso não era para si mesmo, mas para o irmão a quem ele não conseguira salvar. Joel não deixava que nem a apreensão nem a compaixão interferissem com o seu objetivo ou alterassem o seu julgamento.

Joel permitira que o medo o paralisasse uma vez antes — aos dez anos de idade, quando o irmão mais precisava dele. Embora ele tivesse perdido o irmão naquele dia, uma amizade afim se manteve entre eles. Nos recônditos tranquilos da sua mente, Joel prometeu ao irmão que nunca mais permitiria que o medo o impedisse de salvar uma vida. A promessa era o pedido de desculpas de Joel por ter falhado em relação ao irmão e, de alguma forma transcendente, ele sentiu que dominar a medicina era a melhor maneira de honrar o irmão.

Com o progredir da sua carreira, Joel viu colegas devastados por causa da perda de pacientes e dos casos injustos. Nunca era justo quando uma criança morria. Ou quando um motorista bêbado tirava a vida de um pai de quatro filhos numa estrada escura no meio da noite. Mas aquelas eram as tragédias da medicina e da vida, e se apegar emocionalmente aos pacientes era um erro cometido por cirurgiões de menor envergadura.

Joel jamais foi vítima da ilusão de que um cirurgião faria um trabalho melhor se ele se importasse mais. Ele tinha um melhor desempenho com a mente desanuviada, livre de sentimentos. "Entre, abra e tire", o seu mentor costumava lhe dizer. "Mas no tempo certo."

Naquele momento, porém, ao olhar pela janelinha das portas da sala de cirurgia, Joel viu o sobrinho deitado na mesa cirúrgica e percebeu que não só estava envolvido emocionalmente, mas também estava bastante nervoso. Ele tinha entrado em contato com alguns outros cirurgiões gerais do hospital. Os dois primeiros estavam fora da cidade, o terceiro estava preso numa cirurgia, e o quarto estava a uma hora de distância, no jogo de basquete do filho. Com Brian ardendo em febre, uma hora era tempo demais. Assim, pela primeira vez em sua carreira, Joel entrou na sala de cirurgia com a testa encharcada de suor e as mãos pouco firmes.

— Quer que eu regule o ar-condicionado, dr. Keaton? — a instrumentadora perguntou enquanto segurava uma luva cirúrgica aberta para Joel enfiar a mão.

— Como?

— O ar-condicionado. Deixar mais fria a sala? — ela disse e apontou para a testa de Joel. — O senhor está suando.

— Ah! — Joel exclamou, registrando as palavras. — Sim, por favor.

Ele enfiou a mão na luva e flexionou os dedos. Em seguida, vestiu a outra luva e se virou para que a instrumentadora amarrasse o seu avental. Aproximou-se da mesa onde o médico residente estava preparando o abdome de Brian. Normalmente, Joel permitiria que o médico residente de terceiro ano abrisse e fechasse o corte, mas não naquela noite. Não com o seu sobrinho.

— Agora é por minha conta — Joel disse.

Ele estudou o pré-operatório e não encontrou falhas. Com os olhos focalizados no antisséptico tópico marrom que cobria a pele do seu sobrinho, Joel visualizou o procedimento cirúrgico. Era a sua rotina, algo do qual ele nunca se desviou. Algo que ele também nunca ensinou, incapaz de explicar para colegas respeitados, e muito menos para residentes de olhos arregalados, como a sua mente repassava a cirurgia — às vezes com horas de duração — em questão de segundos, sem perder nenhum detalhe. Assim que ele segurou o bisturi e fez uma incisão de oito centímetros no quadrante inferior direito do abdome do sobrinho, as suas mãos e os seus dedos relaxaram e se moveram num ritmo tranquilo. A lâmina deslizou pela pele e pela gordura subcutânea. O músculo da parede abdominal separou-se sem dificuldade sob a pressão do bisturi. Concentrado na anatomia, o nervosismo e a apreensão se dissiparam lentamente e sem aviso prévio. Ainda que ninguém na sala notasse a transformação, Joel sentiu isso quando se metamorfoseou de tio preocupado no cirurgião habilidoso que era. Os afastadores alargaram a incisão. Então, ele marcou o ceco do intestino grosso como o seu ponto de referência e, em seguida, estudou o intestino delgado até localizar o apêndice. Estava edematoso e quente, e Joel se deu conta de que havia chegado a ele pouco antes do rompimento.

Depois de trinta minutos, a operação estava quase no fim. O apêndice de Brian — um pedaço feio de tecido que parecia uma pequena bisteca — estava numa bandeja de metal ao lado da mesa cirúrgica. Joel começou uma breve busca no abdome de Brian para garantir que nenhum instrumento cirúrgico ou compressas de gaze foram deixados para trás. Ele era um cirurgião da velha guarda, que preferia a cirurgia tradicional aberta em vez da laparoscópica. Naquele dia, ficou especialmente feliz a esse respeito. Ele talvez tivesse deixado escapar aquilo se tivesse usado o laparoscópio, pois, com o abdome de Brian aberto, Joel teve uma melhor visão dos órgãos, e foi assim que encontrou. Em sua carreira, ele já tinha removido bastante tumores cancerígenos para reconhecer um de imediato. E ali estava um deles, preso ao peritônio do sobrinho. O suor voltou a sua testa.

— Acho que estou vendo uma massa tumoral. Preciso fazer uma prospecção — Joel informou e, então, alargou a incisão e deixou a sua mente assumir o controle, subindo como uma maré contra o seu medo. — Ligue para a oncologia e diga que preciso falar com Bill Blakely — disse e olhou para uma enfermeira. — Faça isso agora, por favor.

A enfermeira voltou dois minutos depois com o telefone da sala de cirurgia envolto por uma proteção esterilizada. Ela o segurou junto ao ouvido de Joel.

— Oi, Bill, aqui é Joel Keaton. Estou com um garoto de doze anos na mesa. Uma apendicectomia sem complicações. Secundariamente, notei o que parece ser um mesotelioma, com cerca de nove centímetros de diâmetro. É um caso pessoal para mim. Será que você pode dar um pulo até aqui e dar uma olhada... Ok... Vou cuidar disso.

Com cuidado, Joel removeu a massa tumoral, desprendendo-a da cavidade abdominal e cauterizando os vasos de alimentação à medida que progredia. No momento em que Bill Blakely chegou, o tumor estava na bandeja de amostras de metal. Era feio e estava morto, e Joel sabia muito bem que tumores como aquele podiam deixar os pacientes do mesmo jeito. Havia algo ali que ele odiava: uma sensação de impotência e fracasso provocada pelo tecido coberto de sangue removido por ele. Algo que Joel não podia controlar. O tumor, sem valor e mutilado naquele momento, podia já ter injetado sua dose mortal no organismo do seu jovem sobrinho, e estava além do toque curativo que as mãos de Joel eram capazes de entregar.

Durante trinta minutos, o dr. Blakely procurou outras massas tumorais, mas não as encontrou. O chefe da oncologia cirúrgica tinha a expressão estoica de um cirurgião cuidando de um estranho. Joel reconheceu a expressão a partir do seu próprio estoicismo de anos. O dr. Blakely dissecou e extraiu os linfonodos adequados e excisou pequenas amostras dos órgãos circundantes para biópsia. Enquanto Joel fechava o abdome de Brian, o tumor, os tecidos e os nódulos foram enviados para a patologia.

Na manhã do dia seguinte, ele pressionaria a patologia e, à tarde, saberia mais coisas acerca do prognóstico de Brian. Saberia se havia metástase. Saberia se os linfonodos estavam envolvidos. Saberia se o sobrinho tinha alguma chance ou se um assassino silencioso tinha se infiltrado em seu organismo e assumido o comando firme de como as coisas progrediriam.

Joel saiu da sala de cirurgia e encontrou a irmã na sala de espera. Rachel já havia passado por tantas coisas com Brian e escapado por um triz tantas vezes nos últimos doze anos que era difícil imaginar escapar de outra. Joel ficou sentado ao lado da irmã, segurando a sua mão, enxugando as suas lágrimas e se perguntando se todos os pais não mereciam o mesmo tempo e a mesma solidariedade. Não entendia por que nunca havia oferecido a eles a mesma compaixão. Tinha aberto abdomes no passado e os fechado um minuto depois após ver o câncer tomando conta de outros órgãos com tal agressividade que nada que ele pudesse fazer impediria a morte de chegar. A sua explicação aos familiares daqueles pacientes não durava mais do que cinco minutos e o caso logo era esquecido, a não ser pelas comparações ocasionais entre os seus colegas médicos a respeito dos piores casos de cada um.

Entre, abra e tire. Ajude quando puder, mas não se martirize quando não puder.

Havia uma razão pela qual Joel se saía mal nessa parte do seu trabalho. Dar notícias terríveis aos familiares sempre o trazia de volta ao dia em que o policial apareceu na varanda da sua casa de infância e deu a notícia ao seu pai. Naquele dia, enquanto os seus familiares choravam, Joel se lembrou de ver o pai, uma fortaleza emocional, chorar pela primeira vez, caindo de joelhos ao ouvir que o filho tinha se afogado. Ao longo da carreira, Joel havia se tornado insensível às emoções que os pacientes e os familiares exibiam diante das más notícias. Fazer qualquer outra coisa o fazia retroceder trinta anos, e ele tinha passado muito tempo se torturando durante as madrugadas para se afastar do mesmo lugar durante as suas horas de vigília. Joel afastou da mente as lembranças do irmão e do rio, da infância cheia de culpa e das áreas minadas que a qualquer momento poderiam provocar uma explosão de remorso, e fez questão de estar presente para Rachel, que chorou no seu ombro enquanto ele a abraçava com força.

Duas horas depois de deixar Rachel sentada ao lado da cama de Brian, Joel se dirigiu ao hospital de cuidados paliativos e ocupou o seu próprio lugar ao lado de um paciente diferente. O pai estava imóvel, respirando com dificuldade.

Para Joel, nunca havia sido um plano levar para o túmulo o segredo acerca do dia em que o irmão morreu no rio. Ele nunca elaborara totalmente em sua mente que esconderia para sempre os detalhes daquele dia; era apenas a maneira pela qual a sua vida tinha tomado forma. Naquela noite, Joel não dissera nada e ficara em silêncio nos dias após a descoberta do corpo do irmão. Um dia levou a outro, e depois a outro, até que meses e anos se passaram. No final das contas, tanto tempo tinha se passado que o segredo se tornou parte dele. Houve muitas vezes em que o peso do seu silêncio tinha se tornado insuportável e Joel havia pensado em contar ao pai o que tinha acontecido no rio naquele dia. Mas então ela pensava melhor. Revelar a verdade de modo tão repentino, anos depois e fora do contexto, só reabriria velhas feridas. Mas naquele momento, quando o pai se aproximava da morte, Joel decidiu que não poderia permitir que ele deixasse este mundo sem saber o que havia acontecido com o filho naquela tarde. Seja por escolha ou circunstância, a hora da verdade tinha chegado.

Joel pegou a mão do pai.

— Pai?

Não houve sinal de que o pai o tivesse escutado, mas isso não impediu Joel de falar.

— Eu estava lá naquele dia. No rio. Eu podia ter salvado o meu irmão, mas senti muito medo. Lamento nunca ter contado o que aconteceu para você. Mas quero contar agora...

O pai abriu os olhos e, numa noite fria de primavera, um homem oprimido por um segredo de toda uma vida confessou ao pai moribundo o papel que havia desempenhado na morte do irmão trinta anos atrás.

19. Mãos úmidas

Sexta-feira, 5 de maio

19h12

O HOTEL DRAKE FICAVA ÀS MARGENS DO LAGO MICHIGAN, DO outro lado das oito pistas da Lake Shore Drive, e existia desde a época em que Woodrow Wilson ocupou a Casa Branca. O interior, embora moderno, mantinha a aparência grandiosa de anos atrás. O Salão Veneziano estava preparado para receber 125 convidados. Vinte mesas redondas ocupavam o espaço e estavam cobertas com louça para ocasiões solenes. Uma longa mesa retangular estava destinada aos ilustres oradores convidados. Uma grande tela pendia do teto em um dos cantos e captava a luz azul do projetor. Alguns médicos ansiosos circulavam e examinavam com atenção o programa, buscando os seus assentos e trocando algumas palavras com os especialistas que fariam a apresentação e compartilhariam os seus conhecimentos. O tema era cirurgia bariátrica, um procedimento cuja popularidade havia crescido muito com o desenvolvimento de técnicas novas e mais seguras.

Joel Keaton estava no saguão do hotel, andando de um lado para o outro, entre um sofá e o banheiro masculino. Ele respirou fundo. Fazia muito tempo que não fazia aquilo. Ele tinha organizado a vida de maneira a raramente tirá-lo do sério ou da sua zona de conforto. Mesmo quando ele se aventurava no desconhecido em sua profissão, fazia isso no ambiente controlado da sala de cirurgia. Joel podia fazer qualquer coisa ali, ao se concentrar e se encaminhar para uma solução definitiva. Porém, naquela noite, era algo diferente. Naquela ocasião, ele não só estava fora da sua zona de conforto, mas também estava num lugar bastante diferente. Joel não fazia ideia para onde estava indo ou como a noite terminaria, e a incerteza estava o deixando nervoso. Ele estava com as mãos úmidas e sentia a ansiedade aumentar cada vez mais.

No entanto, algo aconteceu quando Joel a viu. Ela estava usando um vestido preto, que pairava com graça pouco acima dos joelhos. Enquanto caminhava, os saltos dos seus sapatos a apoiavam e abriam caminho para panturrilhas torneadas, que apresentavam um bronzeado que nada tinham a ver com Chicago no início da primavera. O último vestígio do inverno havia perdido a força algumas semanas antes, mas ela usava um xale sobre os ombros para manter afastado o friozinho que pairava no ar. O cabelo castanho-avermelhado estava preso e puxado para trás, com uma única mecha caindo ao lado do rosto, acentuando a pele bronzeada, firme e jovem.

Ela abriu um sorriso largo quando o viu, e isso foi o suficiente. O sorriso dela provocou algo em Joel, moveu alguma alavanca desconhecida em seu sistema nervoso, permitindo-lhe encontrar o bem-estar e a segurança que normalmente orientavam a sua vida. Ao se aproximar dela, as suas mãos secaram e a sua ansiedade passou. Joel deu um beijo de leve no rosto dela.

— Você está maravilhosa.

— Obrigada — ela respondeu, olhando-o por inteiro. — Você também está muito bem. Você fica muito melhor sem a camiseta suada e a bermuda de ginástica.

Eles se conheceram numa academia e, após dois meses de conversa em esteiras vizinhas, Joel finalmente tinha conseguido criar coragem para convidá-la para jantar. O fato de ele a ter convidado para um simpósio de educação continuada evidenciava claramente o quanto Joel era péssimo a respeito de relacionamentos amorosos. Ele havia pensado em ligar para mudar os planos, mas não quis complicar as coisas ou dar a ela qualquer pretexto para cancelar o convite. Então, ali se encontrava ele, no Hotel

Drake, em seu primeiro encontro romântico em muitos anos, para ouvir alguns médicos falando sobre uma cura cirúrgica para a obesidade.

Mesmo que o local não fosse dos melhores, a iniciativa representava um progresso. Aquela noite era uma tentativa de imprimir um rumo diferente em sua vida. Após a confissão do seu segredo de longa data ao pai acerca do papel que desempenhara na morte do irmão, Joel encontrara uma liberdade que há anos estava faltando em sua vida. Ele decidiu corrigir a trajetória da sua queda em espiral dando fim à sua penitência autoimposta e se permitindo desfrutar da companhia de uma mulher, algo que ele inexplicavelmente tinha se negado durante a maior parte da vida adulta.

— Sim — ele disse, endireitando a gravata. — Nada mau para um cara que normalmente pinga suor na esteira ao seu lado — Joel disse e entregou um crachá para ela. — Desculpe. Todo mundo usa um nesses eventos.

Ela olhou para o crachá e, em desaprovação, semicerrou os olhos.

— Meu Deus! Ninguém nunca me chama assim. Nem mesmo o meu pai quando está bravo comigo.

— Abigail?

— Não. Nunca.

— Tudo bem — Joel disse, pegando uma caneta e riscando *Abigail*. Ele escreveu *Abby* por cima. — Aí está. Muito melhor.

— Bem, agora não dá para ler direito.

— Não se preocupe. Ninguém vai notar. Metade das pessoas no salão vai estar dormindo.

— Não pode ser tão ruim. Qual era o assunto mesmo?

— Cirurgia de redução do estômago. Algumas apresentações longas cheias de fotos repugnantes de abdomes escancarados e um monte de jargões médicos.

— Parece divertido — Abby disse com humor ácido.

Joel levou a mão à testa.

— Sou mesmo um idiota. Não sei o que me passou pela cabeça ao convidar você para esse simpósio. Mas não se preocupe. Vamos jantar primeiro e duvido que você chegue à apresentação de slides. Esses caras vão fazer você roncar em dez minutos.

— Vou tomar um café.

— Café não vai ser suficiente.

Com uma mão leve na parte inferior das costas dela, Joel a conduziu para o grande salão com um sentimento profundo em suas entranhas que lhe dizia que havia algo especial nela.

78

20. Pescaria

Sexta-feira, 5 de maio

23h42

AS PÁLPEBRAS DE BEN TREMULARAM EM MOVIMENTOS BRUSCOS e rápidos durante o sono. O clarão de um relâmpago iluminou o céu noturno entre nuvens. O estrondo do trovão foi quase instantâneo e sacudiu as paredes da cabana. Ele abriu os olhos e observou o seu entorno. Antes que conseguisse se orientar, uma violenta rajada de vento quebrou a tranca que mantinha a porta fechada, abrindo-a com tanta força que a fez ir de encontro à parede adjacente. A luz azulada de outro relâmpago iluminou a cabana antes de sumir. A chuva horizontal começou a entrar pelo vão da porta.

Ben pulou para fora da cama, encostou o ombro na porta e forçou a fechá-la. Aquela era uma das piores tempestades que ele já tinha presenciado na ilha. Ben reforçou a tranca e voltou para a cama. Fechou os olhos e procurou dormir, mas algo havia mudado. A ansiedade tomou conta dele, e um desejo incontrolável de voltar para casa invadiu o seu coração. Ben desejava estar na cama com a sua mulher e abraçá-la com força. Porém, havia algo de errado naquela noite. A ligação que ele sempre tinha sentido com Abby, o vínculo que o tinha ajudado a sobreviver durante tanto tempo em sua jornada, parecia mais fraca de algum modo.

Ben fechou os olhos e tentou dormir para afastar a preocupação. Porém, os estrondos dos trovões impediram que o sono chegasse. Algo estava errado. Ele podia sentir.

A tempestade passou ainda durante a noite, e Ben acordou com o céu azul. Ele se sentou na cadeira do lado de fora da cabana com os destroços do avião à sua frente. Nem mesmo a passagem de um ano tinha sido suficiente para ele não se surpreender com o tamanho daquilo. A parte dianteira do avião tinha deslizado pelo chão até a beira da laguna e mergulhado nela, fazendo com que a linha d'água ficasse no meio do para-brisa da cabine. Ben se sentia pequeno e fraco sempre que ficava perto dos destroços.

Ao deslizar do mar para a ilha, o avião deixou um rastro de destruição até a parte dianteira parar naquele lugar, derrubando árvores e escavando a terra. A parte traseira tinha desaparecido, arrancada durante o acidente e repousava em algum lugar no fundo do oceano Pacífico. Os destroços soltaram fumaça durante dias, e Ben encontrou abrigo na mata com William, observando e esperando uma explosão que nunca aconteceu. Quando os destroços pararam de soltar fumaça, Ben finalmente se aproximou deles para avaliar os danos e ver o que conseguia salvar. Ele levou algum tempo para superar a culpa de saquear algumas bagagens que encontrou. A única coisa que ele queria encontrar tinha sumido, mas William conseguiu achá-la na praia.

Naquele momento, Ben se sentou diante da sua cabana, tirou o diário da mochila e o colocou no colo. Abriu-o e o folheou até encontrar a passagem que estava procurando. Ele não tinha sido capaz de se livrar da sensação que o atormentou durante a noite, a de que algo tinha acontecido com Abby.

Ben começou a ler o diário, esperando que as palavras o tranquilizassem.

O verão em que aprendi a pescar

Aprendi a pescar aos oito anos. Naquele verão, todas as manhãs de sábado, meu pai alugava um barco de alumínio, amassado e sujo, de um velho na marina. Foi o ano em que aprendi a manusear uma vara de pescar e as nuances de anzóis com iscas artificiais. Foi quando aprendi a prendê-los na extremidade da minha linha de pesca.

— Por cima, por baixo e através da presilha.

Eram as palavras do meu pai, mas eu as aproveitei para mim, repetindo-as mil vezes naquele primeiro verão em que tentava dominar o nó palomar que usava para prender as iscas. Repeti as palavras no acampamento de verão e quando a minha família passava férias no Grand Canyon. Eu as repeti na mesa de jantar e antes de ir para a cama. Nos meus sonhos, eu dava nós, muitas vezes acordando com as palavras em meus lábios.

— Por cima, por baixo e através da presilha.

No fim do verão, eu tinha me tornado perito em prender as minhas próprias iscas, sentindo orgulho de nunca precisar da ajuda do meu pai, que sempre balbuciava as palavras enquanto os meus dedos trabalhavam.

— Por cima, por baixo e através da presilha.

O fato de não pescar nenhum peixe em mais de um mês naquele primeiro verão era irrelevante. Eu não tinha que pescar o peixe sozinho. Fiquei satisfeito em ajudar o meu pai a pescar o achigã que ele fisgou. Fiquei feliz em recuperar as iscas da boca dos peixes e observar o meu pai lidando com eles. Diversas vezes, meu pai tinha oferecido a sua vara quando um peixe era fisgado, mas eu sempre havia recusado.

— Eu quero pegar o meu, pai. Sem nenhuma ajuda.

— Tudo bem. Pegue a rede e me ajude a pôr no barco esse aqui.

Pescado e examinado, o peixe era solto antes de jogarmos as nossas linhas de volta na água. Então, numa manhã nublada de julho, no lago Cedar, aconteceu. Uma vibração sutil na ponta da minha vara de pescar. Em seguida, um puxão.

— Fisguei um!

— Boa, garoto. Ajuste a linha — meu pai disse, sorrindo.

Direcionei a vara para cima.

— Perfeito. Agora, comece a enrolá-la com o molinete. Mantenha a tensão, sem folga. Ajuste o arrasto com um pouco mais de força — meu pai orientou e pegou a rede. — Não pare, não pare. É uma perca.

— É mesmo?

Meu pai estendeu a mão pela lateral do barco, tirou o peixe da água e o deixou cair na rede.

— Belo peixe — ele disse. — Três quilos, fácil.

Soltei a perca pelo lábio inferior, como tinha visto meu pai fazer diversas vezes durante o verão. Ergui o peixe e lentamente recuperei a isca artificial.

— Olhe aqui, bem — meu pai pediu, espiando pelo visor de uma câmera.

Fiquei de pé e segurei a perca bem no alto. Anos depois, meu pai e eu tínhamos muitas fotos de nós dois pescando juntos. A minha favorita está emoldurada e colocada sobre a cornija da lareira. Nela, meu pai e eu estamos no norte do Canadá, segurando um enorme picão-verde que pescamos simultaneamente. A foto sempre me lembra daquelas manhãs de sábado, que se tornaram uma parte da minha vida que se diferenciava de todas as outras.

— Pai — eu disse a caminho de casa naquele dia em que pesquei o meu primeiro peixe. — Quando eu tiver um filho, vou ensiná-lo a pescar como você me ensinou.

Meu pai sorriu e estendeu a mão para despentear o meu cabelo.

— Espero que o seu filho seja tão esperto quanto o meu — ele disse.

Se você tivesse ficado em minha vida mais do que o nosso breve tempo juntos, uma das minhas grandes alegrias teria sido ensiná-lo a pescar e passar todos os truques do seu avô a você.

Ben deixou o diário de lado. As lembranças do pai e daquelas manhãs de sábado e o seu desejo de um dia ensinar o próprio filho a pescar o transportaram para um diferente tempo e espaço. Para algum lugar longe da ilha onde passara o último ano. Então, os seus pensamentos recuaram para

Abby e para a sensação incômoda de que algo havia mudado. De que, de alguma forma, ele a estava perdendo. De que as coisas estavam saindo de controle e o seu plano podia não funcionar.

Desde que Ben estava na ilha, não foi a primeira vez que ele se deu conta de que a vida anterior ao acidente fugira dele. Uma vez antes, a morte de Jacob o descontrolara. Apesar de ter corrigido a trajetória anormal do seu cotidiano, ele nunca recapturou totalmente a sua vida. Sempre tivera a intenção de tê-la de volta, dar uma guinada algum dia que o levaria numa direção diferente, de volta à pessoa que ele havia sido. Porém, o tempo foi passando, e quando Ben pensou em sua vida, percebeu que a última parte dela se desenrolou de modo nada feliz, com os anos de descontentamento se acumulando silenciosamente, da mesma maneira que uma placa se acumula numa artéria, silenciosa e despercebida até que seja tarde demais.

Ben pensou no dia em que Abby falou da ideia de terem outro filho. A primeira tentativa deles de dar sentido ao sofrimento e à morte do filho tinha vindo com a decisão de doar os órgãos de Jacob. Ajudar outras crianças doentes permitiu que Ben e Abby encontrassem algum propósito na breve vida de Jacob. Aquela difícil decisão havia funcionado. Sufocou a aflição deles e respondeu a perguntas irrespondíveis acerca da vida e da morte. Porém, quando a euforia temporária de usar a morte de Jacob e o próprio sofrimento deles para ajudar os outros desapareceu, Ben e Abby se viram perdidos e questionadores.

Foi só a resiliência de Abby que salvou os dois, Ben se lembrou naquele momento. Numa intervenção autoimposta, Abby reservou uma viagem de um mês de duração para Lake Tahoe. Foi ali que Ben voltou a se apaixonar por sua mulher, e onde ambos finalmente emergiram da dor pela perda do filho.

No ano seguinte, Abby trouxe a ideia de ter outro filho.

— Você já pensou sobre isso? — Abby perguntou.

— Na verdade, não — Ben respondeu.

— Eu já.

Ben fez uma pausa antes de falar.

— Eu não consigo, Abby. Não posso passar por isso de novo.

— Não vamos passar por isso de novo. Estaremos nos recuperando disso. Estaremos dando significado à morte de Jacob, porque ele estará nos inspirando a ter mais filhos.

Em desacordo, Ben balançou a cabeça.

— Parece que estamos tentando substituí-lo.

— Nunca vamos substituir Jacob. Ter outro filho não significa que vamos esquecê-lo. Significa que estamos tentando seguir em frente. Significa que estamos tentando ser felizes.

Ben sorriu, sem graça.

— Talvez. Deixe-me pelo menos pensar no assunto, para ver se consigo entender a ideia.

Não foi uma recusa total, mas foi quase. Abby sabia disso tanto quanto Ben. Ter outro filho estava fora de cogitação.

Naquele momento, Ben respirou fundo, sentou-se na frente da sua cabana e se lembrou de todas as coisas frívolas e egoístas que tinha feito para preencher o vazio deixado pela morte de Jacob. Todas as coisas insensatas que fez exceto a coisa certa. Consumia-o o fato de ter deixado para trás um segredo que com certeza afetaria a mulher de uma maneira que ele nunca teve a intenção de que acontecesse.

Ao fechar o diário, Ben tomou uma decisão. Ele prometeu a si mesmo que se algum dia conseguisse voltar para a mulher, encontraria uma maneira de consertar as coisas. Fechou os olhos e, durante uma oração silenciosa, fez a mesma promessa a Deus; que apesar de todos os seus erros, encontraria uma forma de fazer Abby feliz.

21. Kitesurf

Segunda-feira, 8 de maio

10h32

O PATRIMÔNIO LÍQUIDO DE CHRISTIAN MALONE ESTAVA diretamente ligado ao preço das ações da sua empresa de tecnologia, e assim como a direção do vento, o valor exato flutuava todo dia, mas estava solidamente na casa dos bilhões. Ele tinha feito a sua primeira fortuna ainda na faculdade, quando escreveu o código de programação de um software que permitia aos usuários armazenar documentos remotamente a partir de um computador pessoal. O software fazia o backup dos dados armazenados e oferecia aos usuários um lugar livre de preocupações para armazenar arquivos e dados sem medo de perdê-los numa falha do computador. Ele vendeu a tecnologia por dezenas de milhões de dólares e imediatamente abandonou a Universidade Princeton para iniciar a sua própria empresa de software, que, naquele momento, era uma empresa de capital aberto constante da lista Fortune 500, com mais de dez mil funcionários. Ele tinha apenas trinta e cinco anos.

Uma equipe de gerentes, executivos e diretores administrava a empresa, enquanto Christian observava a distância, intervindo apenas quando um programador precisava da mente brilhante dele para alguma codificação ou para esclarecer outros detalhes abstratos. Ao longo dos últimos anos, Christian havia desenvolvido outros interesses e feito novos investimentos que o empolgaram. Ele sempre estava perseguindo a sua próxima fortuna e, com capital quase ilimitado, as suas curiosidades variavam muito. Há um ou dois anos, tinha concentrado a atenção no setor de turismo de alto nível.

Christian estava na sala de reuniões, com vista para o Vale do Silício, e apontou o seu ponteiro laser para o mapa que estava exposto na tela à sua frente. Ele girou o ponto vermelho do laser ao redor do Havaí e então dirigiu o ponteiro pelo mapa até encontrar a pequena ilha onde ele sabia que a sua próxima fortuna esperava. Naquela manhã, ele estava tentando vender a sua última ideia para um pequeno grupo de investidores.

— Essa é a Ilha Valhalla — Christian disse para a plateia. — Só é acessível por hidroavião, barco ou helicóptero. É uma das ilhas mais remotas do mundo. Não é suficientemente grande para ter uma pista de pouso. Assim, voar diretamente para a ilha não será possível. Em vez disso, os visitantes voarão primeiro para o Taiti e, depois, terão duas opções. Podem optar pelo transporte por helicóptero do aeroporto no Taiti diretamente para a ilha. Ou podem optar pela viagem por hidroavião, que levará cerca de quarenta minutos do Taiti — ele afirmou.

Em seguida, prosseguiu:

— Os planos incluem um resort de dois andares com capacidade máxima para cinquenta hóspedes. Apesar da localização remota, será um empreendimento cinco estrelas com todas as comodidades. As pessoas vão vir de todo o mundo, e a viagem será longa para muitas delas. Assim, quando chegarem, serão recebidos em instalações de grande luxo, onde não faltará nada.

— Qual é a logística envolvida na construção nessa região remota do mundo? — um dos possíveis investidores perguntou.

— Bem complicada — Christian respondeu. — Não vou fazer parecer mais fácil do que é. Todos os materiais de construção terão que vir de barco, seja dos Estados Unidos ou da China. Parte da madeira poderá vir do Taiti. Como todos vocês sabem, comecei esse projeto há dois anos, tudo sozinho e sem dinheiro de fora. Não fui muito longe. Conseguimos levar alguns materiais básicos para a ilha e erguer alguns alojamentos provisórios, não mais do que cabanas robustas que estavam destinadas a abrigar o pessoal contratado para a construção do resort.

— Então, você se deparou com uma tempestade — outro possível investidor disse.

— Exatamente. Depois que erguemos as cabanas e enviamos alguns materiais para a ilha, o furacão Earl surgiu de repente e foi em direção ao nosso pequeno oásis. Não foi no momento certo. Nenhuma das estruturas erguidas estava segura quando a tempestade chegou. Perdemos tudo. O pessoal evacuou um dia antes do Earl assolar a ilha, e quase todo o restante foi destruído. Visitei o local algumas semanas depois da tempestade e interrompi todos os planos de construção. Não voltei para lá desde então. Isso foi há dois anos.

— Você perdeu tudo na ilha, incluindo o seu dinheiro — um terceiro investidor afirmou.

— Naquela época, era o meu projeto de estimação. Entrei às cegas e rápido demais — ele disse e abriu as palmas das mãos. — Todo mundo aqui sabe que posso lidar com uma pequena perda financeira. Espero que todos me conheçam bem o suficiente para também entender que aprendo com os meus erros. Desta vez, tenho um plano melhor, não tão arrogante, e com um pouco de perspectiva. O meu maior obstáculo hoje é que todas as pessoas que me dizem o que posso e o que não posso fazer com o meu dinheiro estão me dizendo educadamente que não posso voltar ao projeto sozinho. Preciso de alguns investidores. Então, eis a minha proposta.

Na tela atrás dele, a imagem de satélite do Pacífico Sul e do pequeno ponto que Christian havia circundado com o seu ponteiro laser se ampliou e exibiu a ilha. Uma vista aérea apresentou uma concepção artística de um belo resort situado em uma praia de areia branca e uma luxuosa piscina cercada por palmeiras. Essa vista ainda serviu para mostrar a floresta tropical e o outro lado da ilha. Ali, no lado oeste, onde sopra o vento, o mar quebrava na praia em ondas enormes e ondulantes, e as palmeiras se curvavam para o interior da ilha quando eram castigadas por uma ventania.

85

— Um luxuoso resort situado numa das localizações mais exclusivas do mundo, acessível apenas para aqueles que dispõem de recursos. Sim, estamos comercializando para os ricos — Christian afirmou. — Sabemos que só os endinheirados vão visitar e, acredito, frequentar o nosso resort. Porém, existem resorts exclusivos em todos os cantos do mundo. O que torna o nosso único?

Christian apontou para a tela.

— O lado oeste da ilha consiste na melhor localização para kitesurf do mundo. Vocês sabem que tenho praticado kitesurf toda a minha vida. É como uma droga. Procurei pelo mundo todo os melhores ventos e as melhores ondas. Nunca encontrei nada melhor do que essa ilha oferece. Os ricos virão pela exclusividade do nosso resort, mas voltarão pelo kitesurf.

Na tela, um vídeo profissional apresentava Christian e os amigos praticando kitesurf no lado oeste da ilha. A filmagem foi feita a partir de câmeras GoPro montadas nas pranchas de kitesurf, e também de tomadas aéreas feitas por drones. Nada fora economizado na produção do vídeo porque Christian sabia que o kitesurf era fundamental para a sua abordagem de venda. Ele tinha lotado a sua sala de reunião não apenas com os bastante ricos para investir em seu resort, mas também com aqueles que amavam o esporte.

No final do vídeo, as perguntas dos seus investidores em potencial vieram rapidamente.

— Que quantidade de dinheiro estamos considerando? E qual seria o retorno?

— Qual é o seu cronograma?

— É claro que seria interessante nós mesmos praticarmos o kitesurf na ilha. Quando seria possível uma visita?

Christian sorriu. Ele os tinha fisgado. Eles estavam interessados.

— Vamos falar dos detalhes. E o mais importante, vamos combinar um momento em que todos nós possamos fazer a viagem para essa pequena ilha, para que eu possa mostrar a vocês como praticar kitesurf ali é alucinante.

NOVEMBRO

22. Aproveitando o vento

Quarta-feira, 1º de novembro

15h21

ABBY ENCONTROU O SEU BANCO PERTO DA MARINA DE BELMONT.
A corrente de ar do lago Michigan estava voltando a ficar fria e a lembrou de sua vinda ali, encarando a temperatura congelante após o seu almoço com Maggie, para encontrar uma maneira de passar pelo Natal anterior, o primeiro sem o marido. Desde a morte de Ben, aquele banco da marina de Belmont tinha se tornado o seu refúgio, um confidente que ela costumava frequentar para descarregar as frustrações ou elaborar as emoções. As temperaturas gélidas do dezembro anterior foram substituídas primeiro pelo degelo da primavera, que depois se transformou na emanação quente do verão. E naquele momento, quando outubro chegou ao fim e novembro começou, o frio do outono.

Durante todo o verão, sentada em seu banco contemplando a vida e traçando o melhor caminho a seguir, Abby havia observado os veleiros com as suas velas triangulares brancas encherem o lago. No verão, esses barcos sempre tinham navegado em diferentes ângulos e inclinações, todos seguindo por rotas espalhadas pelo lago Michigan. Porém, apesar dos seus distintos rumos, cada veleiro se alimentava da mesma fonte: o mesmo vento que soprava de uma única direção.

Ao longo da semana, Abby tinha ficado sentada em seu banco, observando os veleiros quando precisava dar um tempo. Ela os observou durante todo o verão, até o final de setembro, quando a temperatura caiu. Então os veleiros sumiram, foram retirados da água e guardados até a próxima temporada. Naquele momento, com o Halloween e o final de outubro, as árvores junto à beira do lago adquiriram uma cor de abóbora e de ouro, com os meios-fios e as sarjetas cheios de folhas caídas, que se agitavam e farfalhavam com o vento.

Abby enfiou a mão no bolso do casaco e tirou um envelope vermelho. Olhou novamente para o nome do remetente: *Joel Keaton*. Tinha chegado pelo correio no dia anterior, mas ela havia esperado até aquele momento para abri-lo, até que estivesse em seu banco, onde pensava melhor.

Ando pensando em você, dizia o cartão ilustrado com uma abóbora. *Feliz Halloween.*

Estava assinado:

Vamos nos ver? Sinto falta das nossas conversas.
Joel

Abby sorriu, embora fosse um sorriso nervoso. Já fazia quase um ano e meio desde a perda de Ben. Em algumas frentes de batalha, o seu mundo havia voltado ao normal. Mas em outras, Abby estava presa num lugar de carência de difícil entendimento, mas sendo incapaz de avançar. O seu maior passo tinha sido dado quando ela finalmente empacotou os pertences de Ben, começando na noite em que guardou em seu armário a lembrança constante do marido, representada pelo relógio e pela carteira deixados na cômoda. Nos dias e nas semanas subsequentes, Abby deu passos maiores, embalando as roupas formais e informais, os bonés e os sapatos. Doou os tacos de golfe para a arrecadação de fundos da igreja e vendeu o carro de volta para a concessionária. Jogou fora as revistas de arquitetura que entulhavam a saleta e, finalmente, criou coragem para entrar no estúdio, onde desmontou a maquete do prédio que ele estava projetando, devolvendo-as aos sócios do seu escritório. Porém, de longe, o passo mais difícil, o mais complicado de todos e aquele que Abby deu com o menor senso de equilíbrio foi quando ela removeu as fotos que decoravam a casa: as fotos do casamento no vestíbulo e as fotos emolduradas penduradas nas paredes foram todas para o depósito.

Abby só manteve uma: a foto de Ben e do pai dele numa pescaria no Canadá com sorrisos largos, segurando peixes nos braços estendidos. Ben tinha apenas vinte anos quando a foto foi tirada, alguns meses antes da morte do pai. A foto lhe dava uma sensação de bem-estar e, embora Abby soubesse que todas as outras fotos tinham de ser removidas, ela manteve essa na cornija da lareira da sala e olhava para ela com frequência. Foi um momento no tempo em que Ben parecia mais feliz, antes da morte de Jacob mudá-lo de uma maneira que ele nunca se recuperou. Abby tentou se lembrar apenas dos bons tempos quando se desapegou do único homem que ela já tinha amado.

O seu próximo passo para seguir em frente foi ingressar numa academia. Abby tinha se exercitado muito pouco no ano após a morte de Ben e, embora isso não se revelasse por fora, sobretudo porque ela também não havia comido muito, ela sentia isso por dentro. Um cansaço desconhecido que atormentava o fim dos seus dias. A academia se tornou a sua fuga. Um lugar para relaxar e escapar da repetida monotonia cotidiana que se instalara em sua vida. Trabalho e casa. Trabalho e casa. Foi assim por mais de um ano. Até que ela conheceu Joel Keaton. Ele mudou tudo.

Ela voltou a ler o cartão.

Sinto falta das nossas conversas.
Joel

Passaram-se seis meses desde que Abby havia acompanhado Joel ao jantar no Hotel Drake. Foi o seu primeiro encontro romântico em mais de quinze anos, e aquela noite desencadeara uma avalanche de emoções que remontavam a anos atrás. Sentimentos de excitação e expectativa e todas as emoções que vêm com as incógnitas de um novo relacionamento. Naquela noite, ao sair de casa para encontrar Joel, Abby havia tomado uma decisão. No vestíbulo, fazendo os ajustes de última hora no cabelo e na maquiagem, a sua aliança de casamento capturou um raio de luz. Ela segurou a mão esquerda na sua frente e olhou para o anel. Bloqueando os pensamentos conflitantes em sua mente, Abby tirou a aliança do dedo e a deixou na prateleira do vestíbulo. Então, respirando fundo, saiu de casa para o encontro com Joel Keaton.

Nos meses seguintes àquele primeiro encontro, eles tinham saído juntos algumas vezes para tomar um café, mas se viam principalmente na academia. Joel a convidara para jantar algumas vezes desde aquela noite no Hotel Drake, mas Abby sempre encontrava motivos para recusar, nenhum deles relacionado à falta de interesse. Ele era bem-apessoado e cavalheiro, educado e cortês. Joel tinha grande senso de humor, e Abby ria muitas vezes quando estavam juntos. As conversas fluíam com facilidade entre eles, e Abby se deu conta de que também sentia falta delas. Mas havia algo mais ali. Algo que a impedia de se abrir. Algo que ela não conseguia entender ou identificar. Uma sensação de mal-estar que fora gerada durante aquele primeiro encontro com Joel. Talvez ainda fosse muito cedo, ela disse a si mesma pela centésima vez.

Abby se sentia contente com o tempo que eles passavam juntos na academia; mantinha-os em contato e era um lugar fácil para se verem durante a semana. E conservava vivos aqueles sentimentos de possibilidade. Aqueles sentimentos de espera que se formavam como bolhas no fundo de uma chaleira de água prestes a ferver. A expectativa de ver Joel na academia lhe dava algo pelo que ansiar, e ansiar pelas coisas havia sido uma habilidade esquecida desde a morte do marido.

Ela voltou a ler o cartão. *Ando pensando em você.*

Uma brisa gelada veio do lago. Abby queria poder encontrar forças para se libertar, para se livrar das rédeas que a seguravam. Para superar algo fora do comum que a estava afastando de um homem que poderia lhe trazer felicidade. Abby olhou para o lago e se lembrou dos veleiros do verão, espalhados em diferentes rotas, mas todos navegando a partir da mesma fonte. Ela sabia que, aproveitado corretamente, o vento poderia levar o barco em qualquer direção desejada. Naquele momento, enquanto observava o lago, Abby se perguntou se aquele mesmo princípio não se aplicava à vida.

23. Perdão

Quarta-feira, 1º de novembro

19h32

A PIPOCA PAROU DE ESTALAR NO MICRO-ONDAS, E JOEL A despejou na tigela grande que estava no balcão da cozinha. Ele a polvilhou com sal e pegou duas garrafas de cerveja na geladeira. Os Yankees e os Giants estavam disputando a World Series, que se estendeu até o sétimo e derradeiro jogo da série, no primeiro dia de novembro. Esse jogo caiu no dia do aniversário de casamento da sua irmã, Rachel, e Joel tinha se oferecido para levar o sobrinho para a sua casa naquela noite.

— Tio Joel, o jogo já começou — Brian gritou da sala de estar.

— Estou chegando.

Com uma garrafa de cerveja sem álcool em cada mão, Joel apoiou a tigela nos pulsos e entrou na sala. Ali, Brian pegou as garrafas.

— Bola válida? Essa foi muito fora — Brian disse. — Eu odeio os Yankees! Eles ganham todos os anos. Os juízes sempre dão uma mão para eles.

— Relaxa — Joel pediu. — Os Cubs vão voltar no próximo ano.

— Duvido — Brian afirmou, acomodando-se com a sua porção de pipoca.

O tumor que fora retirado era benigno. Nada mais do que um aglomerado anormal de células inofensivas. O resultado da biópsia dos nódulos de Brian não revelara nada de anormal. Outras análises clínicas e investigações de imagem deram negativo. Ele fizera diversos exames de sangue mensalmente e tomografias de corpo inteiro para assegurar que nenhum outro tumor estava se formando. Em breve, os exames passariam a ser trimestrais, depois semestrais e, com o tempo, não precisariam mais ser realizados. *Garoto de sorte*, Joel pensava toda vez que olhava para o sobrinho. Não foi a primeira vez que o garoto havia escapado por um triz em sua jovem vida, mas ainda assim era um alerta. Um tapa na cara que exigia atenção. Não para Brian — os adolescentes raramente se dão conta da sua mortalidade, e Brian, em particular, tinha passado por tanta coisa que a descoberta de um tumor benigno era menos preocupante para ele do que uma decisão errada na World Series. No entanto, para Joel, fora um momento decisivo. Ele decidira nunca esquecer a expressão de Rachel quando contou a ela o que havia encontrado. Outras pessoas tinham apresentado expressões semelhantes de medo e desalento depois que ele havia dado notícias igualmente ruins, mas daquela vez Joel Keaton prestou atenção. Ele sentiu a dor da irmã e reconheceu o seu pesar. Ele permitiu que aquela noite o transformasse. A compaixão, Joel percebeu, *poderia* fazer parte da sua carreira. Aquele dia despertou-lhe uma paixão por viver a vida ao máximo, não permitindo mais que os seus pecados do passado o detivessem.

A morte do irmão trinta anos antes havia lançado Joel numa trajetória de autodepreciação e tormento autoinfligido. Porém, descobrir o tumor no intestino do sobrinho durante uma apendicectomia de rotina fora suficiente para mudar a sua perspectiva. Ele decidiu que já era hora de se perdoar pelo papel que tinha desempenhado na morte do irmão, começando a levar a vida fora da sombra escura da culpa sob a qual passara os últimos anos.

Quando Abby Gamble apareceu em sua vida, Joel percebeu que ela era a primeira pessoa em muitos anos que o deixava feliz. Ele a convidou para jantar dois dias depois da operação de Brian. Foi uma grande investida na vida e os primeiros passos que ele estava dando em muitos anos que eram exclusivamente para si mesmo. A faculdade de medicina fora um jornada para realizar o sonho do irmão morto, e se tornar um cirurgião fora uma iniciativa para ganhar favores do pai. Durante a residência, ele havia se afastado da única mulher a qual tinha gostado por causa de uma necessidade candente de infligir a si o mesmo sofrimento que acreditava ter causado aos pais e irmãos; sobretudo o seu irmão mais velho, Brandon, que sofrera o maior impacto da raiva do pai devido à morte por afogamento do irmão. Toda a vida adulta de Joel fora um processo de conciliações e concessões. Abby representou a primeira situação em duas décadas que se assemelhava à liberdade.

O encontro deles fora uma daquelas noites perfeitas, sem sobressaltos, sem conversas embaraçosas, sem intenções ocultas. Apenas duas pessoas curtindo a companhia uma da outra. Eles tinham escapado do simpósio no Hotel Drake logo após o jantar e bem antes de a apresentação sobre cirurgia bariátrica começar. Abby não tinha conseguido deixar de rir da fuga desavergonhada de Joel depois de uma refeição gratuita, com os cumprimentos da Conferência dos Cirurgiões Gerais do Meio-Oeste. Os dois se refugiaram no bar do saguão e conversaram pelo restante da noite. Por causa da fluidez da noite e do quanto ambos pareceram se divertir, Joel ficou se perguntando nos últimos meses sobre a relutância de Abby em voltar a vê-lo. A primeira saída deles havia acontecido em maio. O verão já tinha chegado e passado, e ele ainda não tinha encontrado nenhuma resposta.

O sétimo jogo durou três horas, durante as quais Joel e Brian conversaram sobre beisebol, estratégias e treinadores. Brian explicou como o seu treinador da escola o estava ensinando a jogar uma bola com efeito.

— O movimento é muito mais importante do que a velocidade — Brian disse.

Os Yankees acabaram vencendo o campeonato. Chateado, Brian cobriu o rosto com as mãos.

— Todos os anos! — desabafou.

— Os Cubs — Joel disse, sorrindo. — Você se lembra? Vão voltar no próximo ano.

— Claro que vão, tio Joel.

Brian ajudou a tirar os pratos da sala. Eles assistiram à comemoração pós-jogo por meia hora. Então, Joel bocejou.

— Bem, garoto, depois de te deixar amanhã na sua casa, vou ter um dia inteiro de trabalho. Vou dormir.

— Você trabalha muito.

— Sim, trabalho. Quando você descobrir o que quer fazer, escolha uma profissão com horários melhores.

— Vou jogar beisebol na liga principal.

— Perfeito. Você só vai trabalhar seis meses por ano. O quarto de hóspedes está pronto para você. As toalhas estão no banheiro. Não se esqueça de tomar os seus remédios, senão a sua mãe vai me matar, e ela nunca mais vai deixar você ficar aqui.

— Não vou esquecer. Vou terminar de ver a comemoração dos Yankees.

— Não fique até muito tarde. Você tem escola de manhã — Joel disse, dirigindo-se à escada.

— Tio Joel? — Brian perguntou quando Joel estava ao pé da escada.

— Sim?

— Por que você não tem filhos?

A pergunta pegou Joel de surpresa.

— Bem… Eu não sou casado.

— Por que você não é casado?

— Acho que não encontrei a mulher certa — Joel respondeu, sorrindo.

— Talvez seja porque você trabalha demais.

— Pode ser. Boa noite, Brian.

— Boa noite, tio Joel.

Joel estava na metade da escada quando Brian voltou a chamá-lo.

— Tio Joel?

— Sim?

— Se você tiver filhos, acho que você vai ser um bom pai.

— Obrigado, parceiro. Mais meia hora. Depois, cama — Joel disse, sorrindo.

24. Um voto de confiança

Sábado, 4 de novembro

10h02

FOI ALGO IMPALPÁVEL E INVISÍVEL. COMO UMA LUFADA DE oxigênio reacendendo um fogo minguante, Abby se sentiu rejuvenescida ao acordar. Houve momentos semelhantes ao longo do último ano e meio, em que ela se sentiu melhor do que nas semanas anteriores. Quando o sofrimento arrefeceu e a vida pareceu voltar ao normal. Porém, naquele dia, foi um fenômeno particularmente profundo, diferente dos outros. A aflição havia desaparecido, que era parte daquilo, mas também a hesitação que a estava contendo.

Quando Abby jogou o edredom para o lado, o frio da casa se infiltrou nela. Novembro era a fronteira entre o outono e o inverno. Então, tinha chegado a hora de ligar o aquecimento e talvez usar mais um cobertor. No chuveiro, ela deixou que a água quente elevasse a temperatura corporal. Tomada pela ansiedade, secou e ajeitou o cabelo e se maquiou.

Abby seguiu para o escritório, sentindo a necessidade de estar no lugar onde era mais produtiva, onde sempre conseguia fazer as coisas. Ela entrou pela porta dos fundos e subiu a escada para o segundo andar. Depois de entrar em seu escritório com paredes de vidro, Abby fechou a porta e andou agitadamente em frente à sua mesa. As janelas do chão ao teto davam para a avenida Michigan, que estava o caos de costume, repleta de gente fazendo compras, turistas e tráfego. Ela respirou fundo e finalmente se sentou à sua mesa, atacando uma papelada antiga para se estimular. Em seguida, analisou os números mensais, mergulhou nos números do marketing multinível e fez algumas ligações para os principais vendedores. Finalmente, assinou cheques de bônus de Natal para os seus gerentes. Quando terminou, pegou o telefone, respirou fundo e ligou. Cinco minutos depois, após desligar, Abby sorriu. Ela sabia que o ambiente do seu trabalho a forçaria a agir. Sempre forçou. A sua empresa era a sua paixão, o seu cubículo onde ela subia nos bons e maus momentos da sua vida.

O seu negócio tinha começado como uma pequena butique que vendia produtos cosméticos totalmente naturais produzidos por ela mesma. Ao longo dos anos, o negócio havia crescido e virado uma potência. Expandindo-se para cidades de todo o país, e evoluindo de produtos cosméticos para produtos de cuidados com a pele, era maior naquele momento do que Abby jamais imaginou que seria. E não dava sinais de desaceleração. A internet tornou os produtos disponíveis em todo o mundo, e o interesse pelo sua fórmula patenteada de produtos de beleza à base de ingredientes minerais estava se espalhando no exterior num ritmo espantoso.

Abby deixou o silêncio do seu escritório e passou uma hora fora dele. O salão de beleza de dois andares e a loja de cosméticos estavam lotados — o habitual para um sábado —, e ela passou o tempo se misturando com as funcionárias e as clientes, elogiando aquelas que estavam fazendo tratamentos faciais e dando conselhos para aquelas que procuravam evitar a palidez que a pele sofreria durante os meses de inverno. Um clássico de Bruce Springsteen dos anos 1980 terminou e, em seguida, o fundo musical começou a tocar "Landslide", do The Chicks. Abby não tinha trabalhado ali havia algum tempo; geralmente, ela ficava enfurnada no estúdio de design ou em seu escritório, trabalhando no marketing. Porém, estar entre as clientes e no ambiente do salão que ela tinha projetado cuidadosamente a enchia de nostalgia.

No meio da manhã, Abby sentiu vontade de visitar o depósito. Ela se encontrou com o gerente do andar e obteve uma análise há muito adiada do processo de embalagem e remessa. Em seguida, ajudou a preparar alguns pedidos. Isso a lembrou de quando havia começado, quando o seu negócio era novo, e quando ela, ajoelhada, embalava e empacotava todos os pedidos antes de carregá-los no porta-malas do seu carro e entregá-los em mãos. Naquele momento, ela percorreu com os olhos o depósito e viu empilhadeiras se entrecruzando, enquanto os seus sistemas hidráulicos erguiam caixas e as colocavam em esteiras rolantes.

Embora adorasse o negócio que havia construído, Abby sentia falta da empolgação do início. Quando ela não sabia como as coisas iriam correr. Quando não tinha certeza se teria sucesso. E naquele momento, quinze anos depois de ter desenvolvido a sua primeira linha de produtos e feito a sua primeira entrega, ela sentiu o mesmo nervosismo e a mesma empolgação ali, parada no depósito. Daquela vez, porém, as suas emoções resultavam de um empreendimento diferente, no qual estava prestes a embarcar — um que não tinha nada a ver com a sua carreira, cosméticos ou cuidados com a pele. Naquele dia, a sua empolgação resultava de um início diferente, novamente sem saber como as coisas correriam ou se ela teria sucesso.

Ao meio-dia, Abby se despediu do pessoal do depósito, terminou de revisar a papelada em seu escritório e saiu pela porta dos fundos. Ela se sentia nervosa e encabulada. Não agia assim desde a faculdade. Exceto pelo cartão de Halloween que havia lido no começo da semana, ela não se comunicava com Joel há quase três semanas. Embora os convites tivessem chegado em ritmo constante após o primeiro jantar alguns meses atrás, um homem pode ouvir *não* apenas algumas vezes antes de desistir. Em diversas ocasiões, Abby recusara convites dele para jantar, para ir ao cinema, para tomar café da manhã e para ver o jogo do Cubs. Mais recentemente, recusara o convite de Joel para assistir ao jogo da World Series com ele e o seu sobrinho. Em retrospecto, Abby nunca poderia explicar a sua hesitação. Ela nunca conseguia descobrir por que continuava dizendo *não* quando tudo o que realmente queria era dizer *sim*. Abby culpou a bagunça da sua vida no último ano e meio, sempre ouvindo a voz que sussurrava *Você não está preparada*. Porém, quando ela acordou naquela manhã, a voz tinha se calado.

A partir da avenida Michigan, Abby pegou a Huron no sentido leste, em direção ao lago, e parou no estacionamento do hospital Northwestern Memorial. O movimento estava tranquilo no interior do prédio para uma tarde de sábado. Na lanchonete, alguns médicos e enfermeiras estavam sentados em silêncio ao redor das mesas, com copos de isopor fumegantes diante deles. Os visitantes se mantinham numa fila, esperando para pagar pela comida. Alguns pacientes quase de alta, fora das suas camas hospitalares, estavam sentados com familiares comendo sonhos amanhecidos.

Ao ver Joel, Abby parou e o analisou. Ele estava sentado com as pernas cruzadas, com um jornal aberto sobre a mesa, passando os olhos pelas manchetes. Joel estava usando um avental azul-marinho sob um casaco comprido azul-claro. Não pela primeira vez, Abby se deu conta da beleza dele. Joel tinha o queixo quadrado e vincos bem definidos ao redor da boca e dos olhos. As costeletas grisalhas contavam uma história de longos momentos de concentração, uma característica considerada bastante interessante por Abby. Era uma sensação estranha o fato de ela ter cessado de lutar contra aquela atração. Inicialmente, sentir atração por outro homem havia trazido culpa; naquele momento, era outra coisa. A culpa ainda estava ali, mas em algum lugar mais recôndito, lançada nas sombras por causa da empolgação e do fascínio.

Abby caminhou até a mesa.

— Oi, dr. Keaton.

Joel tirou os olhos do jornal.

— Ei, você conseguiu — ele disse com um sorriso largo. — Estava começando a achar que você ia me dar o cano.

— Não, fiquei presa no escritório. Desculpe o atraso.

— Não tem problema. Fiquei surpreso ao receber a sua ligação esta manhã. Desculpe, mas não tenho tempo para almoçar. Tenho que visitar alguns pacientes esta tarde. Espero que tudo bem só um café.

— Tudo bem. Achei que iríamos ficar mais tempo juntos, já que não nos vemos há algum tempo.

— Sim, com certeza. Estou tentando marcar um encontro há algum tempo — Joel disse. — Como você gosta do seu café?

— Pouco açúcar.

Joel voltou um minuto depois com dois cafés.

— Este é o pior café em Chicago. É só um aviso.

Ele entregou o copo de isopor para ela.

— Então, o que está acontecendo? — Joel perguntou. — Não tenho visto você na academia ultimamente.

— Tenho andado ocupada com o trabalho. Fiquei fora da cidade alguns dias nas últimas duas semanas. Tenho que voltar para a academia. Sinto isso agora quando não treino.

— É o seu corpo reclamando. É uma coisa boa.

— Acho que é — Abby disse.

Joel se inclinou sobre a mesa para encurtar a distância entre eles.

— Senti falta das nossas conversas, Abby.

— Eu também — ela afirmou, sentindo o coração disparar.

— Onde é o seu escritório? Aqui perto, não é?

— Na avenida Michigan.

— Você…

O pager de Joel bipou. Ele fechou os olhos e assumiu uma expressão azeda, como se tivesse acabado de beber leite talhado. Pegou o pager da cintura e leu a mensagem.

— Qual é, rapazes? — ele sussurrou para si mesmo. Ele olhou de volta para Abby. — Sinto muito. Estão precisando de mim lá em cima.

— Ah, tudo bem — Abby disse e sorriu quando o seu rosto começou a ficar vermelho de vergonha. — Só passei para dar um oi. Não tem problema, sério.

Abby se levantou.

— Escuta, eu termino meu plantão no fim da tarde — Joel disse com as mãos numa rendição de palmas abertas. — Vamos esquecer esse café horrível, ok? Que tal jantarmos juntos hoje à noite? Ou beber alguma coisa…

Ele fez uma pausa, esperando por uma resposta.

— Prefiro o jantar — Abby disse. — Parece um bom programa.

— Ok — Joel respondeu. — Jantar. Isso vai dar certo. Pego você às sete?

— Às sete — Abby respondeu.

Joel recolocou o pager na cintura.

— Tenho que correr. Ligo para você mais tarde para pegar o seu endereço.

25. Melhores amigas

Sábado, 4 de novembro

13h47

VINTE MINUTOS DEPOIS DE DEIXAR O HOSPITAL, ABBY SUBIU A escada da porta de entrada da casa de três andares e tocou a campainha. O vento soprava do lago e era evidente que o inverno estava de olho na cidade. Abby tinha as mãos enfiadas nos bolsos da parca e estava com um cachecol grosso em volta do pescoço que escondia o rosto. Além do frio rigoroso, a brisa também trouxe o sussurro familiar do qual Abby achou que tivesse se livrado: *Você não está preparada.*

Meses atrás, o banquete com Joel fora um passo gigantesco em seu processo de recuperação, mas o evento havia acontecido entre inúmeras outras pessoas. O jantar naquela noite seria outra coisa. Apenas eles dois. Uma mesa à luz de velas com sombras vagando pelos seus rostos. Íntimo. Seria um encontro romântico de verdade, e Abby se deu conta de que talvez não fosse o que estava procurando. Ela tinha se forçado àquela situação, acordando como tinha acordado, com ânsia de ver Joel e fazer algo para avançar. Agora que havia posto as coisas em movimento, viu-se batendo os pés no chão para pará-las. Cancelar o encontro foi o seu primeiro pensamento. Na verdade, decidira isso poucos minutos depois de ter saído do hospital, com o seu rosto ainda vermelho de vergonha. Idealizara um plano malconcebido de enviar uma mensagem de texto dizendo a Joel que algo urgente havia surgido. Até começou a digitar o texto no carro, mas recolocou o telefone na bolsa antes de enviá-lo. Naquele momento, Abby estava diante da casa com o rosto coberto pelo cachecol e com os pensamentos saindo do controle. Era ali que ela sabia que receberia o conselho de que precisava. Aquele era o único lugar que ela sabia que tinha que vir para fazer a noite acontecer. Sabia que, se chegasse àquela porta, seria impossível desistir do jantar.

Maggie abriu a porta. Abby observou o rápido registro dos olhos da irmã. Maggie sempre tinha um sexto sentido e uma capacidade de ler Abby sem trocar uma única palavra.

— Algo está acontecendo! — Maggie disse com os olhos arregalados. — Nada de ruim, mas alguma coisa. O que é?

Abby hesitou.

— Diga-me!

Abby respirou fundo.

— Tenho um encontro esta noite.

— O quê? — Maggie exclamou, vibrando como uma menina de seis anos diante do carrinho de sorvete. — Entre! — ela disse e agarrou Abby, puxando-a para dentro de casa. — Quem é ele? Como é que ele é? Como vocês se conheceram? Por que não ouvi falar desse cara?

Quinze minutos depois, elas estavam sentadas frente a frente na cozinha, com xícaras enormes cheias de cappuccino espumoso diante delas. Abby tinha atualizado a irmã a respeito do dr. Joel Keaton, do contato inicial deles na academia e do quase encontro romântico deles meses atrás.

— Você saiu com um cara e não me contou? — Maggie perguntou, inclinando a cabeça para o lado de modo inquiridor.

Impaciente, Abby desviou o olhar.

— Não foi um encontro romântico. Foi um simpósio sobre *cirurgia bariátrica* com direito a um jantar com cerca de cem outros médicos. Eu fui sozinha com o meu carro e voltei para casa do mesmo jeito.

— Você beijou ele? — Maggie perguntou de modo apressado e pueril.

— Maggie!

— Responde à pergunta! Você beijou ou não?

— Não.

Houve uma pequena pausa.

— Você dormiu com ele?

— Meu Deus, Maggie! Acabei de dizer que nem beijei ele.

— E daí? Você não precisa beijar um cara para dormir com ele — Maggie disse. — Na faculdade, antes de conhecer Jim… — ela tentou dizer baixinho, num tom conspiratório.

— Meu Deus, não. Por favor, pare. Não me diga mais nada.

— Deixa pra lá — Maggie afirmou, desviando o olhar. — Desculpe, mas na minha situação preciso de todas as informações que conseguir. Estou vivendo a minha vida sexual indiretamente por meio das outras pessoas.

Maggie tinha acabado de entrar em seu terceiro trimestre de gravidez e estava andando como um pinguim com a barriga inchada.

— Jim está tão assustado com a ideia de machucar o bebê que não transamos há dois meses. Acho que não vou conseguir. Todas as minhas amigas, exatamente o oposto. Nunca *pensaram* em sexo quando estavam grávidas. Eu? Estou mais interessada do que nunca. Excitada de uma maneira que você não pode imaginar. Os sonhos eróticos que estou tendo? Eles deixariam você maluca.

— Por favor, pare de falar — Abby pediu.

— E eu não sou a única — Maggie prosseguiu, desobedecendo o pedido da irmã. — Esse não é um problema incomum. Pesquisei na internet. Para muitas mulheres, a libido *aumenta* durante a gravidez — ela disse e tomou um gole do cappuccino. — E o meu marido virou celibatário. Sou sortuda.

— Tudo bem, irmãzinha. Muitas informações em várias frentes.

— Já terminei. Só estou explicando por que estou tão desesperada por informações.

— Como está o bebê? — Abby perguntou, erguendo a xícara.

— Tudo ótimo. Tudo dentro do prazo. O bebê está saudável e cada vez maior. Não acredito que tenho que carregá-lo por mais três meses. No Ano-Novo, vou estar parecendo um dirigível.

— Por favor. Você é uma mulher palito com uma barriga. Como está o Jim?

— Nada bem — Maggie respondeu e mexeu o seu cappuccino. *Descafeinado*, ela tinha mostrado para Abby para evitar o sermão da irmã mais velha. — Além da fobia sexual, ele desmaiou na aula de parto outro dia.

— Sério? — Abby exclamou e riu.

— Sério, ele *desmaiou*! Teve que receber oxigênio e tudo mais. Paramédicos, ambulância, o serviço completo. Foi muito constrangedor. Seguraram o Jim depois que ele se restabeleceu e entornaram uma lata inteira de suco de laranja na boca dele. Disseram que isso acontece o tempo todo. Hipoglicemia, síndrome vasovagal, e blá-blá-blá. Mas se Jim perde a consciência quando assiste a uma mulher dando à luz num vídeo educativo, o que *diabos* vai acontecer no dia do meu parto?

Abby continuou rindo.

— Não tem nada de engraçado. Você vai ter que estar na sala de parto ao meu lado. Não posso passar por isso sozinha.

— Pode contar comigo.

— Acho bom, porque não sei se o meu marido vai estar em seu juízo perfeito. E é melhor a mamãe nem chegar perto da sala de parto. Dá pra imaginar? — Maggie disse e, em seguida, adotou o tom de voz irritante da mãe. — Você não está se esforçando o suficiente, Margaret. Se você quer mesmo alguma coisa, você precisa lutar por isso. Agora empurre!

Abby caiu na gargalhada com a imitação perfeita feita pela irmã.

— Sim — Maggie continuou. — É melhor ela nem chegar perto de mim no dia. Me promete.

— Prometo. Vou mantê-la longe.

Elas se recompuseram e se acalmaram.

— Ok — Maggie disse. — Você já conseguiu evitar o assunto por tempo demais. Agora, quero ouvir você. Se você foi jantar com esse cara na primavera passada, por que não saiu com ele desde então?

— Não sei — Abby respondeu e balançou a cabeça, denotando incerteza. — Já tomamos café juntos algumas vezes. E eu o vejo na academia duas vezes por semana.

Em contrariedade, Maggie olhou ao redor.

— Chato e inútil. Por que você não saiu com o cara para *namorar*?

— Não sei. Acho que ficaria nervosa.

Abby percebeu Maggie desviar o olhar para a sua mão esquerda. De repente, ela sentiu a ausência da aliança de casamento, que já não usava há meses. Ainda assim, com o olhar de Maggie focado claramente em seu dedo anelar esquerdo, Abby se sentiu nua sem ele.

A gravidez de Maggie desviara a atenção da família, que no último ano se concentrara em Abby e naquilo que ela estava passando após a morte do marido. Porém, nos últimos meses, a expectativa pela chegada do bebê tinha tomado conta de todos. Abby não estava só feliz pela irmã, como também agradecida pela desatenção. Naquele dia, porém, ela precisava de um pouco da atenção da irmã mais nova. Finalmente, Abby mexeu os dedos, forçando Maggie a erguer os olhos e fazer contato visual.

— Parei de usar a aliança há alguns meses.

Maggie se inclinou sobre a mesa e pegou a mão de Abby.

— Me peça para calar a boca se eu for longe demais — ela disse. — E não comece a chorar quando eu disser o que vou dizer, porque se *você* se chatear, *eu* também *vou* me chatear, e o médico me disse para evitar ficar chateada.

Por algum tempo, as irmãs se encararam.

— Gosto muito do Ben — Maggie afirmou. — Sempre vou gostar. Ele era perfeito para você. Ele era a sua alma gêmea. Mas por razões que provavelmente nunca vamos entender, ele não está mais aqui. E desde que ele se foi, a minha irmã também se foi. Claro, eu a vejo o tempo todo. Mas não é a Abby que sempre conheci. Não é a pessoa divertida que sorri constantemente. Não é a Abby que costumava encher uma sala com energia. Alguma estranha tomou o seu lugar. Alguém que é triste e solitária. Não a culpo e não pretendo entender o que você passou. Mas eu sei de uma coisa: vi a minha irmã parada na minha porta há uma hora. Eu vi minha irmã pela primeira vez em mais de um ano. Eu vi aquela pessoa divertida e elétrica com um brilho nos olhos. Ela estava sumida há muito tempo e fiquei muito feliz em vê-la.

Os olhos de Maggie se encheram de lágrimas.

— Sinto falta dessa pessoa. Eu a quero de volta na minha vida. Não conheço esse cara, Joel, mas parece que você gosta dele. E eu sei que você já pensou em cancelar o programa desta noite. Eu sei que você passou aqui em busca de conselhos. Talvez você tenha vindo porque sabia que eu nunca deixaria você cancelar esse jantar. Nem em um milhão de anos — Maggie continuou e apertou a mão de Abby com mais força. — Não cancele, Abby. Faz muito tempo que eu não vejo você assim. A ideia de você ficar sozinha em casa esta noite em vez de jantar com esse cara me dá vontade de chorar. Tudo bem sair com outro homem, Abby. Ele não é um substituto. Ben nunca poderá ser substituído, mas sei que ele gostaria que você fosse feliz. E esse cara pode fazer você feliz. Mas se você cancelar o encontro, você nunca saberá.

Abby respirou fundo, piscando para conter as lágrimas que estavam se formando.

— Eu sabia.

— Sabia o quê?

— Sabia que minha irmã mais nova e imatura diria algo para recolocar a minha vida nos eixos. De volta para onde eu estava esta manhã.

— Obrigada — Maggie disse, fazendo uma careta. — Vou tomar isso como um elogio. Então, você não vai cancelar esse encontro, certo?

— Não vou.

— Ótimo — Maggie disse. — A propósito, Jim e eu queremos que você seja a madrinha do nosso filho. Eu disse para Jim que esperaria para perguntar até que você estivesse melhor. Quando vi você na porta, soube que a hora tinha chegado.

Chorando, Abby se inclinou para abraçar a irmã. Numa tarde fria de novembro, depois de mais de um ano sem ela, Abby Gamble encontrou a sua melhor amiga.

26. Bem grande

Sábado, 4 de novembro

19h12

ABBY TOMOU BANHO, VESTIU-SE E SE OCUPOU COM SUFICIENTE preparação para conter o seu nervosismo. Porém, quando a campainha tocou, uma onda de apreensão se apossou dela, mas passou rapidamente, como mergulhar em uma piscina com a água gelada e, depois, percorrer os degraus da parte rasa e sair para o sol quente. Ela tinha decidido fazer aquilo; sua conversa com Maggie tinha impossibilitado que voltasse atrás. E naquele momento, sem ter para onde ir além de seguir em frente, Abby escolheu mergulhar de cabeça no desconhecido.

Ela estava usando um vestido vermelho que pairava pouco acima dos joelhos, como uma planta marinha balançando na corrente. O seu cabelo castanho-avermelhado estava alisado e a sua pele coberta com maquiagem suficiente para realçar as maçãs salientes do rosto e bronzear a sua pele morena. Abby respirou fundo e abriu a porta.

— Oi — Joel disse.

Joel estava usando um blazer Marc Jacobs e uma gravata de seda sob um sobretudo longo. Quando sorriu, os vincos do rosto se moveram em perfeita harmonia, originando-se nos cantos dos olhos azuis e descendo sutilmente até as bordas dos lábios.

Abby observou o queixo quadrado e os ombros largos de Joel e notou que ele tinha emaranhado o cabelo grisalho perto do couro cabeludo numa tentativa de camuflar a sua presença. Ele parecia ainda mais bonito do que ela tinha achado naquela tarde na lanchonete do hospital. Isso a lembrou do primeiro jantar deles, que dava a impressão de ter acontecido há muito tempo.

— Entre. Temos tempo para um drinque?

— Claro — Joel respondeu. — Estou mesmo na hora certa para uma mudança.

— Deixe-me pegar o seu casaco.

Abby se colocou atrás dele e alcançou o colarinho de Joel. Após perceber a firmeza dos seus braços, ela tirou o sobretudo dos seus ombros. Isso liberou emoções que ela havia reprimido durante meses, fazendo Abby sentir de repente uma forte excitação.

Ela pendurou o sobretudo no cabideiro da entrada.

— Qual foi a emergência?

— Acidente de carro. Ruptura do baço. Desculpe novamente por isso — Joel disse, balançando a cabeça.

— Pelo baço rompido? Eu perdoo você. Entre. Tenho cerveja, vinho, uísque e praticamente qualquer outra coisa que você possa imaginar.

— Um vinho seria ótimo — Joel disse. — Uau, a sua casa é incrível — ele comentou ao entrar nela.

— Obrigada, mas não consigo curtir por muito tempo um único estilo. Então, é constantemente uma obra em progresso.

Abby se dirigiu ao grande bar embutido na parede da cozinha e serviu duas taças de um premiado vinho cabernet que estava no suporte para garrafas e intocado há mais de um ano. Eles se sentaram à mesa da cozinha.

— Nunca perguntei a você — Abby disse. — Redução de estômagos, baços rompidos. Que tipo de cirurgião você é?

— Cirurgião geral. Faço um pouco de tudo. Removo um joanete do pé de um velho, a glândula tireoide de uma jovem, e praticamente tudo o que está no meio disso. É uma tradição familiar. Meu avô era médico, assim como meu pai e meu irmão mais velho.

— Vocês todos exercem medicina juntos?

— Não. Brandon, meu irmão mais velho, trabalha nos subúrbios, e meu pai está… Bem, no momento ele está moribundo sob cuidados paliativos.

— Joel disse e fez um gesto negativo com a cabeça. — Caramba. Isso saiu do jeito errado. Desculpe, eu não queria começar a noite desse jeito.

— Não, tudo bem. Sinto muito em saber.

— Obrigado.

— É grave? Quero dizer, claro que é grave se ele está sob cuidados paliativos. Está… Perto?

Joel fez que sim com a cabeça.

— Mas ele está aguentando mais do que qualquer um previu. Passo no hospital todos os dias para vê-lo. Estive com ele hoje, pouco antes de vir para cá. Estamos todos esperando receber a notícia a qualquer momento. Mas há uma razão pela qual ele ainda não partiu. E não vou deixar de vê-lo todos os dias. Fazer o meu pai saber que estou com ele até o fim.

— Você é um bom filho — Abby disse, sorrindo.

Abby viu a testa de Joel enrugar, indicando surpresa.

— Não sei se isso é verdade. Pelo menos, nem sempre fui. Mas estou tentando agora, e bem… Antes tarde do que nunca.

— Vocês tiveram algum desentendimento?

— Bem… — Joel balbuciou, algo espantado. — Não, não exatamente. Mas, sabe, nós tivemos os nossos altos e baixos, e há muitas coisas que eu mudaria se pudesse voltar no tempo.

— Parece a relação da maioria das pessoas com os pais.

— Provavelmente.

Abby girou a sua taça de vinho, procurando uma maneira de mudar de assunto.

— Fale-me sobre o seu trabalho. Você gosta de ser um cirurgião?

Antes de responder, Joel fez uma breve pausa.

— Acho que não conseguiria fazer qualquer outra coisa. Ainda criança, dei-me conta de que tinha que me tornar um médico.

— *Tinha*? Por causa do seu pai?

— Foi um dos motivos, mas também existiram outros. Mas isso é assunto para outra noite. Se eu gosto de ser cirurgião? Não sei, tem os seus momentos… E depois, há o resto do tempo.

Joel tomou um gole de vinho.

— Só estou sendo pessimista. É tudo de bom. Mas então, e você? Você trabalha no ramo de cosméticos?

— Sim.

— Em qual empresa?

— AG Cosmetics.

— Esse nome não me é estranho.

— Bem, é uma grande empresa — Abby disse com um pouco de relutância. — É bastante conhecida.

— A sede fica em que lugar? — Joel perguntou.

— Aqui em Chicago.

— Sério? O que significa "AG"?

— Abby Gamble. — Abby sorriu.

— Então a empresa é *sua*?

— Sim. Comecei a formular alguns produtos quando estava na faculdade. E fundei a empresa assim que saí dela.

— Como você entrou nisso?

— Era um passatempo. Comecei a fazer o meu próprio gloss labial no segundo ano da faculdade. Todas as minhas amigas me disseram que eu deveria vendê-lo. Quando participei de uma feira de produtos de beleza com duração de três dias, vendi tudo na primeira hora. Aquilo me animou. Acho que tive sorte, porque aos vinte anos sabia exatamente o que queria fazer pelo resto da vida. O gloss labial levou ao batom, que levou ao delineador, que levou ao tonalizante, e assim por diante. Quinze anos depois, tenho linhas de produtos de todos os principais cosméticos. Além de cremes hidratantes, produtos para cuidados com a pele e produtos para os cabelos.

— Sério? Sou um homem ignorante, então não fique chateada com essa pergunta, mas o que há de tão bom em seus produtos em relação a todos os outros?

— São todos naturais, por exemplo. É uma fórmula patenteada, que não leva óleos ou produtos químicos. Apenas minerais puros. São mais saudáveis e mantêm a pele mais jovem. Isso é comprovado cientificamente. Temos uma excelente dermatologista para supervisionar os testes clínicos. Temos até uma linha de cremes hidratantes para pacientes com câncer que estão fazendo radioterapia. Elimina quase totalmente a queimadura e a destruição da epiderme.

— Caramba. Estou impressionado.

— De fato, na divisão de cuidados da pele, temos uma linha completa de produtos para fins medicinais. Um creme para prevenir estrias durante a gravidez, que funciona de verdade. Outro para eliminar e reduzir cicatrizes após cirurgias. Uma loção à base de tetraciclina para acne.

— E você criou todas essas fórmulas?

— Tive muita ajuda, e os produtos clínicos vieram mais tarde, depois que contratamos Elaine Corrington. Ela é a nossa dermatologista permanente, a que está em todos os nossos anúncios publicitários. Mas a ideia de focar no natural e eliminar os produtos químicos e os óleos foi minha. Muitas empresas nos imitaram ao longo do caminho, mas sem dúvida estamos liderando o setor.

— Uau! E você começou tudo isso na faculdade?

— Sim. O gloss labial foi feito com cera de abelha, fruto de uma espécie de acidente em meu laboratório de química. As coisas cresceram a partir disso. Eu não era tão grande naquela época, é claro.

Abby era capaz de perceber a curiosidade de Joel.

— Qual é o tamanho da sua empresa? — ele perguntou.

— Grande — Abby respondeu, sorrindo.

— Grande quanto?

Sem saber ao certo, ela encolheu os ombros.

— Duas fábricas, uma dúzia de depósitos e um centro de distribuição principal.

— Puxa! Quantos funcionários?

— Total? Cerca de mil e duzentos, sem contar os de meio período, que fazem demonstrações domiciliares e festas de cosméticos, constituindo o marketing multinível das coisas. Se incluí-los, são perto de quatro mil funcionários.

— Meu Deus! Tudo na avenida Michigan?

— Não. Estamos em dezoito cidades. Nova York, Boston, Miami, Los Angeles, São Francisco — Abby respondeu, tomou um gole de vinho e notou a expressão de atordoamento de Joel. — Então, é uma empresa *bem* grande.

— Quantos sócios?

— Só eu. Cinco anos atrás, contratei uma diretora operacional para aliviar a minha carga de trabalho. Atualmente, ela administra as coisas com a sua equipe. Passo o meu tempo desenvolvendo novos produtos. É a minha paixão. E com outra pessoa na frente do negócio, consegui desacelerar um pouco. Ainda sou uma *workaholic*, não me entenda mal. Mas nunca gostei de trabalhar em horários regulares. Desde a faculdade, sempre prometi a mim mesma um pouco de liberdade. Tiro as sextas e segundas-feiras de folga e trabalho duro no meio da semana.

Joel riu.

— Não tenho um fim de semana de quatro dias há anos.

— Anos?

— Digamos assim: desde que comecei a exercer a medicina, nunca tirei férias. Quase sete anos sem férias.

— Isso não é saudável, dr. Keaton — Abby afirmou, balançando a cabeça em sinal de desaprovação.

— Nem me fale.

— Tive uma mentora que me ajudou muito quando a minha empresa começou a crescer. Ela me disse que um negócio deve ser como uma árvore: precisa ser nutrido quando é plantado. Leva muito tempo e exige muito esforço para fazê-lo crescer. Mas se você não desistir e fizer do jeito certo, logo a árvore crescerá por conta própria e, depois de um tempo, fornecerá sombra para você relaxar.

Joel sorriu com os lábios contraídos.

— Acho que pisei na bola quando plantei a minha árvore.

Abby riu.

— Quanto tempo tem a sua empresa?

— Quinze anos.

— Então, deixe-me ver se entendi. Você fundou a sua própria empresa ao sair da faculdade; eu fiz a faculdade de medicina. Você tem um monte de funcionários; eu tenho um monte de dívidas. Você tem fins de semana de quatro dias; eu trabalho todo fim de semana. Pelo menos me diga que, com dezoito filiais, você tem uma agenda de viagens cansativa.

— Costuma ter — Abby respondeu, sorrindo. — Tenho pessoas que viajam para mim agora.

— O dinheiro provavelmente não é tanto assim. Muitas dívidas, riscos e preocupações? — Joel perguntou, curioso.

— A AG Cosméticos está livre de dívidas há três anos — ela respondeu, sem parar de sorrir. — E eu estou numa boa financeiramente, sem nenhuma ansiedade.

— É difícil administrar todos esses funcionários? Muitas dores de cabeça e pesadelos com a folha de pagamento?

— Somos como uma grande família feliz. Até mesmo fazemos viagens de formação de equipe para…

— Tudo bem, tudo bem. Não aguento mais. Pareço um fracasso em comparação com o seu currículo.

— Dificilmente. Ninguém está me bipando para salvar alguém com o baço rompido.

Em desdém, Joel deu de ombros.

— A magia se perdeu um pouco, se é que alguma vez houve alguma para começar — ele disse e consultou o seu relógio. — É melhor nós irmos. As reservas são para as oito. São apenas alguns quarteirões. Podemos ir a pé.

Eles conversaram durante todo o percurso de seis quarteirões. Assim como na primeira vez em que saíram, quando escaparam do simpósio e conversaram por horas no bar do hotel, a conversa não foi forçada nem chata. Abby sentiu que Joel curtia ouvir a respeito da sua vida e, dessa vez, não teve vergonha de compartilhar detalhes pessoais.

— Você tem mesmo uma história incrível. Quer dizer, o seu negócio — ele disse.

— Sim, eu acho — Abby afirmou. — Eu mostrei uma bela fachada, mas a verdade é que ainda fico espantada com a maneira como as coisas cresceram. Isso meio acontece sem você perceber, sabe? Você fica tão presa no dia a dia que não se dá conta do seu progresso. Isso só acontece quando você para e olha para trás. Tenho certeza de que você conhece a sensação. Você não chegou aonde está de um dia para o outro. Foram necessários anos para cursar a faculdade e começar a exercer sua profissão.

— Nunca pensei nisso desse jeito — Joel disse. — Ou talvez eu nunca tenha olhado para trás.

Abby não fazia ideia acerca das muitas razões para Joel não olhar para trás ou sobre a carnificina na sequência da sua vida, que tornou doloroso olhar para trás e difícil seguir em frente.

Ele apontou para a entrada do restaurante.

— É logo ali.

Eles se sentaram junto a uma mesa pequena, elegante e posta para dois, onde a conversa adentrou o jantar, ambos se perguntando por que não tinham feito aquilo desde a primavera anterior.

— Achei que tinha assustado você — Joel disse depois que as entradas chegaram.

— Como assim?

— O simpósio de alguns meses atrás. Achei que eu a tinha entediado tanto que você nunca mais iria querer jantar comigo.

Discordando, Abby balançou a cabeça.

— Não. Acontece que… Estive muito ocupada no trabalho. Tentando obter uma nova linha de produtos e… Outras coisas da vida.

— Sim. As coisas também têm estado um pouco loucas para mim. Mas talvez eu devesse ter me esforçado mais porque gosto de estar perto de você.

Naquele momento, a ansiedade tomou conta de Abby, mas ela ficou surpresa ao notar que estava curtindo a sensação, uma expectativa que ela não experimentava desde a morte de Ben.

— Então, agora que estou me sentindo muito inadequado por causa do sucesso da sua carreira, preciso fazer outra pergunta a você — Joel disse.

— O jeito que você me diz isso me deixa nervosa.

— Não é pra tanto. É apenas uma pergunta totalmente inconveniente. Quantos anos você tem?

Zombando, Abby semicerrou os olhos e sorriu. Ela girou a haste da taça de vinho, mas não respondeu.

— Vejamos, você começou o seu negócio na faculdade quinze anos atrás, de modo que…

Por um momento, Abby o deixou fazer as contas enquanto tomava um gole de vinho.

— Trinta e quatro. Faço trinta e cinco em fevereiro.

— Ainda bem — Joel disse em voz alta.

— Ainda bem? O que isso significa?

— Bem, você parece ter menos de trinta e cinco anos. Eu tenho mais de trinta e cinco anos. Então, fiquei preocupado por um momento. Mas estamos bem.

Abby cruzou os braços e se recostou na cadeira.

— Bem, agora eu tenho que perguntar.

— Quantos anos eu tenho? Faço aniversário no dia de Ano-Novo. Vou fazer quarenta anos.

— Você tem quarenta anos? — Abby exclamou, arregalando os olhos e fingindo surpresa.

— Não, tenho trinta e nove. Ainda tenho dois meses até o Ano-Novo. Vou aproveitar cada minuto deles aos trinta e tantos anos.

— O seu aniversário de quarenta anos no dia de Ano-Novo, hein? Vou ter que me lembrar disso. Um novo ano para o resto de nós; uma nova década para você.

— Obrigado. Mal posso esperar.

— Estou brincando. Para os homens, quarenta anos não é nada. Ouvi dizer que a verdadeira crise da meia-idade chega aos cinquenta.

— Cinquenta ainda está muito longe para eu me preocupar. Quarenta é o que me preocupa. Provavelmente vou estar completamente grisalho aos quarenta e um ou quarenta e dois.

Abby estendeu a mão sobre a mesa e roçou levemente uma das costeletas grisalhas de Joel. O cabelo dele estava cortado curto nas laterais.

— Você pode passar um escurecedor nisso, combinando com o resto do seu cabelo. Tenho uma mistura especial na minha loja.

— Sério?

— Você pode passar, mas eu não passaria — ela disse e voltou a se recostar na cadeira. — Eu gosto do seu cabelo. O grisalho nele significa que você é um homem distinto.

— Talvez quando você tem sessenta anos ou se você é piloto de avião. Mas em mim, só me fazem parecer mais velho.

Discordando, Abby balançou a cabeça.

— Muitas mulheres acham *sexy* cabelo grisalho.

— Verdade? — Joel exclamou, surpreso.

— Sim… Algumas mulheres acham, sim — Abby respondeu.

Abby ficou contente com a interrupção quando o garçom ofereceu o cardápio de sobremesas, que os dois recusaram. Do lado de fora, eles seguiram a pé de volta para a casa dela. Apesar de caminharem lentamente, os seis quarteirões foram vencidos sem que eles percebessem. Atravessaram a rua quando chegaram ao endereço de Abby.

Joel a acompanhou até os degraus da frente e ambos pararam quando se aproximaram da porta.

— Gostei muito da noite — Abby comentou.

— Eu também. Talvez possamos repeti-la.

— Eu adoraria.

— Então, digamos, em abril do próximo ano?

Abby riu.

— Talvez não devêssemos esperar tanto tempo.

— Talvez não.

Joel se inclinou e a beijou. Os lábios dele eram carnudos e macios. Sob muitos aspectos, diferentes dos do único outro homem que ela havia beijado na última metade da sua vida. O beijo foi suave e inocente, mas com algo mais íntimo pouco abaixo da superfície. Como se bastasse a mão de Joel em seu quadril ou a mão dela na nuca dele para transformá--lo em algo mais.

Abby combateu o seu primeiro instinto de se afastar, e depois resistiu ao seu segundo para poder prolongar o momento. Por fim, ela colocou a mão no rosto de Joel e deixou que os lábios deles se reunissem por mais alguns instantes, com os olhos fechados e perdida nas sensações conflitantes de alegria e dúvida. Lentamente, Abby se desvencilhou, ainda com a mão no rosto de Joel.

De repente, ela começou a se sentir estranha, com o olhar se afastando dos lábios de Joel e se dirigindo para o chão.

— Boa noite.

Foi tudo o que ela conseguiu dizer. Saiu num tom diferente do restante da noite, e Abby desejou poder retroceder e fazer tudo de novo. Mais lentamente e com a mente mais desanuviada.

— Está tudo bem? — Joel perguntou.

— Sim. É só que… — Abby disse, sorriu e abanou a cabeça. — Boa noite.

Ela destrancou a porta de casa e entrou. Quando fechou a porta, ficou encostada nela, com o coração aos pulos e uma sensação estranha de culpa acompanhando o ritmo da batida.

27. A corça

Sábado, 4 de novembro

23h26

O PRÉDIO DE JOEL FICAVA A DOZE QUARTEIRÕES DE DISTÂNCIA. Ele seguiu lentamente pela calçada, ignorando os táxis vazios. Não estava com pressa para chegar a casa. Ele se perguntou como Abby podia ter tamanho poder sobre ele. Como podia ocupar tamanho espaço em sua mente apesar de mal conhecê-la. Por tanto tempo, ele tinha se fechado para aqueles sentimentos, e naquele momento, de repente, eles dominavam os seus pensamentos. Os seus dias mudaram quando ele a conheceu. Abby ocupava a sua mente todas as vezes que ele entrava na academia esperando vê-la. E depois de vê-la, ela ficava em seus pensamentos por muito tempo depois.

Porém, Joel sentiu que havia algo a reprimindo. Talvez ele não fosse bom naquele tipo de coisa. Quem sabe a resposta era muito simples: ele não sabia ler e entender as mulheres. Sem dúvida, a sua história de sabotar os seus relacionamentos anteriores era uma prova daquele argumento. Ou talvez Abby não estivesse interessada. Certamente, a maneira pela qual ela havia se despedido dele alguns minutos antes sugeria um quê de indiferença. Contudo, como o restante da noite tinha corrido tão bem, a cena na porta da casa dela o deixara intrigado. No momento em que ele chegou ao seu prédio, se sentia fatigado. Abby Gamble era um mistério. Um que ele não tinha certeza se seria capaz de resolver.

Em menos de dois meses, Joel faria quarenta anos e fazer joguinhos nunca havia sido o seu estilo. Levou quase uma temporada inteira de beisebol para levá-la para jantar de novo. Não era para ser tão difícil; quando era, não ficava muito mais fácil. Porém, havia algo muito sedutor naquela mulher para desistir. Ele se lembrou de como ela havia falado a respeito de olhar para trás e perceber o progresso da vida. Naquele momento, o pensamento era intrigante: perder-se no momento com Abby e, algum dia, olhar para trás para ver a jornada deles e seguir as pegadas que deixaram para trás.

Uma hora depois, quando Joel encostou a cabeça no travesseiro, ela estava cheia de dúvidas e pesada de especulações. Das profundezas da mente, uma voz sussurrava que ele não merecia Abby. Que ela estava destinada a alguém mais especial do que ele, alguém com a consciência limpa e uma alma sã. Joel fechou os olhos e adormeceu.

Joel se viu na casa da sua infância, um lugar que aparecia muitas vezes em seus sonhos. Um dia, durante o almoço, ele perguntara o significado ao seu amigo psiquiatra, que lhe respondeu que a casa e a vizinhança em que Joel havia crescido estavam tão entranhados em sua psique e tinham abrangido um período tão grande da sua vida — quase vinte anos — que era normal que o subconsciente retornasse para lá durante a fase de sono pesado.

Naquele momento, Joel estava lá, perambulando pela casa da sua infância e se lembrando da grande janela do escritório do pai. Através dela, podia observar os esquilos e guaxinins correndo pelo bosque junto ao qual a casa fora construída. Ele e a irmã, Rachel, ficavam os observando durante horas, ajoelhados no sofá em frente da janela, com os cotovelos no encosto e os queixos nas mãos. Depois de algum tempo, os esquilos e guaxinins não os satisfaziam mais. O verdadeiro jogo era localizar a corça, o que eles faziam de tempos em tempos. Joel e Rachel costumavam olhar pela janela durante uma tarde inteira, até o sol se pôr e o bosque desaparecer.

Naquele momento, enquanto sonhava, Joel estava observando o bosque. Em seu sonho, o dia estava ensolarado e as sombras ornavam as árvores. Várias vezes antes, ele já tivera aquele sonho e quase podia prever o seu desenrolar: uma corça apareceria no quintal, logo além do vidro e tão perto que Joel poderia estender a mão e acariciá-la. Porém, naquele sonho recorrente, Joel afastava-se da janela e saía correndo em busca do seu irmão, não querendo que ele deixasse de ver a corça. A sua busca sempre levava ao rio. Dependendo de como tinha sido o seu dia e dos pensamentos que ocupavam a sua mente, às vezes Joel era capaz de convencer o seu irmão a não se aventurar sobre os troncos caídos; outras vezes, ele ia junto e voltava a ver o irmão cair no rio revolto. Ocasionalmente, Brandon estava ali no sonho para salvá-los. Outras vezes, Rachel estava com eles no rio, e juntos eles decidiam fazer a travessia em vez de cortar caminho pelo Cemitério Gentry e voltar para casa antes do jantar.

Independentemente da forma que o sonho assumisse, Joel sempre acabava com o irmão no sofá, olhando pela janela. Porém, quando eles finalmente voltavam para o sofá no escritório, a corça sempre já tinha desaparecido. Joel nunca havia mencionado essa parte do sonho para o seu amigo psiquiatra: oportunidades perdidas e compromissos fracassados era como aquilo teria sido interpretado. A culpa e a redenção vazia eram a verdade.

Naquele momento, Joel espiou pela janela, quase sabendo que estava sonhando, mas não completamente. Com os olhos semicerrados, procurou pela corça. Em vez disso, viu um homem sair da vegetação, contemplar Joel da beira do bosque e levantar a mão num aceno cordial. Joel não reconheceu o homem, mas a visão de um estranho em seu quintal não causou medo nem apreensão. Lentamente, Joel deixou o sofá e foi para fora.

— Você viu alguma corça ultimamente? — o estranho perguntou quando Joel chegou ao quintal.

Vagarosamente, Joel se aproximou do homem.

— Não. Mas tem uma que sai do bosque de vez em quando — ele respondeu. — Sei que é a mesma corça porque os seus olhos são como bolas de gude, esferas gigantes com caramelo queimado nelas. E a corça tem uma cicatriz no flanco, como se talvez a flecha de um caçador a tivesse atingido uma vez, mas ela tivesse conseguido sobreviver. Acho que ela está por perto, mas com muito medo de sair do bosque.

— Não pare de procurá-la — o homem pediu. — Ela vai voltar a aparecer.

— Parece que ela está assustada. Talvez ache que eu queira machucá-la. Eu nunca faria isso, mas acho que é disso que ela tem medo.

— Você nunca fez mal a ninguém, Joel.

— Eu poderia ter salvado o meu irmão. Se eu tivesse contado ao meu pai ou ao Brandon. Eu poderia tê-lo salvado.

Joel teve uma vontade repentina de correr para o rio e encontrar o irmão. Uma dor profunda em seu coração o fez ansiar pela oportunidade de pedir ao irmão para não atravessar o rio naquele dia. Como as coisas seriam diferentes se eles tivessem decidido voltar para casa a pé em vez de se aventurar naquele tronco. Ele e o irmão eram grandes amigos, ainda que Joel fosse seis anos mais novo. A diferença de idade era grande o suficiente para o irmão ser o seu mentor, mas não tão grande que eles não pudessem se divertir juntos. As aventuras no rio eram apenas uma pequena parte do vínculo deles, e Joel sempre se perguntou que espécie de amigos eles poderiam ter virado quando adultos. O relacionamento deles era bastante diferente daquele que Joel compartilhava com Brandon. Dez anos separavam Joel e Brandon, e a diferença era grande demais para ser transposta de maneira significativa durante a adolescência, e desde a morte do irmão deles no rio, a diferença se tornou maior.

O homem apontou para a grande janela da casa de infância de Joel.

— Se você continuar olhando por aquela janela, o seu passado irá torturá-lo para sempre.

O homem se virou e voltou a se embrenhar na densa vegetação do bosque. Joel o observou se afastar e olhou de volta para a janela do escritório do pai; a janela da sua infância. O vidro refletia o bosque atrás dele, e Joel se viu no reflexo. Não o menino de dez anos que ele imaginava ser no sonho, mas o adulto que ele era.

Joel acordou sem sobressaltos. Simplesmente abriu os olhos. O brilho vermelho do marcador de horas do despertador indicava que eram duas e meia da manhã. Ele bebeu um copo de água e procurou afastar o sonho da sua mente, mas só conseguia pensar no irmão sendo arrastado pela correnteza do rio. Uma hora depois, ao ficar claro que ele não conseguiria voltar a dormir, ele vestiu um jeans e uma camiseta, saiu pela porta da frente e se dirigiu para o hospital de cuidados paliativos. Se não ia dormir no meio da noite, podia passar o tempo com o pai.

28. Por aí

Domingo, 5 de novembro

9h22

ABBY E MAGGIE ESTAVAM SENTADAS NA COZINHA EM CADEIRAS de ferro fundido e ao redor de uma mesinha de vidro; o mesmo lugar onde Abby e Joel dividiram uma garrafa de vinho na noite anterior. Naquele momento, elas tomavam cappuccinos. Era a bebida delas, algo que nunca compartilhavam com outras pessoas. De algum modo, sentar e beber cappuccinos com um homem fazia pouco sentido. Era uma bebida para irmãs e fofocas, uma que propiciava soluções para os mistérios da vida.

Durante a noite, tinha nevado, a primeira neve da estação, e as calçadas e ruas estavam cobertas com um manto branco. Os flocos continuavam a cair, enchendo os cantos das molduras das janelas. Maggie havia ligado pontualmente às sete horas daquela manhã.

— Você está sozinha? — ela perguntou baixinho quando Abby atendeu o telefone. Incitou a reação desejada da irmã mais velha — uma negação severa — e Maggie chegou meia hora depois. Abby já a esperava com cappuccinos fumegantes na mesa.

— Mais ou menos? — Maggie disse naquele momento. — O que isso significa?

— Não sei. Foi um beijo de boa-noite — Abby respondeu. — Um beijinho.

— Hã-hã — Maggie balbuciou, mexendo o seu cappuccino, mas com o olhar fixo em Abby. — Na boca ou no rosto?

— Maggie! — Abby exclamou, irritada. — Como você é chata.

— Na boca ou no rosto, caramba! Não deixe uma mulher grávida chateada.

Impaciente, Abby olhou ao redor.

— Na boca.

Maggie aspirou um grande volume de ar.

— Abigail! Sua putinha — ela disse e fez uma breve pausa. — De língua?

— Caramba, você está desesperada.

— Pior do que desesperada. Estou desprovida. Jim nem sequer pensa na possibilidade de transar. Ele começa a suar quando fico interessada. Na noite passada, ele literalmente pulou da cama. Não estou exagerando. Pulou da cama e *correu* para fora do quarto quando perguntei se ele queria transar. Meu corpo está tão repugnante?

— Você está linda. Ele só está preocupado com o bebê.

— Sim, mas eu dei um curso intensivo de anatomia feminina para ele, explicando que o bebê está a mais de 25 centímetros da parte externa do meu corpo. Garanti-lhe que ele não chegaria nem *perto* de machucar o bebê.

— Tenho certeza de que essa conversa ajudou.

— Não muito — Maggie afirmou, balançando a cabeça em desaprovação. — Sou uma vadia e estou com tesão, e meu marido não me toca. Então, essas são as últimas notícias sobre a minha gravidez, caso você esteja se perguntando.

Abby forçou um sorriso e ergueu as sobrancelhas em desaprovação.

— Na verdade, eu não quero ouvir sobre a sua vida sexual.

— *Falta* de vida sexual, você quer dizer, não? — Maggie disse. — Tudo bem, vou mudar de assunto. Então, esse cara beija bem?

— Foi um *beijinho*. E a situação toda foi estranha. Não o jantar. O jantar foi legal. Mas quando chegamos à porta da minha casa, as coisas desandaram.

— Por quê?

Abby deixou escapar uma respiração longa.

— Não sei. Eu sou uma idiota.

— Você gosta do cara ou não? — Maggie perguntou.

— Eu gosto dele. Muito. Tanto que acho que podemos ser bons um para o outro. Mas é tudo muito confuso. A minha cabeça e o meu coração estão me puxando em direções opostas.

— Eu não entendo. Ou você gosta desse cara ou não. Ou você quer beijar o cara ou não. O que está me escapando?

— É o seguinte — Abby disse, com as mãos em torno da caneca. Ela estava de pijama com os joelhos dobrados contra o peito e os pés sobre a cadeira. — Quando éramos crianças, lembra quando tudo o que você queria era sair comigo e com as minhas amigas?

— Acho que sim — Maggie respondeu, encolhendo o ombro em dúvida.

— Você talvez fosse muito jovem para perceber, mas as minhas amigas e eu... Bem — Abby disse e parou para procurar as palavras.

— Bem, o quê?

— Bem, nós odiávamos sair com você.

— *O quê?*

— Você não teve uma irmã mais nova, então você nunca vai entender. Mas quando você é criança, uma criança mais velha, a última coisa que você quer é a sua irmã mais nova atrapalhando você e as suas amigas.

— Desculpe-me por querer sair com você quando eu tinha, tipo, *dez* anos.

— Maggie, estou tentando realçar um fato aqui. Então, quando éramos crianças, quando as minhas amigas e eu estávamos quase prontas para fazer algo que garotas de catorze anos fazem, você aparecia e nos atrapalhava.

— O que você estava fazendo? Você tinha *catorze* anos. Caramba, Abby, eu comecei a namorar antes de você. *Eu* estava ajudando *você* a descobrir como ser convidada para festas. Lembro que você me queria por perto naquela época. Mas acho que quando as suas amigas estavam por perto...

— Maggie! Isso foi há vinte anos. Você é a minha melhor amiga agora. Escute-me. Quando éramos crianças, você aparecia nas horas erradas e agora... Ben está fazendo a mesma coisa.

Maggie recostou-se lentamente na cadeira.

— Como?

— Exatamente. Como ontem à noite. Joel e eu estávamos nos divertindo muito. A conversa fluía sem problemas. Sem silêncios longos ou olhares estranhos. Sem risos forçados, interesses fingidos ou qualquer uma das coisas terríveis que acontecem em primeiros encontros. As coisas estavam rolando muito fácil com Joel. Ele estava muito simpático. Parecia bem. Muito bem.

Curiosa, Maggie ergueu uma sobrancelha.

— Então Joel me levou para casa e as coisas descambaram. Durante todo o trajeto, passamos por outros casais. A maioria deles de mãos dadas e rindo. Foi quando Ben apareceu. Plantado em meu cérebro como uma planta perene, florescendo toda vez que o tempo esquenta. E meu Deus, Maggie, quando chegamos à minha porta, devo ter parecido uma idiota. Eu mal conseguia olhar Joel nos olhos porque estava me sentindo culpada. Quando ele falou, eu ouvi Ben. E quando ele me beijou, fiquei gelada — Abby disse, chateada, e desviou o olhar. — Ele provavelmente acha que sou uma virgem de trinta e quatro anos.

Maggie tomou um gole do seu cappuccino.

— Nós duas sabemos que isso não é verdade. O assento traseiro de um Honda Civic curou essa doença há muito tempo.

— Por favor, Maggie! Eu preciso da sua ajuda.

Maggie pegou a mão de Abby.

— Olha, tenho certeza de que ele entende a situação. Você contou para ele, não contou?

— Você está louca?

— Você *não* contou para ele?

— Isso é exatamente o que todo cara solteiro está procurando. Uma viúva de trinta e quatro anos. Melhor ainda, uma viúva que perdeu o marido há um ano e meio e que ainda está mergulhada num caos emocional. Além disso, uma que nunca realmente namorou outro cara. Quinze anos, nenhum namoro. A única coisa pior seria se Ben e eu tivéssemos sido namorados no ensino médio. "Então, junto comigo, Joel, você também tem uma quantidade maior de bagagem do que qualquer relacionamento pode carregar."

Maggie pegou a garrafa térmica alta e prateada do balcão e voltou a encher as canecas. Em seguida, polvilhou noz-moscada por cima.

— Em primeiro lugar, você não tem bagagem. Você perdeu o seu marido e, pelo que posso dizer, você está indo muito bem. Caramba, Abby, olhe para este lugar. A sua casa costumava ser um santuário de você e Ben. Fotos de vocês em todos os lugares! Você guardou essas fotos, e sei que deve ter sido difícil para você. Outro dia, abri o seu armário — eu sei, sou intrometida, admito — e todas as roupas de Ben sumiram. Junto com o relógio e a carteira dele, que ficaram em sua cômoda por quase um ano!

Abby enrugou metade do rosto como se tivesse sentido um cheiro horrível.

— Por que você abriu o meu armário?

— Eu reparei em tudo, Abby — Maggie disse, ignorando a fala da irmã. — Inclusive o dia em que você parou de usar a sua aliança de casamento. Sim, também reparei nisso, muito antes do outro dia, quando você achou que estava me mostrando o dedo sem a aliança pela primeira vez. Então o que vejo não é uma mulher carregando bagagem. Você não é uma mulher de oitenta anos que acabou de perder o marido e não quer nada mais do que passar o resto dos seus dias de luto "esperando que o Senhor a leve", como a nosso avó costumava dizer. Você é uma mulher cheia de vida, independente e bem-sucedida de trinta e quatro anos, que quer recomeçar a viver a sua vida. E a sua vida vai incluir Ben. Tem que incluir. E deve incluir. Mas não deve incluir *apenas* Ben. Deve incluir a nossa mãe e o nosso pai. Deve incluir eu, Jim e o seu sobrinho, quando ele chegar. Deve incluir as suas amigas. E sim, Abby Gamble, a vida de uma mulher solteira de trinta e poucos anos deve incluir um homem ou um namorado ou como você quiser chamar. Então deixe a sua vida incluir todas essas coisas e, em breve, aposto, assim como eu quando estava crescendo e conquistando as minhas próprias amizades, Ben aparecerá cada vez menos. Ele sempre estará por aí, Abby. Em suas lembranças, e em seu coração, e sempre que você pensar nele. Mas não precisa ser uma coisa ruim. Não precisa ser algo que atrapalhe você.

Abby conteve as lágrimas e sorriu.

— Está vendo, por isso você é a minha melhor amiga.

29. O caminho de volta

Domingo, 5 de novembro

14h25

ORIGINALMENTE, ERAM SEIS CABANAS NA ILHA. TRÊS AINDA estavam de pé. As outras viraram destroços de madeira que restaram empilhados depois de uma das tempestades. Ben agradecia por ter perdido aquela tempestade. Durante o seu tempo na ilha, ele passara por alguns aguaceiros pesados, que duraram dias e trouxeram alguns ventos violentos, mas a sua mísera cabana fora resistente o suficiente para mantê-lo seco e aquecido.

Quando Ben chegou à ilha, ele inspecionara as três estruturas restantes para avaliar sua estabilidade, descobrindo que cada cabana havia sido construída a partir de seis postes enterrados profundamente no solo, proporcionando uma base bastante sólida. As paredes eram feitas de madeira com encaixes macho e fêmea, impedindo a entrada dos fortes ventos marítimos. No interior de cada cabana, ele encontrara um colchão grosso e um estrado de molas. Para Ben, a existência das cabanas representava muito mais do que a salvação. Elas lhe deram esperança. Mostravam que, por mais esquecida que a ilha estivesse, alguém, em alguma ocasião, já estivera ali anteriormente. Talvez ele tivesse uma chance. Talvez William e o seu pai também tivessem uma chance. Porém, Ben havia encontrado as cabanas já há algum tempo e temia que, se não fizesse progressos para voltar para casa logo, seria tarde demais.

Como de costume, Ben estava sentado do lado de fora da sua cabana e abriu o seu diário. Dez anos atrás, ele tinha começado a escrever cartas para o filho. Originalmente, eram uma maneira de começar o processo de recuperação, mas as cartas acabaram se tornando algo mais. Viram uma ligação com o filho, e ele nunca tinha parado de escrevê-las.

Ben virou a página e leu o título:

O dia em que aconteceu

Colocamos o seu nome numa lista a ser considerada para um ensaio clínico de um medicamento experimental. Você não respondeu à quimioterapia, como foi previsto, e a probabilidade de você não viver o suficiente para participar do ensaio clínico era torturante demais. Colocamos o seu nome numa lista com centenas de outros e sabíamos que as chances de ele ser escolhido eram pequenas. Nem mesmo a expectativa de um medicamento novo e mágico poderia mudar o inevitável. A sua mãe e eu fizemos isso para sentir que estávamos fazendo algo. Para parecer que não estávamos simplesmente sentados esperando você morrer.

Conseguimos segurar você no colo poucas vezes. O resto do tempo foi gasto ao seu lado, ouvindo o ruído do respirador. Sentíamos muito medo de dormir por temer que, se adormecêssemos, seria o momento em que aconteceria, e se acordássemos e o encontrássemos ainda conosco teria sido um tempo que tínhamos desperdiçado longe de você. Nós vimos principalmente você dormindo. Vimos o seu peito subir e descer sob as ordens do respirador. A sua mãe ainda estava rezando por um milagre, eu estava demasiado longe.

Você ficou vivo durante três meses, superando as expectativas previstas pelos médicos. De maneira estranha, foi mais torturante para mim do que se Deus o tivesse levado no dia em que você nasceu, porque nesses meses se criou um vínculo entre nós, que me oprimiria para sempre, como um chumbo preso à perna de um homem à deriva no mar, constantemente puxando-o para baixo enquanto ele lutava contra a água que já cobria a sua cabeça.

Durante aqueles meses na unidade neonatal, sussurrei para você todas as coisas que faríamos juntos quando você estivesse saudável. Os jogos de beisebol de que lhe falei serviram como um alívio temporário da realidade da nossa situação. As manhãs de sábado que prometi — em que iríamos ao lago para pescar robalos, e onde eu transmitiria a você todos os segredos que o meu pai tinha me ensinado — não eram nada mais do que a minha fuga. As coisas que falei para você eram pequenos refúgios em que eu encontrava alívio do tormento de testemunhar a sua luta. E, anos depois, enquanto escrevo esta carta, ainda posso fechar os olhos e ver a sua mãozinha em volta do meu dedo indicador. Era um símbolo muito maior a que você estava se agarrando; para mim, era o apelo de um filho pela ajuda do pai. Sei que isso é irracional, mas me disseram para ser sincero nessas cartas. Espero que um dia passe a sensação de ter falhado com você.

Abby e eu estávamos há 36 horas sem dormir. Sabíamos que o fim estava próximo, e nós dois nos recusamos a ceder à fadiga. Nós dois queríamos estar com você e alertas quando você passasse desta vida para a próxima. A sua mãe segurou você nos braços, enquanto eu abraçava vocês dois. A sua respiração ficou difícil e congestionada durante horas, como os médicos avisaram que ficaria. A sua pele estava cinzenta e os seus olhos não se abriam há dias. Abby chorou de maneira inconsolável olhando fixamente para você.

Eu também olhava fixamente para você, sentindo-me culpado e envergonhado da minha impotência.

Os pais devem proteger os filhos, resguardá-los das crueldades que se escondem nas sombras, e salvá-los quando eles não são capazes de se salvar. No entanto, eu fiquei impotente ao ver você dar o seu último suspiro. Senti-me insignificante e frágil ao ver você em silêncio e imóvel nos braços da sua mãe.

Ben desviou os olhos do diário e olhou para o mar. Respirou fundo e enxugou as lágrimas do rosto. O seu coração sofria pelo filho, mas também por Abby. Lembrar-se da tristeza dela aconchegando Jacob naquele dia era demais para suportar. Ben ficou imaginando o que ela estava fazendo naquele momento. Ele se afligiu com pensamentos de quão sozinha Abby devia estar se sentindo.

Ao deslocar o seu olhar para os destroços do avião, Ben Gamble foi tomado por uma súbita premência. Era hora de encontrar o caminho de volta para a sua mulher.

30. Gatinho congelado

Sexta-feira, 10 de novembro

17h22

O FRIO CARACTERÍSTICO DO MEIO-OESTE TOMOU CONTA DOS primeiros dez dias de novembro. Uma massa de ar polar chegou do Canadá e rapidamente transformou a região central dos Estados Unidos numa tundra congelada. Na sequência, veio a neve. Somente na primeira semana de novembro, já tinham caído 55 centímetros de neve — um recorde para Chicago — e a perspectiva para o Dia de Ação de Graças era brutal. Chicago estava se preparando para um inverno gélido.

Do lago Michigan, vinham rajadas de vento de sessenta quilômetros por hora que quase impediam o avanço dos pedestres. Caminhando, Abby estava irreconhecível, com o capuz erguido e o cachecol enrolado no pescoço. Ela estava vindo do seu banco na marina de Belmont, aonde havia ido após o trabalho para observar o lago e contemplar a sua vida. Naquele momento, enquanto seguia pela calçada, um adolescente da vizinhança removia a neve da escada da sua casa. As diversas entradas das casas ao longo da sua rua já estavam limpas da neve vespertina.

— Olá, sra. Gamble — o garoto disse, ajeitando o chapéu de aba que esteve na moda em 1952.

— Oi, Lenny.

— Muita neve hoje. Tive que contratar dois amigos para dar conta. Comprei um soprador de neve porque esse deve ser um inverno daqueles, viu?

Da esquina, o motor do soprador ressoava, removendo a neve.

— Sim — Abby sorriu, parada na sua escada recém-limpa.

— Deve nevar durante a noite. Provavelmente vou estar de volta de manhã cedo. Então, sinto muito se eu acordá-la.

— Tudo bem, Lenny. Não se esqueça de deixar o recibo na caixa de correio.

— Sim, senhora — Lenny disse antes de voltar ao trabalho.

Alguém fechou a porta de um carro do outro lado da rua e Abby viu uma mulher parada perto dele. Ela estava protegida por um casaco pesado e segurava um envelope branco na mão. A mulher atravessou a rua até o meio-fio diante da casa de Abby e passou por cima de um monte de neve para alcançar a calçada.

— Posso ajudá-la? — Abby perguntou.

A mulher concordou com uma expressão confusa.

— Você é Abby Gamble, não é?

Abby fez uma pausa, puxando o capuz para baixo.

— Sim. Posso ajudá-la em alguma coisa?

Abby notou que a mulher estava tremendo. Possivelmente por causa do frio, mas Abby achou que era outra coisa.

A mulher olhou para a porta da casa de Abby e para o endereço acima do batente. Então, fez um gesto negativo com a cabeça.

— Desculpe — ela disse de repente. — Devo ter me enganado.

A mulher se virou, passou depressa por cima do monte de neve e começou a atravessar a rua. Um carro derrapou e conseguiu parar. O motorista tocou a buzina longa e raivosamente, assustando a mulher.

— Tentando se matar? — o motorista perguntou, abaixando a janela.

A mulher não respondeu. Correu para o seu carro, embarcou e partiu rapidamente.

— Quem era? — Lenny perguntou.

Sob o olhar de Abby, o carro seguiu pela rua, virou no cruzamento e desapareceu.

— Não sei.

— Deve nevar quinze centímetros durante a noite. Não vai ser fácil — Lenny disse e começou a se afastar.

Finalmente, Abby desviou a sua atenção da rua e olhou para Lenny.

— Obrigada novamente por todo o seu trabalho.

Ela subiu a escada da sua casa e, uma vez dentro, fechou a porta atrás de si, tirando as camadas de roupas de inverno. Ao entrar na cozinha, o aroma da dúzia de rosas sobre a mesa afastou a sua mente do estranho encontro com aquela mulher. Quando chegaram, as rosas estavam pouco desenvolvidas, mas, naquele momento, estavam plenamente desabrochadas. Abby sorriu quando se lembrou de ver o entregador com um buquê depois de abrir a porta.

Eu me diverti muito, o cartão dizia.

Afinal de contas, o fiasco na porta de entrada da sua casa não deixara Joel assustado.

Era sexta-feira e a previsão para o fim de semana era de chorar: frio e neve. Abby desembrulhou uma barra de granola e ficou junto à cristaleira separando a correspondência. O telefone tocou e ela vasculhou a sua bolsa até encontrá-lo.

— Alô?

— Oi — Joel disse.

— Oi. Obrigada pelas flores. São lindas.

— Espero que você goste de rosas.

— Que mulher não gosta? Você sobreviveu à neve dessa semana?

— Nem me fale. Terrível. E nem chegamos ainda ao Dia de Ação de Graças. Mas quero saber uma coisa de você. É por isso que estou ligando. Você tem algum compromisso esta noite?

— Ah, não. Qual é a sua ideia?

— Vou pegar você em um hora. Agasalhe-se.

— Aonde nós vamos?

— Gorro, luvas, tudo. Até já.

A ligação terminou e Abby não conseguiu parar de sorrir.

Uma hora depois, Joel parou o carro em fila dupla, desembarcou e subiu a escada da casa de Abby. Ele estava usando um suéter de lã e um gorro de esqui, parecendo ter acabado de chegar das encostas de Vail. Depois de abrir a porta, ela ficou um instante o examinando. O jeans, as botas e o gorro cobrindo as costeletas grisalhas proporcionavam uma aparência vigorosa e uma aura de beleza diferente do que Abby já havia notado. Algo se agitou dentro dela, o mesmo que havia ocorrido no fim de semana anterior: uma velha sensação guardada há algum tempo, como encontrar uma velha caixa no sótão cheia de lembranças de infância que transportam a pessoa através do tempo. Abby gostava daquele lugar que encontrava quando estavam apenas ela e Joel. Ao se entregar à sensação e se permitir curti-la, Abby constatou que era um lugar livre das tranqueiras e confusões que enevoaram os seus pensamentos nos últimos meses. Naquele lugar, o seu pesar era invisível. Ela adorava que simplesmente a visão de Joel a trouxesse para aquele lugar e se frustrava com o fato de não ser forte o suficiente para permanecer ali. Porém, ela prometeu a si mesma que tentaria.

Joel sorriu quando a porta se abriu.

— Você está pronta?

— Acho que sim — Abby respondeu. — Mas como não sei o que você planejou, quero que você me diga.

Abby estendeu os braços. Ela estava usando jeans que abraçavam os seus quadris estreitos, botas de amarrar, jaqueta de esqui branca e luvas cor-de-rosa. Ao cobrir a cabeça com o gorro, as pontas do seu cabelo castanho-avermelhado pairavam na parte inferior e roçavam a sua jaqueta.

— Perfeito. E você também está linda — Joel afirmou. — Vamos. Há alguém que eu quero que você conheça.

Joel ajudou Abby a passar pelo monte de neve no meio-fio. Abriu a porta do seu Range Rover e ela embarcou. A cabeça de um garoto surgiu junto ao encosto do seu assento.

— Eu sou o Brian. O sobrinho do tio Joel.

— Oi, Brian. Eu sou a Abby.

— Você já foi nos escorregadores?

— Escorregadores?

Joel abriu a porta do lado do motorista e entrou no carro.

— Era para ser uma surpresa — ele disse a Brian e olhou para Abby. — Acho que você acabou de conhecer o meu sobrinho.

Abby sorriu e piscou para Brian.

— Imaginei que iríamos fazer algo assim.

— Pistas para escorregar em trenós — Joel disse. — Já foi?

— Nunca.

— Está pronta para isso?

— Com certeza — ela respondeu, sorrindo.

— Sim! — Brian afirmou do assento traseiro.

No lado norte da cidade, dois escorregadores ficavam dentro de uma reserva florestal. Os operadores regavam os escorregadores com jatos intermitentes de água de grandes mangueiras, deixando o ar gelado congelar a água numa camada de gelo escorregadia, proporcionando aos trenós uma velocidade maior na descida. Joel parou o carro no estacionamento e alugou dois trenós. De madeira, com a parte dianteira curvada, os trenós pareciam sapatos de duendes. Os esquis de metal vermelho se estendiam ao longo da superfície inferior.

O parque estava lotado de pais e filhos, adolescentes e jovens de vinte e poucos anos, todos agasalhados da cabeça aos pés. Um campo de batalha estava reservado para guerras de bola de neve. As crianças gritavam enquanto bolas de neve voavam pelo ar e explodiam com o impacto. Luzes ao estilo de estádio iluminavam o descampado e contrastavam fortemente com a escuridão da noite mais além. As escadas em zigue-zague levavam até o alto dos escorregadores. Uma fila de pessoas com trenós nas mãos subia por elas, esperando a sua vez. Os escorregadores tinham uma inclinação de quarenta e cinco graus e, depois de sessenta metros, lançavam os usuários em um grande espaço coberto de neve desfigurada e riscada pelos esquis dos trenós.

— Qual é a velocidade que isso alcança? — Abby perguntou com a voz hesitante quando eles começaram a subir a escada rumo ao alto dos escorregadores, que de repente pareceram mais assustadores do que no estacionamento.

— Tipo cento e sessenta quilômetros por hora! — Brian respondeu. — É superincrível!

Joel se inclinou para Abby e sussurrou no ouvido dela.

— Não é pra tanto, nem é tão rápido.

— É melhor você não estar mentindo. Fico enjoada em montanhas-russas.

— Bom saber. Talvez devêssemos descer em trenós separados — Joel afirmou, brincando.

Abby deu um tranco em Joel com o quadril e agarrou o braço dele com ainda mais força. Alguns minutos depois, eles chegaram ao topo. Sem hesitação, Brian jogou o seu trenó na pista sulcada do escorregador.

— Eu vou primeiro! — Brian disse e pulou no trenó, com os pés enfiados sob a parte dianteira curvada e as mãos segurando a corda presa a ela.

O operador, um homem de idade que trabalhava ali há três décadas, perguntou com a voz rouca:

— Você está pronto, filho?

— Prontinho!

— Aí vamos nós! — o homem disse pela centésima vez naquela noite.

Ele agarrou com força a barra transversal acima da cabeça de Brian e, com o pé, colocou o trenó em movimento. Pouco depois, a força da gravidade assumiu o comando e lançou o trenó pelo escorregador longo e estreito. Na sequência, Brian sentiu o som do vento crescer em intensidade até a metade da descida. Então, o som se dissipou no espaço aberto. Tudo o que restou foi Brian rindo e gritando.

Apavorada, Abby observou o trenó de Brian ganhar velocidade até chegar ao final do escorregador, onde finalmente foi lançado ao descampado numa velocidade que Abby estimou ser maior do que cento e sessenta quilômetros por hora.

— Pronto, pessoal? — o homem de idade perguntou.

— Eu, bem… Não tenho certeza. Está parecendo um pouco mais rápido do que eu esperava — Abby disse.

Joel posicionou o trenó na pista.

— Você vai gostar. Confie em mim. Vamos, você senta na frente.

Nervosa, Abby levou a mão enluvada à boca como se fosse morder a lã para chegar aos dedos.

— Todos a bordo, pessoal — o velho disse.

Ele tinha uma programação a cumprir.

— Você ouviu o que ele disse — Joel afirmou, sorrindo.

Abby olhou para trás e viu uma fila de pessoas à espera, expelindo vapor branco pelo nariz no ar gelado. Ela se sentiu observada. A neve caía em silêncio ao redor delas, realçadas e cintilando a partir das luzes ao estilo de estádio. Abby se virou para Joel.

— Estou morrendo de medo — ela sussurrou.

— Não vou deixar nada acontecer com você.

— É melhor você não me deixar cair — Abby disse.

Finalmente, ela se virou e embarcou na frente do trenó.

Joel se sentou atrás dela, fixando os pés nos encaixes laterais, para que os joelhos servissem como apoios de braço para Abby.

— Não vou deixar você se machucar — ele garantiu.

Joel enlaçou a cintura de Abby e entrelaçou as mãos com força perto do umbigo dela.

Abby estendeu uma mão para trás e agarrou a parte de trás da cabeça de Joel.

— Estou morrendo de medo.

— Você já disse isso — Joel afirmou. — Vai dar tudo certo.

— Vocês estão prontos? — o homem de idade perguntou.

— Prontos — Joel respondeu.

Abby respirou fundo, tirou a mão da cabeça de Joel e agarrou as pernas dele, rezando por sua vida.

— Estou pronta — ela disse.

— Vamos lá!

O velho empurrou o trenó com um dos pés.

No instante em que eles pairaram no alto do escorregador, antes de a força da gravidade levá-los para baixo, Abby se deu conta de que aquela era a primeira vez em quase dois anos que estava nos braços de um homem. A primeira em mais de uma década nos braços de um homem diferente de Ben. Quando o trenó começou a descer e o seu estômago embrulhou, Abby se inclinou para trás, até encostar em Joel. Ele respondeu, abraçando-a e apoiando o queixo no ombro dela. Ela fechou os olhos e encontrou conforto quando ele a abraçou com força.

— Aqui vamos nós! — Joel disse e tocou os lábios na orelha dela. — Eu estou com você — ele sussurrou. — Eu estou com você.

Enquanto o trenó descia o escorregador e ganhava velocidade, Abby mal percebeu que eles estavam se movendo. Ela foi surpreendida pelo contato com Joel e pelo roçar da barba rala dele em seu rosto. A sensação a levou a um lugar diferente: o lugar deles. Ela estava começando a gostar daquilo. A impressão subjugou a sensação de queda e os trinta segundos restantes passaram como um borrão. Tudo o que ela sentia era o toque, a voz e as palavras de Joel.

Eu estou com você. Eu estou com você. Eu estou com você.

— Não foi demais, Abby? — Brian gritou.

Ao abrir os olhos, ela viu que estava no meio do descampado. Joel estava rindo junto ao ouvido de Abby, ainda com os braços em torno da cintura dela.

— O que você achou? — ele perguntou.

Abby olhou para trás, espantada por ter descido o escorregador sem perceber, perdida nos braços de Joel, ainda segurando as pernas dele e inclinando-se para trás, junto ao peito dele.

— Foi incrível — ela disse.

— Vamos de novo! — Brian disse.

Puxando o seu trenó, Brian correu em direção aos escorregadores.

Joel soltou as mãos da cintura de Abby e rolou na neve. Ele riu ainda mais.

— Achei que teríamos que descer toda aquela escada. Você devia ter visto a sua cara lá em cima.

Ela pegou um tanto de neve e jogou nele.

— Parece mais alto lá em cima.

Joel continuou rindo.

— Você sabia que chamam de "gatinho congelado" quando alguém fica paralisado no alto dos escorregadores, sentindo muito medo de descer?

— Não.

— Sim. O velho pega o rádio e chama a bilheteria. Avisa que tem um "gatinho congelado no sótão".

— Fico surpresa que também não joguem pedras na pessoa.

— Pior. Um garoto da bilheteria aparece para escoltar o medroso ou a medrosa pela escada. Na descida, toda a garotada da fila tira sarro.

— Você está de brincadeira.

— Estou falando sério. Juro por Deus — Joel confirmou e riu. — Acredite em mim. Você desce por esse escorregador de um jeito ou de outro. No trenó ou sobre o meu ombro, porque Brian nunca daria trégua se fôssemos os gatinhos congelados da noite — Joel disse e recomeçou a rir. — Você deve ser um desastre em parque de diversões.

Abby pulou em cima de Joel.

— Não ria. Eu fiquei com medo.

Ele a empurrou delicadamente para fora do trenó para que eles ficassem deitados lado a lado na neve.

— Mesmo comigo segurando você?

— Não. Isso ajudou.

Joel se inclinou para a frente e a beijou. O beijo se prolongou, nenhum dos dois com pressa de pôr fim a ele. Finalmente, Joel se inclinou para trás.

— Quer ir de novo?

— Claro.

— Mulher corajosa.

Depois de outras três descidas de trenó, Abby e Joel fizeram uma pausa enquanto Brian, insaciável, voltou a subir a escada a toda pressa. Uma barraca servia café e chocolate quente. Eles limparam a neve de uma mesa redonda de piquenique. Sentaram-se e tomaram goles de suas bebidas.

— Você cuida muito do seu sobrinho?

— Sim. Mas não como se eu fosse babá dele. Na verdade, somos bons amigos. Sei que parece estranho. Ele tem só doze anos.

— Não é nem um pouco estranho. Acho legal. Posso ver que vocês são muito próximos. Aposto que é importante para ele.

— Sim. Sou o padrinho dele. Sempre fizemos coisas juntos, desde que Brian era pequeno. Beisebol é o nosso lance. O garoto joga bola até o braço cair. Ele também é um atleta muito bom. Porém, os últimos meses foram diferentes. Para mim mesmo. Na primavera passada, Brian teve uma apendicite grave. Extraí o apêndice dele e achei um tumor no seu intestino.

— Ele está doente? — Abby perguntou, curiosa.

— Não. Graças a Deus. Era um tumor benigno. Extraí e, desde então, ele tem feito exames todos os meses. Sem problemas. Mas me assustou muito. Brian já teve muitos problemas de saúde na vida. A última coisa que ele precisa é de outro. O garoto é duro na queda. Ele já passou por muita coisa e, até agora, nada foi capaz de destruí-lo. Mas não sei se minha irmã conseguiria lidar com qualquer outro problema. O tumor que encontrei quase a levou ao limite. Também teve impacto sobre mim. Foi quando tive uma daquelas epifanias de que a vida é muito curta. Parece um clichê até você realmente entender as palavras. Em algum momento, a vida acaba e você nunca sabe quando é esse momento. Assim, é melhor você aproveitar cada dia.

Joel apontou para os escorregadores onde Brian estava subindo a escada novamente. Os dois acenaram para ele.

— Então, o que uma pessoa faz quando se dá conta de que a vida é muito curta?

— Não sei o que as outras fazem, mas decidi convidar essa garota que conheci na academia para jantar.

— Sério?

— Sério. Ela aceitou o convite e nos divertimos muito. Mas isso aconteceu na primavera passada. Não fui capaz de entendê-la desde então.

— Ela é bonita? — Abby perguntou, sorrindo.

— Tá brincando? Ela é estonteante.

— É mesmo?

— Sem dúvida. O problema é que não sei dizer se ela está interessada.

— Pois é, às vezes, as garotas são esquisitas.

— Nem me fale.

Abby moveu a mão para o lado da mesa e empurrou a neve da borda.

— A propósito, ela está interessada — Abby disse e eles se entreolharam por um instante. — Provavelmente, é difícil entendê-la porque ela está passando por uma dessas epifanias e ainda não chegou ao fim. Ela ainda está tentando descobrir algumas coisas.

Abby e Joel se encararam, não sem jeito, mas com o olhar reconfortante de duas pessoas próximas de um relacionamento. Duas pessoas que alcançaram grandes feitos em suas carreiras, mas carentes do traquejo social que vinha tão facilmente para os demais, ambos entendendo que as suas deficiências resultavam de uma história conturbada enraizada profundamente em seus passados.

— Tio Joel! Estou descendo! — Brian gritou do alto da escada.

Joel acenou e viu o sobrinho descer a toda velocidade o escorregador.

— Por mais que ele vá protestar, temos que ir embora. Disse à minha irmã que o deixaria em casa às nove. Ele tem uma consulta médica amanhã. Isso foi um pequeno oásis longe de todas essas coisas: tomografias, agulhas e exames de sangue.

— Você é um ótimo tio — Abby disse. — E também é uma ótima companhia.

31. Casablanca

Sexta-feira, 10 de novembro

19h42

ELES DEIXARAM BRIAN E ESPERARAM ATÉ A IRMÃ DE JOEL acenar da porta. Dez minutos depois, Joel estacionou o Range Rover diante da casa de Abby.

— Obrigado por nos acompanhar — Joel disse. — Brian se divertiu muito com você.

— E você?

— Eu também — ele respondeu, sorrindo. — Foi muito divertido. Qualquer dia desses, quem sabe eu leve você a outro lugar que não seja um seminário de trabalho ou uma saída com o meu sobrinho. Talvez eu ligue para você em seguida...

— Você ainda não comeu, não é? — Abby perguntou. — Porque se você não comeu, posso fazer algo rápido. A menos que...

— Estou morrendo de fome — Joel respondeu um pouco rápido demais. — Não vai ser muito trabalho?

— Estou falando de massa e molho marinara. Nada de especial.

— Acho ótimo.

Meia hora depois, eles se sentaram à mesa da cozinha com um monte de macarrão diante deles. Abby abriu uma garrafa de vinho.

— Espero que esteja bom — ela disse.

— Muito melhor do que consigo fazer — Joel respondeu, rindo.

— O solteirão não cozinha?

Joel voltou a rir.

— Nem sei se o meu forno está funcionando. Exceto o micro-ondas.

Eles comeram e tornaram a encher as taças de vinho. Abby falou sobre Maggie e os pais. Sobre o seu futuro sobrinho e como ela também seria uma madrinha do jeito que Joel era para o sobrinho dele. Eles falaram sobre Brian e Rachel, a irmã de Joel. Sobre o seu irmão mais velho,

Brandon, que vivia a uma hora de distância e cuja carreira como cirurgião torácico o absorvia tanto quanto a de Joel. Dois médicos muito ocupados, com agendas lotadas, foi um ótimo estratagema para explicar por que Joel via o irmão apenas uma vez por ano, geralmente no Natal. A verdade, ou seja, o fato de a morte do garoto Keaton do meio ter deixado uma lacuna intransponível entre Joel e Brandon, era uma história para outra hora.

À medida que a garrafa de vinho foi esvaziando, eles passaram o tempo se conhecendo melhor, compartilhando histórias do ensino médio e da faculdade. Foi uma daquelas primeiras conversas, do tipo que comprime o tempo e converte horas em minutos; do tipo que prepara o terreno sobre o qual algo maior pode ser construído. À meia-noite, ambos ficaram surpresos ao consultarem a hora.

— Quer ficar mais algum tempo? — Abby perguntou. — Ou você trabalha amanhã?

— Não, estou de folga.

— Podemos assistir a um filme, que tal?

— Não assisto a um filme faz... Vejamos, levei Brian no ano passado para ver...

— Sem dúvida, você trabalha demais. Tenho a solução — Abby disse, levou Joel para o sofá e pegou um DVD ao lado da televisão. — *Casablanca*?

— Posso tentar.

— Tentar? É um clássico, que fica melhor a cada vez que você assiste.

— Nunca vi — Joel respondeu, mostrando-se espantado.

— Como é?

— Nunca. Desculpe.

— Chega para lá — Abby pediu e se sentou ao lado dele no sofá. — Vou ter que falar com você desde o início. É importante não perder os mínimos detalhes.

— Detesto filmes sobre os quais preciso de explicações.

Abby baixou as luzes.

— Esse não. Esse não é como os outros filmes. Há um monte de coisas sutis que terei de chamar a atenção — ela disse e olhou para Joel com uma expressão séria. — Você pode chorar.

— Duvido.

— Veremos — Abby disse e trouxe as pernas junto ao peito quando o filme começou. — Agora, preste atenção. O começo é importante.

Encolhida, assistindo a um filme à meia-noite, Abby se sentia como uma adolescente. Depois de alguns minutos de filme, ela se deu conta de que as quatro descidas pelo escorregador e, mais especificamente, as três subidas de volta, tinham drenado as suas energias. A garrafa de vinho não estava ajudando, mas havia algo em *Casablanca* que a mantinha alerta. O filme tinha certo encanto que a impedia de dormir. Joel era outra história. No momento em que Bogart estava indo embora pela primeira vez, os olhos de Joel se fecharam. A sua respiração se acomodou num ritmo grave, à beira do ronco.

Abby se virou e viu os olhos de Joel fechados. De brincadeira, ela deu uma cotovelada de leve nas costelas dele.

— Dá pra acreditar que ela o deixou na estação de trem?

Joel abriu os olhos e pigarreou, agindo como se Bogart, parado ali na chuva com a sua carta de amor, fosse um personagem fascinante.

— Inacreditável — ele disse. — Nunca se deve fazer isso com um homem.

Joel voltou a fechar os olhos. Ele se afundou ainda mais nas almofadas e jogou o braço sobre o encosto do sofá, atrás de Abby.

Ela sorriu, cada vez mais encolhida no sofá, e apoiou a cabeça entre o ombro e o peito de Joel. Abby se sentiu segura ali, como se sentiu quando ele a abraçou na descida do trenó pelo escorregador. Abby assistiu ao restante do filme na mesma posição, ouvindo a respiração de Joel e avaliando para onde a vida a tinha levado. Chorou enquanto o filme passava, em parte porque sempre chorava quando Bogart se despedia do seu verdadeiro amor, mas principalmente porque entendia que ela também estava se despedindo de um homem que tinha amado durante toda a sua vida adulta.

32. O plano

Terça-feira, 21 de novembro

11h00

O RIACHO DE ÁGUAS TURBULENTAS SERPENTEAVA ATRAVÉS DA floresta tropical. As recentes tempestades deixaram a sua correnteza robusta e poderosa. Caminhando pela margem, Ben jogou galhos e viu a água levá-los embora rapidamente. Naquela manhã, os seus passos eram lentos e prudentes, enquanto ele elaborava a logística do seu plano. O grande peso da melancolia vergava a sua postura, como se a tristeza estivesse realmente sobre os seus ombros. Depois de trinta minutos, Ben chegou ao limite da floresta e se aproximou do cedro-vermelho. Do bolso, ele tirou o canivete suíço e desdobrou a lâmina. Ao tocar a ponta na área lisa do tronco, entalhou outra marca na madeira e as contou novamente, como já fizera centenas de vezes antes. O Dia de Ação de Graças estava se aproximando. Era o seu segundo na ilha.

Ben sentou-se no chão, apoiando-se contra a árvore. Ele pensou nos irmãos reunidos na casa dos pais assistindo a um jogo de futebol americano. Os cheiros da época estavam guardados nos recônditos da sua mente: canela, noz-moscada, recheio e peru. Ele também pensou em Abby e se perguntou se ela ainda passava parte das festas de fim de ano com os pais dele. Deu uma risadinha quando se lembrou do terrível vinho *glögg* que o sogro o obrigava a tomar todos os anos. Por algum tempo, as lembranças do Dia de Ação de Graças e do Natal passaram por sua mente antes de se acalmarem. Então, encostado no cedro-vermelho, os pensamentos de Ben migraram para outra mulher. Ele enfiou a mão no bolso da calça e tirou a carta franzida. O mar tinha desbotado a tinta, mas as palavras ainda estavam legíveis. Ben leu a última frase.

Você tem que contar para a sua mulher, Ben. Ela merece saber a verdade. Dou só mais uma semana para você fazer isso. Caso contrário, eu mesma contarei para ela.

Sentado debaixo da árvore, em sua ilha deserta, Ben se deu conta de como estava longe da sua mulher e da sua impotência para deter o desenrolar dos acontecimentos. Fazia um ano e meio. Será que Abby já sabia de tudo? Ele foi um tolo de não contar a ela quanto teve a chance. Pelo menos ele teria tido a oportunidade de explicar as coisas. Naquele momento, Abby estava vivendo isso sozinha. Ben fechou os olhos e procurou afastar os pensamentos incômodos da sua mente. O barulho de galhos quebrados chamou a sua atenção. Ao abrir os olhos, ele viu William se aproximando. O garoto veio até a árvore e contou as últimas marcas entalhadas por Ben.

— Falta quanto ainda? — ele perguntou com uma voz grave de adolescente abrindo caminho para a maturidade.

— Para o Dia de Ação de Graças? É amanhã ou depois de amanhã. Talvez eu tenha esquecido de marcar um dia. Então não tenho certeza.

Indiferente, William deu de ombros.

— Meu pai me perguntou. Vou dizer que vai ser daqui a alguns dias. Isso vai lhe dar algo pelo que ansiar.

— Como ele está?

— Dias bons e dias ruins. Mas mais ruins do que bons ultimamente — William respondeu e apontou para a sua cabana. — Acho melhor ir vê-lo.

— Escute, eu queria falar com você a respeito do nosso plano. Acho que estou pronto para seguir em frente — Ben disse.

O garoto fez uma breve pausa.

— Você tem certeza?

Em dúvida, Ben encolheu os ombros.

— Impossível ter certeza. Ainda tenho algumas coisas para fazer, mas quase tudo está definido.

William apontou para a mochila ao lado de Ben.

— A sua atitude mudou depois que achei aquele diário.

Ben fez uma pausa.

— Ele me lembra o quanto eu deixei para trás e o quanto a minha mulher precisa que eu faça isso.

— Eu preciso ficar aqui com o meu pai.

— Eu sei.

— O barco vai ficar pronto em quanto tempo?

— Não vai demorar, mas vou precisar de alguma ajuda.

Durante algum tempo, William ficou em silêncio antes de olhar para Ben e sorrir.

— Tudo bem. Se você acha que chegou a hora, então vamos tirar você daqui.

33. A peregrinação

Quarta-feira, 22 de novembro

13h30

CHRISTIAN MALONE ESCOLHEU A DEDO E GARANTIU VINTE E dois investidores. Todos eles enchiam a sala de reuniões na quarta-feira antes do Dia de Ação de Graças. Os assessores financeiros de Christian tinham se debruçado sobre o seu plano de negócios, os seus modelos de construção, os seus cronogramas e a sua lista de investidores. Se ele conseguisse levantar o capital, os analistas financeiros, os advogados e os contadores que zelavam por sua fortuna dariam o sinal verde para ele levar adiante o seu sonho de criar um resort exclusivo de kitesurf no Pacífico Sul.

Christian já tinha acreditado que uma grande riqueza proporcionava uma grande liberdade. Em certo momento da sua vida, isso foi verdade. Mas curiosamente, quando ele alcançou extrema riqueza, a sua liberdade ficou menor. O lançamento de ações da sua empresa o tinha transformado num bilionário e representou menos controle para a sua vida e suas decisões. Tudo o que Christian fazia repercutia em sua empresa, e ele sempre era obrigado a se comportar da melhor maneira possível. Era por isso que ele sempre estava em busca do próximo sucesso, e isso explicava o seu fascínio por uma ilhota no Pacífico Sul. Se Christian fosse capaz de construir aquele resort, talvez ele tivesse um lugar para fugir. Talvez deixasse o Vale do Silício para trás e deixasse os executivos administrarem a sua empresa e cuidarem dos seus negócios. Ou melhor ainda, Christian permitiria que eles comprassem a parte dele e o expulsassem para que ele pudesse desaparecer e praticar kitesurf o restante da sua vida.

Durante uma hora, Christian apresentou os seus planos aos investidores. Ele abordou a proposta de adesão, a estrutura da sociedade e o retorno do investimento planejado para a próxima década. A construção poderia começar já no verão seguinte. A conclusão das obras estava prevista para depois de dezoito meses. Ele detestava números e apresentações. Também detestava ter que impressionar as pessoas naquela sala. Mas ele fez aquilo, e fez muito bem, porque queria aquele resort mais do que qualquer coisa que já quis antes.

— Quando vamos conhecer a ilha e o canteiro de obras pessoalmente? — um dos investidores perguntou.

— Ótima pergunta — Christian disse. — Proponho a primeira semana de janeiro. Vamos deixar para trás as festas de fim de ano e, em seguida, vamos todos juntos até a ilha. Digamos, 2 de janeiro? Viajaremos no meu jato particular para o Taiti e passaremos a noite lá. Então, na manhã seguinte, pegaremos o hidroavião até a ilha e passaremos a manhã percorrendo o canteiro de obras. A nossa equipe de arquitetura se juntará a nós, assim como os nossos engenheiros civis.

— Quando foi a última vez que alguém esteve na ilha? — outro investidor perguntou.

— A última vez que uma equipe de construção esteve lá foi pouco antes do furacão Earl, antes de evacuarmos todo mundo. Duas semanas depois, fui até a ilha para avaliar os danos. Vi que estava uma bagunça e que não valia a pena recuperar. Assim, acabei com tudo. Isso foi há dois anos. Não voltei desde então.

— Muitos estragos?

— Na ilha em si, não muito. Como parte da natureza, a ilha evoluiu para absorver furacões como o Earl. Mas a construção inicial que a minha equipe realizou, ou seja, os alojamentos temporários, foi destruída em grande parte. Felizmente, não tinha avançado muito, mas quase tudo que tinha sido erguido foi perdido.

— Devemos nos preocupar com a chance de outro furacão prejudicar o nosso investimento? — um terceiro investidor perguntou.

— O Earl foi um furacão único numa geração. Porém, não estou subestimando nada dessa vez. Dei instruções para os engenheiros projetarem construções capazes de resistir a furacões de categoria cinco. Os alojamentos temporários erguidos nunca foram projetados para enfrentar um furacão. O investimento de vocês está seguro.

Christian percorreu a sala com os olhos e viu os seus investidores concordarem. Eles tinham fé em seu plano.

— Então — Christian disse. — O que vocês me dizem? O dia 2 de janeiro é bom para todos? Vamos todos para a ilha dar uma olhada.

Os ricos investidores fizeram ligações e planos, organizaram datas e remarcaram reuniões, e finalmente todos concordaram que a primeira semana de janeiro era o período em que todos fariam a peregrinação à ilhota isolada no Pacífico Sul para ver qual era o seu potencial e onde os seus milhões seriam gastos.

140

PARTE IV
ANO-NOVO

34. Aceitação

Quinta-feira, 23 de novembro

18h00

JOEL TIROU A TOUCA CIRÚRGICA DA CABEÇA E A DESCARTOU no lixo ao entrar na sala dos médicos. Eram seis da tarde do Dia de Ação de Graças. Ele estava no hospital há mais de vinte horas. Joel havia recebido um pedido de outro cirurgião geral e tinha mais vinte e quatro horas de trabalho antes de estar livre para o fim de semana. Naquele momento, as coisas estavam tranquilas, mas ele estava cansado demais para dirigir para casa. Na sala dos médicos, deitou-se na cama de baixo do beliche, afundou a cabeça no travesseiro e fechou os olhos. Adormeceu quase instantaneamente.

No sonho de Joel, as águas do rio estavam agitadas. O irmão se agarrou ao tronco enquanto a correnteza golpeava o seu corpo. O braço estendido de Joel chegou a poucos centímetros do de seu irmão, mas não foi mais longe.

— Não consigo alcançar você — Joel disse. — Preciso buscar ajuda.

— Não me deixe — o irmão pediu.

— Vou buscar o nosso pai.

— Não consigo aguentar tanto tempo. Não me deixe.

Joel se agachou na rocha e se aproximou do tronco, estendendo a mão novamente. Os dedos dos irmãos se tocaram de leve. Joel se inclinou mais um pouco. As mãos deles finalmente se encontraram, mas antes de Joel conseguir segurar o pulso do irmão, a água em fúria os separou. Joel viu a correnteza levar o irmão rio abaixo.

A mente de Joel saltou para o escritório do pai, onde ele se viu olhando pela janela em busca da corça. Ele queria ter o irmão ao seu lado, mas havia algo mais ocupando a sua mente adormecida. Quando ele viu o homem sair da beira do bosque, a sua mente registrou. Naquele sonho, Joel não estava em busca da corça, mas do estranho, sentindo que aquele homem era a fonte de respostas para as perguntas que vinham assombrando a sua vida. Joel empurrou a porta rangente que dava para o quintal.

— Você viu alguma corça? — o homem perguntou.

— Não — Joel respondeu. — Tenho observado há muito tempo. Ela está com muito medo.

— Continue a procurar. Não desista. Às vezes, as coisas que estamos procurando estão bem na nossa frente, mas camufladas por nossos pensamentos e escondidas por causa dos nossos medos. Então, nós não as percebemos. Se você continuar procurando e deixar de pensar nas coisas que não pode mudar, todo o resto desaparece.

Joel encarou o homem à sua frente, avaliando suas palavras antes de ele olhar para o bosque.

— Eu poderia ter salvado o meu irmão. Eu poderia ter contado ao meu pai que ele precisava de ajuda, mas em vez disso eu simplesmente o abandonei.

— Há algumas coisas na vida que nunca vamos compreender. E se não tomarmos cuidado, se nos agarrarmos à ilusão de que poderíamos ter mudado o resultado, esses momentos do passado nos impedirão de encontrar a felicidade hoje. Eles nos impedirão de ver o que está bem na nossa frente. Porém, a aceitação pode nos levar para além de tudo. A aceitação de todas as coisas que não fazem sentido. A aceitação de todas as coisas que não podemos mudar. Perdoar a nós mesmos também ajuda — o homem disse e apontou para as árvores. — Não desista da corça. Ela quer que você a encontre.

O homem se virou, entrou no bosque e desapareceu. Um sinal sonoro começou a vir dali e se tornou constante. Parecia o som de um veículo pesado dando marcha a ré. Atento, Joel semicerrou os olhos para observar o bosque, achando que talvez fosse a corça da qual o homem estava falando. Então, ele sentiu uma mão no ombro e virou a cabeça.

— Dr. Keaton?

Joel abriu os olhos e viu uma enfermeira parada junto à cama.

— Dr. Keaton, o seu pager está tocando. Precisam do senhor no pronto-socorro.

— Desculpe — Joel disse com a voz rouca. Ele se sentou, manuseou desajeitadamente o seu pager e o desligou. — Já estou indo.

35. O segundo feriado de Ação de Graças

Quinta-feira, 23 de novembro

18h34

NO DIA DE AÇÃO DE GRAÇAS, A TEMPERATURA DESPENCOU para doze graus negativos. Outros vinte centímetros de neve se acumularam no chão congelado e o gelo nos galhos nus das árvores pareciam pingentes de cristal. O início do inverno antes da hora manteve as pessoas retraídas e isoladas dentro das suas casas. No jantar de Ação de Graças, Abby mostrou um retraimento semelhante, que os pais atribuíram a mais um ano sem Ben. Eles não sabiam que era outro homem que ocupava a sua mente naquela noite, um que havia se infiltrado num lugar especial em seu coração.

Depois que a louça foi lavada, seca e recolocada no armário, a família se dividiu. O pai de Abby e Jim se sentaram no sofá para assistir a um jogo de futebol americano. O pai de Abby havia alterado um pouco a fórmula do vinho *glögg*, ainda faltando pouco mais de um mês para o Natal, e queria a aprovação de Jim quanto à modificação. A mãe se dirigiu ao escritório para ligar para uma longa lista de parentes, uma atividade a qual ela se dedicava todos os anos. Abby tinha organizado um chá de bebê no fim de semana anterior e as irmãs faziam o inventário dos presentes. Elas examinavam sacolas cheias de roupas, gorros, meias e babadores, tentando compreender a criança que logo preencheria tudo aquilo.

— É uma loucura — Maggie disse. — Já estive em três chás de bebê e tenho mais um para ir. Não sei o que fazer com todas essas coisas.

— Você vai precisar de tudo o que conseguir. O bebê vai perder essas roupas em poucos meses. Como você está se sentindo?

— Péssima. Mal consigo me levantar do sofá sozinha e sair da cama de manhã é quase impossível. Literalmente, preciso rolar para fora. E ainda tenho seis semanas pela frente. Eu amo esse bebê, mas quero ele fora de mim.

Passaram os olhos pelas roupas e riram dos gorrinhos e das meinhas.

— Então, o que está rolando com o médico? — Maggie perguntou.

Abby fez um gesto negativo com a cabeça.

— Atualmente, estou realizando uma neurocirurgia nele.

— Não entendi.

Abby gemeu.

— Estou dando sinais confusos para ele, não retornando telefonemas, e basicamente... Sou uma idiota, Maggie. Não sei o que eu estou fazendo.

— O que aconteceu?

— Ele veio em casa duas semanas atrás...

Maggie, que estava sentada numa poltrona reclinável com a parafernália do bebê espalhada sobre a sua barriga inchada, deu um chute de caratê para se aprumar e se colocar na beira da poltrona, com os olhos arregalados e um sorriso largo.

— Ele passou a noite na sua casa?

— Sim.

— Você dormiu com ele!

Abby fez uma cara feia.

— Não. Ele dormiu no sofá.

— Peraí, o que aconteceu no sofá?

— Ele *dormiu* no sofá. Eu dormi na minha cama.

— Ah... — Maggie balbuciou, decepcionada, com os olhos vidrados. — Por um momento, achei que você ia me dizer algo interessante. A respeito do sofá e de roupas voando e...

— Você está louca. Tipo, de um jeito realmente desvairado, quase pervertido.

— Não transo há mais de três meses e nesse ritmo...

— Posso terminar a minha história?

— Claro. Desculpe — Maggie disse, fez um sinal de positivo e olhou em volta exprimindo impaciência. — Ele está dormindo no sofá.

— Joel está no sofá e eu estou ao lado dele. Ele está com o braço em torno de mim, e parece...

— Errado?

— Não. Parece... perfeito. Mas...

— Não me diga. Ben aparece.

— Não conseguia parar de pensar nele.

— Pensar nele como se você sentisse saudades dele ou como se você se sentisse culpada de algo?

— As duas coisas. Sinto saudades dele *e* me sinto culpada. Muito culpada.

146

— Como se você estivesse traindo o Ben?

— Não, culpada como se eu estivesse seguindo em frente e... Esquecendo dele — Abby disse e, chateada, balançou a cabeça. — Eu gosto desse cara, Maggie, mas estou estragando tudo. E agora que as festas de fim de ano chegaram, fica pior. Você sabe como Ben gostava do Natal: presentes para cada um dos doze dias do Natal, os enfeites, a enorme árvore que ele insistia que procurássemos em Wisconsin e que cortássemos todos os anos, o show de luzes na avenida Michigan. Acho que nos últimos anos ele até começou a gostar de verdade do vinho *glögg* do papai. Enfim, não é nada fácil quando chega essa época do ano.

— Entendo — Maggie disse. — Mas o que está rolando com Joel desde que ele passou a noite na sua casa? Você tem visto ele?

— Ele me enviou um buquê de flores e um cartão dizendo o quanto tinha se divertido e que sentia muito por ter adormecido.

— Ele pegou no sono?

— Dez minutos após *Casablanca* começar.

— E depois mandou flores para se desculpar?

— Ele leva muito jeito com cartões e flores.

— Eu tenho que conhecer esse cara. Perde a consciência num encontro, não dorme com você e ainda faz você ficar desvairada por ele.

— Ele ligou dois dias depois querendo me encontrar. Mas eu não estava na cidade. Fiquei fora por alguns dias. Na sequência, tivemos o seu chá de bebê. No fim de semana seguinte, a agenda dele estava cheia. Então, o Dia de Ação de Graças apareceu no horizonte. Ele me convidou para jantar com ele. No Dia de Ação de Graças. Fiquei paralisada. Queria aceitar o convite. Isto é, claro que eu *queria* dizer sim, mas algo me fez dizer não. Disse para ele que não poderia decepcionar os nossos pais; tipo, sou uma garota de faculdade passando o feriado de Ação de Graças na casa dos pais. Isso foi na semana passada. Não nos falamos desde então. Eu sou um desastre. Mais cedo ou mais tarde, ele vai desistir. Ou, sei lá, talvez ele já tenha desistido.

Com um suspiro, Maggie reclinou-se.

— Eu sei o que você tem que fazer, e acho que você também sabe — ela disse.

Com a mão direita, ela levantou o apoio para os pés da poltrona e voltou a gemer até ficar numa posição confortável.

— Você tem que contar para ele a respeito do Ben — Maggie concluiu.

36. Antes tarde do que nunca

Sexta-feira, 24 de novembro

19h00

ÀS SETE DA NOITE DA SEXTA-FEIRA APÓS O DIA DE AÇÃO DE Graças, Joel finalmente deixou o hospital. Após Abby ter recusado o seu convite para o jantar de Ação de Graças, ele decidiu trabalhar. Um mês antes, um colega havia perguntado se Joel poderia cobrir o seu plantão no fim de semana. Joel costumava receber esse tipo de pedido; os seus amigos médicos achavam que, sem mulher ou filhos, ele ficava feliz em trabalhar todos os feriados enquanto todos passavam o tempo com as suas famílias. Geralmente, a suposição o incomodava, mas naquele ano Joel achou que uma noite movimentada na sala de cirurgia era melhor do que uma noite frustrante em casa, tentando descobrir por que a primeira mulher que ele tinha se permitido gostar em mais de uma década era tão difícil de entender.

O plano de Joel foi um sucesso estrondoso. Na véspera do Dia de Ação de Graças, a noite era sempre movimentada nos prontos-socorros, pois o aumento do tráfego nas estradas resultava em inúmeras vítimas de acidentes automobilísticos. Ele havia fechado diversas lacerações, realizado uma dúzia de consultas cirúrgicas e marcado presença três vezes na sala de cirurgia nas quarenta e oito horas entre às sete da noite da quarta-feira e às sete da noite da sexta-feira. Durante os dois dias, nem uma só vez Joel havia pensado em Abby Gamble.

Porém, na noite de sexta-feira, a caminho da casa da irmã, Abby voltou aos seus pensamentos, e Joel se deu conta de que tentar evitar o magnetismo dela era impossível. Ela o atraiu de uma maneira que ele jamais tinha sido atraído antes. Joel estava percebendo que não queria se libertar daquilo, mas estava desesperado para entender. Joel sentiu que o mistério em torno dela não era intencional. Era algo que Abby não podia controlar, e ele se perguntou o que tinha acontecido no passado dela que a deixava tão cautelosa. Talvez ela tivesse tido uma desilusão amorosa, embora Joel não conseguisse imaginar o idiota que eliminaria intencionalmente Abby Gamble da sua vida. Ou talvez fosse algo completamente diferente. Algo pessoal e privado que ela ainda não estava preparada para compartilhar com ele. Joel tinha alguns segredos próprios, e tinha certeza de que a última mulher de quem havia sido próximo — uma residente de cirurgia que ele havia conhecido durante a sua bolsa de estudos, com quem teve um relacionamento turbulento de dois anos — havia sofrido por causa da sua falta de compromisso, sabotando a felicidade para satisfazer a sua culpa. E naquele momento que Joel estava recebendo tal tratamento, ele conseguia entender como a sua ex-namorada pôde ter achado enigmático e difícil de compreender aquele rompimento anos atrás.

Quando Joel estacionou diante da casa da irmã, ele não estava mais perto de encontrar respostas para o seu relacionamento com Abby. Ele subiu a escada e tocou a campainha. Pouco depois, Brian abriu a porta.

— Antes tarde do que nunca. O Dia de Ação de Graças foi ontem.

— Eu disse que tinha que trabalhar — Joel disse.

— Como de costume — Brian afirmou. — Minha mãe guardou algumas sobras.

Brian segurou a porta aberta e Joel entrou.

— Obrigado, parceiro — ele disse e despenteou o cabelo de Brian.

— Oi, mano — Rachel disse quando Joel entrou na cozinha. — Salvou alguma vida?

— Sim, igual ao Super-Homem.

Ele deu um beijo na testa de Rachel.

— Onde está o garotinho?

— Já está dormindo.

— Quer que eu o acorde? — Brian perguntou.

— De jeito nenhum. — Rachel disse. — Deixe o seu irmãozinho dormir.

— Mas o tio Joel não vai conseguir vê-lo.

— Volto amanhã para vê-lo — Joel disse e olhou para Rachel. — Como está o nosso pai?

— Na mesma. Fui visitá-lo ontem. Passei duas horas com ele. Disse-lhe que era Dia de Ação de Graças e ele abriu os olhos por um instante. Isso foi tudo.

— Depois de comer, vou visitá-lo e passar algum tempo com ele. Obrigado pelas sobras.

Brian colocou um prato de comida no micro-ondas.

— Entrou algum caso sangrento no pronto-socorro? — ele perguntou.

— Nada de muito grave — Joel disse. — Ah, na verdade, retiro o que disse. Houve um caso de laceração do couro cabeludo que foi bastante desagradável.

— Beleza! Quantos pontos?

Em desaprovação, Rachel balançou a cabeça.

— Vou deixar que o seu tio satisfaça a sua curiosidade — ela disse, saindo da cozinha e indo para a sala de estar.

— Dezoito — Joel respondeu depois da saída de Rachel.

— Qual é o seu recorde?

— Em quantidade de pontos? Certa vez, dei cinquenta na perna de um homem depois que ele se desequilibrou numa escada e caiu sobre uma cerca de arame farpado.

— Legal — Brian disse, retirando o prato da comida que tinha sobrado do feriado depois que o micro-ondas apitou e o entregando ao tio.

— Obrigado.

Joel pegou um garfo e começou a comer.

— Como está Abby? — Brian perguntou.

Joel tirou os olhos da comida no meio da mordida.

— Por que você está perguntando?

— Porque ela pareceu bem legal.

Fingindo indiferença, Joel deu de ombros e voltou para a sua comida.

— É uma longa história.

— Você não está estragando tudo, não é, tio Joel?

— Estou me esforçando muito para não fazer isso.

37. Moldagem

Quarta-feira, 20 de dezembro

12h45

O NATAL CAIU NUMA SEGUNDA-FEIRA E, NAQUELE ANO, JOEL decidiu que precisava de uma folga prolongada. Ele atendeu pacientes em seu consultório até o meio-dia de quarta-feira, antes de a sua equipe correr para a saída a caminho de um longo fim de semana de Natal. Era a primeira vez que Joel fechava o seu consultório durante tantos dias seguidos. Ele tinha bloqueado a sua escala de plantões no hospital e, pela primeira vez em muitos anos, estava encarando alguns dias livres do trabalho. Finalizou o último prontuário e apagou as luzes do consultório. Naquela tarde, visitou os seus pacientes internados e autorizou algumas altas. O processo levou três horas. Enquanto digitava observações num prontuário, uma enfermeira se aproximou dele.

— Não se esqueça de ver a garota antes de sair — ela disse.

Joel pegou o prontuário que a enfermeira estava segurando e leu o nome da paciente: *Sophie Austin*. Era uma menina de seis anos cujo apêndice fora extraído na noite anterior.

— Ela continua perguntando se vai poder ir para casa antes do Natal. Continuo respondendo que depende de você.

Joel fez um gesto negativo com a cabeça.

— Uma apendicite supurada? Ela vai ficar aqui mais alguns dias. Temos de ter certeza de que não vai haver intercorrências: um novo sangramento ou uma infecção secundária. Você sabe disso.

— Eu sei disso. Mas você tem que dar a notícia para ela. Não eu.

— Ajude-me com isso? Tenho que atualizar diversos prontuários. Estou sobrecarregado de trabalho.

— Não, não está — a enfermeira disse. — Há rumores de que você está tirando alguns dias de folga pela primeira vez. E sei que o prontuário que você está revisando é o último.

— O que é isso? A CIA está por aqui?

— Não. Mas quando o dr. Keaton decide tirar uma folga, a gente nota. Isso é tudo. E não vou dizer para Sophie e sua mãe que ela vai ficar o Natal aqui. Essa é por sua conta.

— Por favor?

— Nem pensar — a enfermeira disse. — Ela está chorando porque acha que o Papai Noel não vai passar no hospital. Eu não vou dizer que ela precisa ficar.

Joel sempre havia delegado o cuidado das crianças a enfermeiras ou residentes, alegando que não sabia lidar bem com pacientes jovens. *Entre, abra e tire. Mas no tempo certo.*

Ele terminou de digitar e salvou o prontuário.

— Tudo bem. Eu vou cuidar disso. Mas da próxima vez que um velho precisar de um exame de próstata, vou chamar você.

— Sophie está no quarto 153 — ela informou e entregou o prontuário para Joel.

— Espero que o Papai Noel se esqueça de você neste Natal.

A enfermeira sorriu.

— Aproveite a sua folga. E se não nos vermos mais, um Feliz Natal, dr. Keaton.

— Para você também — Joel agradeceu, olhando para o prontuário.

Depois de terminar de atualizar todos os receituários, ele entrou no quarto 153, onde encontrou Sophie dormindo tranquilamente sob as cobertas. Joel fez o login no computador ao pé da cama e analisou os últimos exames laboratoriais da menina. Enquanto digitava, a menina acordou e deu um sorriso grogue. A mãe dela se levantou da cadeira junto à cama e se espreguiçou.

— Como a nossa paciente está se sentindo? — Joel perguntou para a mãe.

— Parece muito bem — ela respondeu. — Comeu um pouco. Principalmente, gelatina.

— Ótimo. Também precisa beber muito líquido — Joel afirmou e se aproximou da cama. — Vou precisar sentar você, querida, e verificar o seu estômago.

— Tudo bem — Sophie gemeu.

Joel retirou a gaze e conferiu a incisão. Apalpou a barriga de Sophie e depois recolocou a gaze. Colocou o estetoscópio no abdome dela.

— Está com bom aspecto. Você já caminhou?

— Sim — Sophie respondeu. — As enfermeiras me ajudaram hoje de manhã.

— Ótimo. Você é uma menina forte.

— Vou ter que passar o Natal aqui no hospital?

A sua mãe sorriu. Ela sabia a resposta.

— Sim, querida — Joel respondeu. — Antes de você ir para casa, precisamos que você fique aqui por mais alguns dias, para ter certeza de que está recuperada e que todos os seus exames de laboratório estão normais. Se você for para casa cedo demais, vai acabar tendo que voltar para cá. Mas o Natal aqui é ótimo! As enfermeiras garantem a diversão.

Sophie começou a chorar baixinho. Sua mãe acariciou o seu cabelo.

— Ela tem medo de que o Papai Noel não venha ao hospital.

— O Papai Noel? As enfermeiras não disseram nada para você? — Joel perguntou.

Sophie fez que não com a cabeça.

— Elas não contaram para você? Hum, talvez elas estivessem querendo fazer uma surpresa — Joel disse, inclinou-se para Sophie e sussurrou. — O Papai Noel passa todos os anos para visitar as crianças neste hospital.

— Todos os anos? — Sophie exclamou, sorrindo e com os olhos arregalados.

— Todos os anos. Ele vem direto ao seu quarto para dar um presente para você. Entrega especial.

— Mesmo sem chaminé no meu quarto?

— Mesmo sem chaminé.

— Tem certeza?

— Se eu tenho certeza? Eu sou o seu médico. Claro que tenho certeza.

Sophie abriu um sorriso para a mãe.

— Tenho que ir, querida. As enfermeiras vão passar para vê-la de novo daqui a duas horas, ok? — Joel informou e olhou para a mãe de Sophie. — Ela está muito bem. No máximo, daqui uma semana, Sophie deve ter alta.

— Obrigada — a mãe da menina murmurou e concordou com um gesto de cabeça.

— Feliz Natal para vocês! — Joel disse.

Alguns minutos depois, Joel saiu do estacionamento do hospital e, com algum esforço e com a ajuda do GPS, localizou a loja que estava procurando na Monroe. Estacionou numa rua lateral, caminhou até a loja e abriu a porta, repicando os sinos presos nela. Vinte minutos depois, saiu com uma roupa de Papai Noel numa sacola, que deixou no banco de trás do seu Range Rover.

Joel virou na Lake Shore Drive e observou as margens congeladas do lago Michigan. A praia estava vazia, desolada e coberta de neve. Sem dúvida, o último ano o tinha mudado. Ele estava tirando fins de semana prolongados. Estava fazendo o possível para lidar com pacientes pediátricos. E estava prestes a se colocar muito fora da sua zona de conforto, onde raramente se aventurava. Sabia que, de alguma forma, Abby

Gamble era responsável por essa moldagem. Ela estava afetando cada parte da sua vida, tornando-o melhor em tudo o que fazia.

Antes que pudesse mudar de ideia, Joel pisou no pedal de freio e pegou a saída da Lake Shore Drive no último instante. Seguiu na direção oeste pela Wacker Drive e depois seguiu na direção norte pela avenida Michigan. Não tinha certeza da localização exata, mas ao atravessar o rio sabia que estava chegando perto. Ao chegar à área de Magnificent Mile, reduziu a velocidade, olhando para cada vitrine e verificando os endereços na folha de papel em sua mão. Encontrou o lugar que procurava entre a Tiffany e a Pottery Barn. O trânsito estava parado em todas as faixas da avenida Michigan, e Joel sabia que o seu próximo passo não seria bem recebido.

A área de Magnificent Mile recebia vinte e dois milhões de visitantes por ano e, quando Joel se aproximou do meio-fio e deu uma olhada pelo retrovisor, avaliou que talvez todos estivessem presentes naquele dia. Ele estacionou o carro em fila dupla e ligou o pisca-alerta, atraindo uma cacofonia de buzinas dos carros atrás dele, mas não se importou. Desembarcou e atravessou a calçada, que estava cheia de compradores de Natal indo para o norte e para o sul. Espiou pelo vidro e percebeu que o lugar estava lotado. A música "All I Want for Christmas Is You", de Mariah Carey, ressoou pelo ar frio quando ele abriu a porta e entrou.

O espaço tinha dois andares, com um átrio aberto que deixava visível a atividade do segundo andar por quem estava na galeria principal. Havia quinze cadeiras na varanda do andar superior, todas ocupadas por mulheres sendo atendidas por estilistas que aplicavam maquiagem e faziam os cabelos. Estava bastante claro no segundo andar, com espelhos em todas as paredes, fazendo o lugar parecer interminável. O andar inferior era uma cidade de prateleiras de vidro iluminadas por detrás contendo produtos cosméticos perfeitamente organizados. As mulheres carregavam sacolas e davam uma olhada nas prateleiras.

— Posso ajudá-lo? — uma jovem perguntou.

Joel percebeu que a vendedora estava acostumada com homens confusos e assombrados que entravam pelas portas naquela terra desconhecida de produtos de maquiagem, de cuidados com a pele e para os cabelos.

— Sim. Abby Gamble está?

— Ela está no escritório. Qual é o seu nome?

— Joel.

— Posso dizer do que se trata para ela?

Por um instante, Joel pensou.

— Ah, claro. Trata-se do Natal.

— Ok — a jovem disse e sorriu como se a resposta dele fizesse todo o sentido.

A vendedora subiu a escada. Enquanto isso, Joel deu uma olhada pelo vidro da vitrine para saber do seu carro. Uma viatura da polícia de Chicago tinha acabado de parar atrás dele. As luzes vermelhas e azuis se acenderam.

— Não vi o seu nome na agenda de tratamento facial — Abby disse, inclinada sobre o parapeito de vidro do andar superior.

— Acho que os meus poros estão entupidos — Joel respondeu, sorrindo.

Abby riu e ergueu o dedo indicador.

— Espere um pouco, já desço.

Joel ficou observando enquanto Abby conversava com uma assistente e depois assinou um documento que outra mulher trouxe para ela. Ao passar pelas clientes nas cadeiras do salão, Abby sorriu e tocou no ombro de algumas delas, admirando o trabalho. Joel começou a suar frio quando o policial tentou abrir a porta do lado do motorista do Range Rover e, ao encontrá-la trancada, juntou as mãos em concha e espiou o interior do carro. O policial pegou o rádio do ombro.

— Oi — Abby disse depois de descer a escada.

Joel estendeu os braços.

— Estou realmente impressionado — ele disse. — Você tem dezoito dessas lojas?

Desdenhosa, Abby deu de ombros.

— Apenas uma garota com um sonho. Desculpe por não ter ligado ou retornado as ligações. Como você pode ver, isso aqui tem estado uma loucura com a correria do Natal. E, bem… O Natal me tira do sério.

— Aceito as suas desculpas. Escute, não tenho muito tempo — Joel disse e apontou por cima do ombro para a rua.

— É o seu carro? — Abby perguntou, surpresa.

— Sim.

— Estacionado em fila dupla na avenida Michigan? Na época do Natal? Você está louco?

— Estou começando a achar que sim.

Os freios rangentes e os piscas-piscas amarelos de um guincho chamaram a atenção deles.

— Droga! — Joel disse e se voltou para Abby. — Eu preciso ir. Escute, o motivo pelo qual passei por aqui... Você tem planos para a véspera do Natal?

— Para... Quando? — Abby disse, parecendo confusa com a pergunta de Joel.

— Véspera do Natal. Sabe, um dia antes do Natal.

— Na verdade, não.

— Ótimo. Quero passar com você.

— Tudo bem. Vamos fazer isso — Abby disse, sorrindo e concordando com um gesto lento de cabeça.

Joel ficou surpreso de ter conseguido fazer o convite e de Abby o ter aceitado com tanta facilidade. Estava espantado de estar ali, já que tinha começado o seu dia sem planos de fazer aquela ofensiva.

— Tudo bem, então — ele afirmou. — Que bom que resolvemos isso — continuou e apontou por cima do ombro. — Acho bom eu ir.

Abby tentou não rir.

— É melhor você se apressar.

— Vejo você na véspera do Natal?

— Sim.

— Não há como voltar atrás depois que eu sair.

— Entendido.

— Não vou atender meu telefone se você ligar para desmarcar.

— Vai! Antes que levem o seu carro.

Joel deu alguns passos para trás.

— Você fica bem quando está no trabalho.

— Eles vão guinchar o seu carro.

— Profissional, mas descontraída. No controle, mas não dominadora.

— Vai, seu bobo!

Joel se virou e saiu correndo pela porta. Ele se aproximou do policial com as mãos levantadas. Buzinas continuavam a soar. Joel encolheu os ombros e abriu as palmas das mãos para um motorista de táxi que desviou dele e mostrou o dedo do meio pela janela.

— Totalmente desnecessário — Joel gritou para o taxista. — Mas plenamente justificável.

Ao olhar de volta para a vitrine, ele viu Abby o observando de dentro da loja. Ela estava às gargalhadas, observando a cena que Joel tinha causado na avenida Michigan. Ele também riu quando o policial começou a repreendê-lo. Parado no meio do trânsito, ouvindo as buzinas e os gritos, Joel se deu conta de que, de alguma forma durante o último ano, ele tinha se apaixonado.

38. Pedras

Quarta-feira, 20 de dezembro

16h20

ATRÁS DAS CABANAS, HAVIA UM GALPÃO CHEIO DE FERRAMENTAS e tábuas. Ben o havia encontrado há muito tempo, e quem quer que tivesse estado naquela ilha começara a montar uma oficina para o que quer que estivesse planejando construir. Ben havia usado as ferramentas para reforçar as duas cabanas que ele e William tinham ocupado desde a chegada à ilha. Os materiais sempre atraíram a atenção de Ben. Neles, ele divisou uma oportunidade. Com a madeira e as ferramentas, imaginou um barco que os levasse para longe daquele lugar. Viu isso perfeitamente em sua mente e ansiava pelo dia em que pudesse embarcar no barco e ir embora da ilha.

Ben estava parado ao lado da madeira que tinha acumulado e estudou a melhor maneira de terminar o seu barco, que se apoiava no chão, quase todo construído e inclinado para estibordo. Enquanto juntava a madeira, ele viu William na arrebentação. O garoto estava jogando pedras no mar. Ben largou a madeira e se dirigiu para a praia. Por um instante, observou William continuar jogando as pedras.

— Você tem um braço muito bom.

— Obrigado — William agradeceu, olhando para trás.

— Quantos anos você tem?

— Dezesseis.

— Você pratica algum esporte?

— Eu era o arremessador do time de beisebol da minha escola do ensino médio.

— Percebe-se.

William jogou outra pedra.

— Como vai o barco?

Ben se dirigiu para a arrebentação até o mar alcançar as suas panturrilhas.

— Está quase pronto — respondeu, parando ao lado de William.

William jogou outra pedra e os dois a viram saltar por cima da água.

— Como está o seu pai? — Ben perguntou.

— Ele está lutando — William respondeu, fazendo um gesto negativo com a cabeça.

Ben havia trabalhado junto com o garoto desde o acidente de avião. Depois que eles saíram da mata para examinar os destroços, William levou Ben ao seu pai, que estava em estado lastimável e só tinha piorado desde então.

— Há algo que eu possa fazer por ele?

— Você pode cumprir a sua promessa — William disse.

Ben olhou para o horizonte e para os muitos quilômetros de mar à sua frente. Ele esperava que não fosse tarde demais.

— Eu vou, não se preocupe — Ben respondeu. — Você só tem que cuidar do seu pai.

O garoto jogou outra pedra.

— Você confia em mim, não é? — Ben perguntou. — Para ajudar você e o seu pai? Para seguir com o plano?

— Depois do acidente, eu sabia que você era a única pessoa que poderia me ajudar. Então, sim, eu confio em você — William respondeu e olhou para Ben. — Você confia em si mesmo?

— Não sei. Só saberei quando chegar lá — Ben respondeu, dando de ombros.

Ben estendeu a mão para a água e pegou um punhado de pedras na areia, virou-se para o mar e jogou uma delas.

— Quantos anos tinha o seu filho quando ele morreu? — William perguntou.

A pergunta pegou Ben desprevenido.

— É disso que trata o seu diário, não é? Cartas ao seu filho?

— Sim — Ben respondeu. — São cartas que escrevi para ele depois da sua morte. Cartas a respeito da mãe dele, de mim, como nos conhecemos e o quanto eu a amava.

Ben jogou uma segunda pedra.

— Ele tinha apenas alguns meses quando morreu.

— Isso é muito triste — William disse, olhando para as ondulações da água onde a pedra de Ben tinha saltado.

— Parei de pensar assim. Tinha que parar ou nunca teria sobrevivido. Penso nele o tempo todo. Nunca cheguei a conhecê-lo da maneira que a maioria dos pais conhece os filhos. Mas é engraçado; imagino os momentos que poderíamos ter passado juntos. A amizade que teríamos desenvolvido. Imagino o meu filho abraçado em mim — Ben disse, jogou outra pedra e a observou deslizar pela água. — Imagino o seu primeiro passo. A sua primeira palavra pronunciada. O seu primeiro dia na escola. O seu primeiro tudo já passou pela minha cabeça em algum momento. Na minha imaginação, estivemos juntos em todos os lugares. Às vezes dormindo, consigo vê-lo em meus sonhos. Alguns são tão reais que não quero acordar. Tenho que imaginar como ele é. Tenho que criar o seu sorriso e a sua risada em minha mente porque nunca consegui vê-los. Então, de um jeito estranho, acho que eu o conheço melhor do que a maioria dos pais conhece os filhos, porque tive que criar tudo em vez de testemunhar.

— Então as cartas ajudaram você a seguir em frente?

— As cartas foram uma maneira de me curar. Não consegui encontrar outro jeito de entrar em contato com ele. Então, comecei a escrever cartas para ele. De algum modo, escrever essas cartas e criar esse diário me ajudaram a superar a dor de perdê-lo.

— Você tem outros filhos? — William perguntou e jogou outra pedra.

Ben hesitou por um momento, constatando como era difícil responder à pergunta. Dando-se conta de que talvez o seu maior arrependimento na vida tenha sido se negar a ter outro filho com Abby. Finalmente, ele fez um gesto negativo com a cabeça.

— Não. Só Jacob.

— Você nunca tentou ter outro filho?

— Não.

— Por quê?

— Realmente não sei — Ben respondeu, encolhendo os ombros. — Eu estava com muito medo, acho. Depois de alguns anos, Abby quis tentar, mas eu não consegui. Só recentemente percebi o quanto eu fui egoísta. E agora não tenho certeza se posso fazer algo a respeito.

— Claro que pode. Nunca é tarde demais para nada. Isso é o que o meu pai sempre costumava me dizer. Temos um plano, e tudo o que você precisa fazer é cumpri-lo.

Eles ficaram atirando pedras e permaneceram em silêncio por um longo tempo. Ao fundo, a enorme estrutura do avião destroçado os apequenava. William deixou cair algumas pedras na água, escolhendo outras na palma da mão até encontrar duas lisas. Ele ficou com uma e deu a outra para Ben.

— Não acho que o meu pai tem muito tempo. Vamos terminar esse barco para que você possa seguir o seu caminho. Posso ajudá-lo?

— Claro — Ben disse. — Preciso de toda ajuda possível.

Então, William lançou a sua pedra perfeita no mar. Ben fez o mesmo.

39. Enfeites

Domingo, 24 de dezembro

10h34

NA MANHÃ DA VÉSPERA DO NATAL, FAZIA FRIO E VENTAVA muito. O céu estava bastante azul e sem nuvens. A luz do sol brilhava pela janela, atingindo em cheio a árvore que ficava na sala de estar. Os enfeites pendiam dos galhos entre luzes coloridas. Decorar a árvore havia sido muito difícil. Uma tarefa que Abby não tinha enfrentado no ano anterior. As lembranças de Ben estavam ligadas a cada enfeite. No meio do trabalho, Abby havia encontrado um enfeite de bola de cristal transparente salpicado de purpurina. No interior daquela bola, havia uma foto dela e de Ben no dia do casamento. Ele usava um smoking e ela um vestido branco com uma cauda interminável.

Abby chorou quando segurou o enfeite porque sabia que não poderia pendurá-lo naquele ano. Porque sabia que seria mais difícil pendurá-lo do que guardá-lo na caixa que tinha preparado. Ela embrulhou a bola de cristal num tecido, colocou uma camada extra em torno dela e a guardou numa caixa intitulada "enfeites antigos". Foi o primeiro enfeite depositado naquela caixa. Outros se seguiram enquanto Abby decorava a árvore, separando os que eram particularmente preocupantes e os colocando na caixa que ficaria em hibernação no seu porão. Ela também riu ao pendurar outros. Havia alguns enfeites horríveis que tinham vindo de gerações passadas, e outros que ele havia feito quando criança, quando macarrão e cola branca eram considerados nas escolas.

Enquanto vasculhava os últimos enfeites, Abby encontrou um que não esperava. Pegou ela desprevenida; Abby não o via há dois anos. O cavalinho de balanço folheado a ouro brilhava como se fosse novo em folha, escondendo o fato de ter mais de uma década. Ela passou o polegar sobre o nome gravado na sela.

Jacob.

A sua mãe tinha dado para ela no Natal muitos anos atrás, quando Abby ainda estava grávida. Era para ser uma tradição: a mãe de Abby planejava dar a todos os seus netos enfeites de cavalinho de balanço com os seus nomes gravados na sela, tal como a avó de Abby havia feito para ela.

Abby chorou quando encontrou o enfeite. Porém, na manhã da véspera do Natal, quando a luz do sol atingiu o cavalinho de balanço pendurado na árvore, ele brilhou com esperança e promessa, fazendo Abby sorrir. Havia algumas coisas que ela precisava superar, e outras que ela nunca esqueceria.

— Tenho certeza — Abby disse, sentada junto à mesa da cozinha e falando ao telefone.

— Você não vai ficar em casa de novo, Abby. Foi o que você fez no ano passado e, sinceramente, foi uma chatice para todos nós — Maggie disse. — Venha até a casa dos meus sogros. Há muito espaço, e eles adorariam recebê-la. Eles me pediram para convidar você.

— Obrigada, Maggie, mas vou recusar o convite. Amanhã passo na casa dos nossos pais. Bem cedo.

— Quer saber? Não aceito não como resposta. Jim vai pegar você às cinco.

— Não vai, não.

— Jim! — Maggie gritou.

Abby ouviu o seu cunhado ao fundo.

— Você vai pegar Abby hoje antes de irmos para a casa dos seus pais — Maggie continuou.

Abby ouviu Jim dar uma resposta.

— Tudo bem — Jim gritou.

— Ele vai passar às cinco na sua casa — Maggie disse para Abby.

— Eu não vou estar aqui.

— Ele vai esperar por você.

— Não sei quando vou estar em casa.

— Ah, pare com isso, Abby. Venha conosco esta noite.

— Maggie! Eu vou sair hoje à noite.

— Sei. Na véspera do Natal? Pare com isso. É…

— Maggie — Abby disse, voltando a usar a voz pausada que sempre funcionava com a irmã. — Eu vou sair com Joel.

Houve uma pausa breve.

— Sair? — Maggie disse. — Achei que você não falava com ele desde antes do Dia de Ação de Graças.

— Ela passou na loja outro dia. Pediu para eu passar a véspera do Natal com ele.

— Você vai conhecer os pais dele?

— Não. Vamos fazer algo apenas nós dois.

— Por que você não me disse?

— Não sei. Estou assustada com isso. Estou animada, mas ainda um pouco… É Natal, sabe. Fico maluca nessa época do ano.

— Sim, bem… Supere isso e se divirta. Você merece se divertir no Natal. E amanhã, quero saber de tudo. Ligue-me assim que ele sair de manhã.

— Tchau, Maggie — Abby disse, impaciente.

40. As luzes

Domingo, 24 de dezembro

17h00

ÀS CINCO DA TARDE DA VÉSPERA DO NATAL, A CAMPAINHA tocou. Quando Abby atendeu, o ar frio tomou conta do vestíbulo. Joel estava na entrada usando um gorro de Papai Noel.

— Ho, ho, ho.

Abby pegou a mão dele e o puxou para dentro de casa.

— Entre. Está um gelo aí fora — ela disse e fechou a porta com força. — Nós vamos mesmo sair com esse tempo?

— Com certeza — Joel respondeu, inclinou-se para ela e a beijou no rosto. — Feliz Natal.

Com os rostos colados, Abby espanou a neve dos ombros dele.

— Gorro legal.

— Obrigado.

— Você ainda não vai me dizer para onde vamos?

— Não. Mas se agasalhe bem. Talvez tenhamos que caminhar um pouco esta noite.

— Alguma dica?

— Um lugar frio.

— Isso facilita as coisas, não? Você gosta de surpresas, não é?

— É difícil de descrever. Mas eu sei que você vai gostar — Joel disse e consultou o seu relógio. — Mas é melhor irmos. Vai estar lotado.

— Lotado, hein? — Abby perguntou, abrindo o armário e tirando uma jaqueta do cabide. — Patinar no gelo na State Street?

— Não. Muito frio para isso.

— As luzes da avenida Michigan?

— Perto.

— A vitrine da Macy's?

— Você chegou mais perto antes.

— O Navy Pier?

— Agora você está muito longe. Vamos — Joel disse, impaciente.

Eles pegaram a Kennedy Expressway rumo ao norte da cidade. Alguns minutos depois, quando a via expressa bifurcou, seguiram a I-94 para o oeste. Depois de alguns quilômetros, saíram e trafegaram por estradas secundárias. Quando deixaram a rua de duas pistas e entraram num bairro residencial, encontraram trânsito. No escuro, as luzes de freio vermelhas se enfileiravam como na hora do rush. Mais à frente, Abby viu a luminosidade das casas. Ela semicerrou os olhos para enxergar melhor, mas elas estavam muito longe.

— O que há lá em cima?

— Luzes de Natal. É um pequeno bairro. É inacreditável. Cada casa supera a outra em termos de decoração. Não venho aqui há anos. Espero que nada tenha mudado.

163

Eles seguiram o congestionamento até finalmente chegarem ao bairro onde passaram por casas absurdamente decoradas. As luzes cobriam as árvores e os arbustos. Delineavam telhados e garagens. As árvores de Natal enchiam as janelas; presépios ocupavam os gramados. Papais Noéis e bonecos de neve olhavam para baixo nas chaminés. Abby ficou impressionada.

— Isso não é nada. É apenas um pequeno aperitivo — Joel disse. — Espere até chegarmos.

Outros cinco minutos de congestionamento, e eles finalmente chegaram. A rua em que eles estavam se tornava um grande anel viário que circundava um parque de quarenta mil metros quadrados. O parque estava escuro, mas as casas ao seu redor estavam feericamente iluminadas com as decorações de Natal. Luzes de todas as cores piscavam. Não só as árvores, os arbustos e as calhas, mas os telhados e as janelas também brilhavam. As luzes alcançavam a copa da árvores, que tinham três andares de altura. Os presépios ganhavam vida com os personagens de dois metros de altura e possuíam manjedouras feitas de madeira grossa e cheias de feno. Os telhados das casas exibiam renas atreladas ao trenó do Papai Noel. Papais Noéis de três metros de altura estavam por toda parte, com os braços e o pescoço girando em ritmo robótico. A neve cobria o chão e se amontoava nas laterais das entradas de garagem e nas calçadas. As pessoas caminhavam como se estivessem olhando vitrines, com a magia da época do ano e o cenário majestoso os protegendo do frio.

Joel achou uma vaga e estacionou o carro.

— O que você acha?

— Incrível. Maravilhoso — Abby respondeu, olhando pelo para-brisa. — Nunca vi nada igual.

— Não voltava aqui desde criança — Joel disse, também espiando pelo para-brisa.

Joel estava olhando para o seu passado, e sabia que ir até ali era a única maneira de resolver um problema há muito ignorado. Ele não visitava aquele bairro e as suas luzes há quase trinta anos. Tinha sido no Natal antes do irmão se afogar no rio Pichatauk. Tantas coisas mudaram desde aquele dia. O fato de sua família nunca mais se aventurar na véspera do Natal a ver as luzes não era nenhum mistério. O irmão tinha amado demais a tradição para que os seus pais voltassem.

— Vamos — Joel finalmente disse. — Vamos caminhar.

Abby fechou o zíper do casaco até o queixo e enfiou as mãos nas luvas. Joel pegou a mão dela. Eles passaram por um dos presépios e tiveram que erguer os olhos para ver o rosto dos Reis Magos. Passaram por entradas de garagem repletas de bastões doces, com centenas deles ladeando os quintais. Soldadinhos iluminados, alinhados em fileiras perfeitas ao longo da calçada, guardavam outra casa. Abby e Joel passaram por um carrossel em que renas circulavam e uma música soava. As portas das garagens estavam embrulhadas com papel verde brilhante com laços gigantes na frente. Dando uma volta em torno do parque, eles começaram a caminhar mais devagar ao se aproximar de uma casa no extremo norte.

— Essa casa costumava ser a minha favorita quando eu era criança — Joel disse.

Eles pararam diante de uma casa de dois andares com janelões preenchidos com uma árvore de Natal enorme. A base ocupava a janela do primeiro andar e a parte do meio ocupava a do segundo andar, enquanto a extremidade da árvore saía pelo telhado. Era uma árvore de Natal gigante, com uma altura maior do que a da própria casa.

— Deve parecer horrível por dentro — Joel disse. — Quando éramos crianças, meus irmãos e eu sempre nos perguntávamos como colocavam a árvore dentro da casa. Meu pai costumava nos dizer que ela tinha que ser especialmente entregue por helicóptero e que o telhado era removido temporariamente para ser encaixada — ele continuou e sorriu enquanto se lembrava da sua infância. — Nossa, a gente engolia a história. Rachel, que é a nossa caçula, sempre ria da explicação do meu pai. Ela sabia que era tapeação. Mas meus irmãos e eu acreditávamos.

Abby olhou para a árvore que brotava do telhado e depois olhou para Joel. Ele percebeu o olhar dela e sorriu.

— O que foi?

— Nunca vi você assim — ela disse.

— Faz muito tempo que eu não vinha aqui. Traz muitas lembranças.

Joel passou o braço em torno dela enquanto eles olhavam para as luzes. Ele sentiu Abby abraçá-lo pela cintura e encostar a cabeça em seu ombro.

— Está igual como da última vez que você esteve aqui? — ela perguntou.

Joel a enlaçou com força. A última vez que ele esteve ali foi com o irmão. Porém, a presença de Abby ao seu lado preencheu um vazio que normalmente teria tragado a alegria de voltar ali.

— Não. Está diferente. Mas continua muito bom.

Eles abriram uma garrafa de vinho na casa de Abby. Enquanto "Jingle Bell Rock", de Bobby Helms, tocava ao fundo, Joel cuidava dos camarões que estavam sendo fritos no fogão e Abby acendia velas na mesa da sala de jantar.

Poucos minutos depois, Joel trouxe a tigela com os camarões. Então, eles se sentaram e comeram.

— O que você faz normalmente na véspera do Natal? — Joel perguntou.

— Ah, às vezes, vou nos meus pais; outras vezes, na minha irmã. Depende.

A resposta de Abby foi curta, breve e uma mentira total. Durante quinze anos, Abby tinha passado com os pais de Ben e, no ano anterior, tinha passado sozinha. No ano atual, ela nem havia falado com os sogros. Abby pensou em contar tudo para Joel ali mesmo, na mesa de jantar. A pergunta de Joel foi a deixa perfeita. Porém, em vez disso, ela sorriu.

— E você?

— A noite de Natal costumava ser nos meus pais todos os anos, mas desde que o meu irmão e a minha irmã tiveram filhos, passou a ser na casa deles. Eles se revezam. No ano passado, foi na casa de Brandon. Este ano, está sendo na de Rachel.

— Espero que você não fique triste por não ter ido.

— Ah, Brian ia me dar uma bronca. Mas eu disse que passaria a noite com você. Então, ele aprovou. Ele gosta de você.

— Ele é um bom menino.

— E você? Muitas broncas por não ir à casa dos seus pais?

— Um pouco. Mas Maggie se comportou como Brian. Assim que eu disse que passaria a noite de Natal com você, ela também aprovou.

— Seja como for, está sendo muito melhor — Joel disse. — E muito mais tranquilo.

— Eu também acho — Abby afirmou, sorrindo. — Adorei as luzes.

— Talvez possamos voltar a fazer isso no ano que vem. Transformar numa nova tradição.

— Eu adoraria — Abby disse, inclinou-se sobre a mesa e pegou a mão de Joel. — Vamos abrir os presentes.

— Acho que me saí bem com o seu.

— Garanto que você também vai gostar do seu — Abby disse. — Trapaceei, sabe? Contei com uma ajuda externa para ter tanta certeza.

Na sala, Abby pegou uma sacola entre a meia dúzia de presentes espalhados debaixo da árvore.

— Feliz Natal — ela desejou.

Joel sacudiu a sacola levemente e tirou um envelope de dentro. O logotipo do Chicago Cubs estava impresso do lado de fora. Dentro havia dois ingressos para a convenção de inverno do Cubs, em que os torcedores conhecem os jogadores, são informados a respeito da próxima temporada, a *memorabilia* é autografada e fotos são tiradas.

— Fantástico. Não sabia que você gostava de beisebol.

— Não gosto. O outro ingresso é para Brian. Enquanto estávamos deslizando na neve, ele me contou alguns segredos a seu respeito.

— Não é à toa que ele ficou tão empolgado pelo fato de eu passar a noite com você. Certeza que você não quer ir? Podemos conseguir outro ingresso.

— Beisebol? Prefiro ir a outro jantar de um seminário sobre cirurgia bariátrica.

— Essa doeu!

— Beisebol é o esporte mais chato já inventado — Abby disse e apontou para a sacola. — Tem outra coisa. Está no fundo.

Joel vasculhou a sacola e encontrou uma caixa retangular fina embrulhada em papel dourado. Sorriu e rasgou o papel. Então, envergonhado, viu o que era: um DVD de *Casablanca*.

— É uma edição de colecionador comemorativa do septuagésimo quinto aniversário de lançamento do filme — Abby disse.

— Não vou deixar de assistir ao filme inteiro da próxima vez. Prometo.

— Pelo menos assista a um pouco mais do que os primeiros dez minutos.

Joel se inclinou e a beijou. Durou apenas um instante, mas pareceu muito mais longo para Abby. Os lábios dele eram carnudos e macios, como da primeira vez. Então, Abby colocou a mão no rosto de Joel, do mesmo jeito que havia colocado algumas semanas antes, quando estavam na porta da sua casa, mas, naquele momento, ela se inclinou para a frente e o beijou.

Os seus olhos estavam fechados e, naquele momento, Abby não tinha a intenção de acabar com o beijo rapidamente. Porém, ela sentiu Joel se afastar.

— Agora é a sua vez — ele disse, pegando um presente mal embrulhado debaixo da árvore.— Desculpe. Nunca fui muito bom em embrulhar presentes.

— Você consegue suturar um abdome, mas não é capaz de embrulhar um presente?

— É um suplício.

Abby tirou o papel de embrulho e encontrou uma foto emoldurada dos dois tirada de uma câmera montada na metade da descida do escorregador. Os olhos dela estavam fechados e sua expressão era uma combinação de excitação e terror. O queixo de Joel estava apoiado no ombro de Abby e os olhos dele estavam arregalados. Havia algo gravado na moldura de aço inoxidável: *Eu estou com você.*

Abby se lembrou do momento em que ele tinha sussurrado aquelas palavras em seu ouvido. O pânico tomara conta dela quando ela ficou olhando para o longo e gelado escorregador. Porém, as palavras de Joel afastaram o seu medo. Ela se recordou da sensação dos braços dele ao seu redor.

Eu estou com você.

— Adorei — ela disse, olhando para os dois na foto. — Nossa, eu estava morrendo de medo!

— Percebe-se.

— Ah, meu Deus, eu estava petrificada! — Abby afirmou, rindo.

Joel se inclinou para ver melhor. Ele também riu.

— Nós ficamos bem juntos.

— Sim, ficamos — Abby disse e voltou a beijá-lo. — Obrigada.

— Vou ajudar você com a limpeza — ele afirmou, sorrindo.

Eles recolheram o papel de embrulho e colocaram os pratos no lava-louças.

— Está ficando tarde — Joel disse. — É melhor eu ir agora.

— Não me diga que você vai trabalhar no dia de Natal.

— Teoricamente, não, mas o Papai Noel vai passar no hospital amanhã bem cedo. Prometi para uma menina de seis anos que o gordão de traje vermelho faria uma entrega especial no quarto dela na manhã do Natal.

— Não me diga — Abby afirmou e sorriu.

— Sim, eu serei Papai Noel amanhã de manhã na pediatria. Você sabe quanto custa um traje de Papai Noel? Seiscentos dólares!

— O quê? Por que você não alugou?

— Acho que vou tornar isso uma tradição anual no hospital. Talvez passe na casa do meu irmão depois. Não vejo muito os meus sobrinhos. Uma das minhas resoluções de Ano-Novo é fazer um esforço maior para ver mais Brandon no próximo ano. Ele tem um filho de três anos e um de seis. Acho que engano o de três anos. Provavelmente, o mais velho vai me desmascarar assim que eu passar pela porta.

— Tenho certeza de que eles ficarão emocionados. Aposto que o seu irmão também vai ficar.

Eles se encaminharam ao vestíbulo. Abby tirou o casaco de Joel do cabide e entregou para ele.

— Obrigada por me levar para ver as luzes. Foi realmente especial.

Abby queria dizer que se lembraria para sempre. Ela queria dizer para ele que foi o Natal de que ela precisava. O último Natal tinha sido horrível, mas este foi quase perfeito. Ela queria pedir para ele ficar, para se aconchegar no sofá ao lado da lareira, olhar para a árvore e ouvir música de Natal. E ela queria beijá-lo de novo. Diante dele, porém, algo a deteve.

— Feliz Natal — Abby disse.

— Feliz Natal.

Joel abriu a porta.

— Mande lembranças minhas ao Brian.

— Mandarei.

Joel saiu e fechou lentamente a porta. Abby respirou fundo e deixou escapar uma lufada de ar que ricocheteou em seu lábio inferior e agitou a frente do seu cabelo. Ela voltou para a sala de estar e pegou a foto. Passou a mão pelo rosto de Joel e, em seguida, colocou o presente dele na cornija da lareira ao lado da foto de Ben e do pai na viagem de pesca, a única foto de Ben que restava.

Abby afundou no sofá e se lembrou do ano anterior, quando se sentou no mesmo lugar, na mesma noite e pensou num homem diferente enquanto chorava sobre cartas e cartões. Naquele momento, ela estava presa no meio, entre dois homens perfeitos. Nem longe o suficiente de um, nem perto o suficiente de outro.

41. O segundo Natal

Segunda-feira, 25 de dezembro

10h12

BEN SEGUIU ATÉ O CEDRO-VERMELHO QUE SE PROJETAVA A grande altura na mata. A trepadeira, que era fina e estéril quando Ben encontrou a árvore, estava grossa e resistente. Ela escalava os galhos e abraçava a face irregular do tronco, onde um raio tinha arrancado a casca. Ben pegou a trepadeira. Era tão larga quanto o corpo de um taco de beisebol. A constatação fez passar pela cabeça de Ben quanto tempo ele estava ali. Quando ele chegou à ilha, a trepadeira era franzina e delicada, e a sua metamorfose lhe disse que era hora de partir. Ben havia feito uma promessa para William e ia mantê-la. Ele já tinha trabalhado muito para aquele fim, mas precisava trabalhar um pouco mais antes de eles se despedirem. Ben usou o canivete suíço para entalhar outra marca no tronco da árvore. Em seguida, fez a contagem. Era o dia de Natal.

Perto do limite da mata, Ben encontrou o seu coqueiro. Era o que ele havia enfeitado no ano anterior com frutos silvestres e uma estrela-do-mar petrificada. Desde o ano anterior, a folhagem solitária tinha crescido e ficado mais alta e mais forte, sendo capaz de suportar uma quantidade maior de enfeites naquele momento. Ben se lembrou do enfeite de cavalinho de balanço que ele e Abby penduravam na árvore deles todos os anos. A lembrança bastou para fazê-lo se mexer. Ele saiu da mata, passou pelos destroços do avião e chegou ao galpão, cujas portas em estilo de celeiro estavam escancaradas. As tábuas estavam na parte lateral, perfeitamente alinhadas e em pilhas de três metros de altura. Ben tinha usado a maior parte para construir o seu barco, uma embarcação robusta que ele tinha certeza de que daria conta do recado.

Filho de um homem que calejava as mãos com trabalho manual, Ben já tinha encontrado alegria no trabalho artesanal. A construção e a criação vieram naturalmente para ele. Ben sempre havia sido capaz de visualizar a partir de pedaços aleatórios de material o produto final do seu ofício. E naquele momento, as tábuas intactas empilhadas e esperando, as ferramentas penduradas nas paredes do galpão causavam nele uma sensação de admiração e uma ânsia de concluir o seu projeto. A esperança armazenada nos materiais o levara até ali; a ideia de encontrar o caminho de volta para Abby o levou pelo restante do caminho.

Ben pegou uma tábua nova do topo da pilha e a colocou sobre as toras que utilizava como bancada de trabalho. Posicionou a lâmina da serra na madeira e sentiu a névoa de serragem no ar enquanto puxava para a frente e para trás. Na beira de uma praia deserta, ele estava ao lado do avião destroçado que o tinha trazido para aquele lugar, martelando pregos e serrando madeira. Estava de volta a um lugar familiar de trabalho manual que o lembrava do pai e da juventude. Enquanto as suas mãos tocavam a madeira e latejavam sob a tensão da serra, a lembrança de Abby e do quanto ele sentia falta dela no dia de Natal eram suportáveis. Porque em breve, Ben sabia, ele voltaria a vê-la.

42. Resoluções

Domingo, 31 de dezembro

10h45

NA MANHÃ DA VÉSPERA DO ANO-NOVO, A MULHER ESTACIONOU o carro junto ao meio-fio defronte à casa de Abby Gamble. Era a terceira vez que ela fazia aquilo. A primeira foi meses antes, quando ficou sentada no carro com o filho pequeno e viu a viúva de Ben apagar as luzes enquanto se preparava para dormir. A segunda foi antes do Dia de Ação de Graças, quando criara coragem suficiente para se aproximar da mulher de Ben com a carta dele na mão. Naquele dia, ela tinha chegado muito perto de entregar a carta de Ben e esclarecer tudo. Porém, algo a deteve, e ela correu de volta para o carro e foi embora antes de contar a Abby Gamble tudo a respeito do segredo que ela compartilhava com Ben. Naquela manhã, ela chegou a casa sabendo que não entraria. A visita era apenas para fortalecer a sua resolução. A véspera do Ano-Novo não era o momento certo. Porém, ela havia tomado uma decisão e colocado a data no calendário. Ela não poderia guardar o seu segredo por mais um ano. Não aguentaria mais um ano sem contar a verdade para Abby Gamble.

O Ano-Novo sempre foi um momento para resoluções. Um momento de recomeços e novos desafios. Um momento de agir. Assim que o Ano-Novo chegasse, ela planejava finalmente bater na porta da casa e ter uma conversa há muito esperada com a mulher de Ben.

43. Feliz aniversário

Domingo, 31 de dezembro

17h42

ORIGINALMENTE, AMIGOS DA FACULDADE E COLEGAS DE trabalho constituíam os convidados da festa anual de Ano-Novo no hotel Renaissance. Porém, ao longo dos anos, a festa havia crescido, recebendo um total de quase duzentas pessoas. O maior salão de festas do hotel era reservado anualmente. Com capacidade formal para acomodar cento e cinquenta pessoas sentadas, os convidados restantes chegavam após o jantar. Uma banda tocava música lenta enquanto as entradas eram servidas, deixando as músicas mais animadas para depois. Durante uma década, Maggie e Jim cuidaram da organização do evento. Contudo, nos meses que antecederam o Ano-Novo, muitas pessoas se perguntaram se a festa seria realizada naquele ano, com Maggie grávida de quase nove meses. Porém, ela obrigou Jim a cuidar de tudo, mesmo que ela tivesse pouca chance de chegar à meia-noite.

No ano anterior, ainda incapaz de comemorar o Ano-Novo por causa de todo o sofrimento, Abby decidira não comparecer à festa de *Réveillon*. Porém, naquele momento, as coisas tinham mudado; Abby estava olhando para a frente e não para trás, e os seus preparativos duraram um dia inteiro. Usando nada além de sutiã e calcinha estilo biquíni, ela dava os últimos retoques na maquiagem.

Abby passara a tarde em seu salão de beleza na avenida Michigan, com o seu melhor maquiador tirando proveito da linha completa de tonalizantes, bases, blushes, máscaras e batons da AG Cosmetics para deixá-la pronta para a noite. Durante duas horas, com ela sentada na cadeira, ele ficara testando diferentes combinações de batons e iluminadores. Abby também experimentara diversos tipos de penteados antes de se decidir por uma risca lateral profunda, com o cabelo enrolado numa longa onda que caía sobre o ombro esquerdo. Naquele momento, em seu banheiro, Abby pinçou e aparou as pontas diante do espelho. Em seguida, examinou as unhas das mãos e dos pés feitas pela manhã e constatou que estavam impecáveis. Então, borrifou uma última camada leve de spray no cabelo.

Os mimos terminaram meia hora antes da chegada de Joel para pegá-la. Num empurrão final, Abby abriu as janelas e deixou o ar de dezembro ocupar o quarto. Quando a sua temperatura corporal alcançou o grau correto de frio, ela fechou as janelas e colocou o seu vestido de festa: um Renée Bardot preto, justo nos quadris, com alças finas e decote generoso.

Abby se olhou no espelho e admitiu que estava muito bem. Os ombros se estendiam horizontalmente, e as alcinhas do vestido passavam por cima das clavículas como riachos descendo a encosta de uma montanha. O vestido realçava a cintura fina antes de fluir sobre os quadris e terminar logo acima das panturrilhas torneadas, que estavam em exibição naquela noite, cortesia da inclinação acentuada dos saltos altos. Abby se perguntou quanto tempo aguentaria naqueles sapatos.

Ansiosa, Abby espalhou um pouco de Chanel Nº 5 na nuca. No momento em que passava uma camada de gloss sobre o batom, a campainha tocou. Ela desceu a escada e abriu a porta.

— Uau! — Joel disse na entrada.

Por um instante, Abby viu os olhos dele vagarem pelo seu corpo.

— Você está deslumbrante — ele continuou.

— Obrigada. Entre. Podemos tomar uma bebida antes de sairmos, mas precisamos chegar um pouco mais cedo. Acho que Maggie não vai aguentar muito tempo esta noite e eu quero que você a conheça.

Sob um sobretudo, ele estava usando um terno cor de carvão e uma gravata azul-marinho. O terno realçava os ombros largos, enquanto o queixo quadrado lhe dava uma solidez que Abby tinha passado a gostar. Quando Joel desvestiu o sobretudo, Abby parou e ficou olhando para ele. Mais longo que o olhar rápido que ele tinha concedido a ela ao chegar. Algo se apoderou de Abby, uma sensação de curiosidade e expectativa, cuja origem, ela tinha certeza, remontava a como as coisas terminaram na véspera do Natal, quando Joel foi embora apesar do desejo dela de que ele ficasse.

Abby se lembrou dele saindo da sua casa na véspera do Natal. Lembrou-se de ter quase pedido para ele ficar, mas não conseguira achar as palavras. Naquele momento, sem pensar, ela deu um passo à frente, pegou o sobretudo dele com uma mão e colocou a outra no peito dele, até que a sua mão fosse a única coisa separando os seus corpos. Então, na ponta dos pés, Abby beijou Joel, com os lábios dele tão macios como eram uma semana atrás. O beijo se prolongou por algum tempo e, quando os seus lábios finalmente se separaram, eles não tiraram os olhos um do outro.

— Você está muito bonita.

Abby deixou de se apoiar na ponta dos pés e recuou com o sobretudo de Joel nas mãos. Ela se virou e abriu o armário.

— De quanto tempo? — Joel perguntou.

A mente de Abby ainda estava dominada pelo beijo.

— De quanto tempo o quê?

— Maggie. De quantos meses ela está?

— Ah, oito meses e meio. Uma semana a mais ou a menos. Ela está pronta para dar à luz.

Abby voltou a ficar olhando para Joel. Ele sorriu e, em expectativa, ergueu as sobrancelhas.

— Que tal aquela bebida?

— Claro — Abby disse, virou-se e foi para a cozinha. Ela fechou os olhos no caminho e conteve o sorriso.

Joel deixou o Range Rover com o manobrista e entraram no hotel Renaissance. Ele pegou a mão de Abby enquanto subiam de elevador para o terceiro andar onde o salão de festas estava lentamente se enchendo de convidados. As janelas panorâmicas tinham vista para o rio Chicago e para as luzes da cidade. Abby avistou Jim e Maggie junto a um grupo de pessoas perto do bar. Com Joel ao lado, ela deu um tapinha no ombro da irmã. Maggie se virou, com a sua imensa barriga abrindo caminho.

— Ah, meu Deus, eu odeio você! — Maggie disse, com a expressão séria e intensa. — Como você é magra. Caramba, não acredito que eu costumava parecer com você — ela continuou, balançando a cabeça, contrariada. — Por que você está usando um vestido como esse e eu estou entalada nessa roupa ridícula?

Maggie estava usando um vestido vermelho que sufocava a sua barriga inchada.

— Pare com isso — Abby disse. — Todas as mulheres grávidas de nove meses deviam ter uma aparência tão boa.

— Vai tomar um sorvete, comer um hambúrguer ou algo assim.

— Maggie, este é o Joel — Abby apresentou. — Joel, esta é a minha irmã, Maggie.

— Oi, Maggie. A sua irmã fala de você o tempo todo — Joel disse, se inclinou e deu um abraço em Maggie. — E eu acho que você está ótima.

Maggie ficou olhando para Joel como uma colegial dando risadinhas de um professor bonito. Encarou, sem piscar, e ficou em silêncio por algum tempo antes de finalmente dizer:

— Normalmente, peso quinze quilos a menos.

— Obrigada por essa informação importante — Abby disse, mostrando-se espantada. — Maggie, ele sabe que você está grávida.

— Meus tornozelos estão inchados e, assim, não posso usar salto alto. Normalmente, pareço mais alta.

Abby olhou para os pés da irmã e notou chinelos que marcavam a pele inchada dela.

— Também estou com retenção de líquidos no rosto e, assim, as minhas bochechas parecem mais pesadas do que o normal — Maggie recitou de uma só vez outro problema. — Eu tenho maçãs do rosto salientes como as da minha irmã.

Abby continuava espantada ouvindo a irmã.

— De novo, ele está entendendo. Você está grávida.

— Tenho que ir ao banheiro — Maggie disse, com a mesma voz rápida e robótica. — Esse é outro problema. Faço xixi sem parar — ela continuou, mas finalmente desviou o olhar de Joel e olhou para Abby. — Preciso que você venha comigo.

— Eu já volto — Abby disse para Joel e deu um sorriso bizarro.

— Boa sorte — Joel desejou.

— Este é o Jim, o meu marido — Maggie afirmou, agarrando Jim pelo ombro e o afastando do casal com quem ele estava falando. — Jim, este é o Joel. Conversem, peguem uma bebida ou façam coisas de homem por um tempo.

Maggie arrastou Abby para o banheiro. No meio do caminho, Abby olhou para ela.

— Qual é o seu problema?

— O que foi?

— Normalmente, peso vinte quilos a menos? Meus tornozelos estão inchados? Meu rosto está grande demais?

— Em primeiro lugar, são *quinze* quilos. Em segundo, ele é demais. E em terceiro, eu tenho mesmo que fazer xixi. Então, vamos.

No banheiro, Abby voltou a passar o batom. Então, Maggie saiu da cabine.

— Ele é um gato. Tem traços brutos, mas fica ótimo num terno. Não dá pra acreditar. É incrível.

— Obrigada — Abby disse, impassível.

— Não, não é que não dá pra acreditar que ele está com você. Acho incrível, sim, como ele é bonito. E aquelas costeletas grisalhas à George Clooney? São de verdade?

— Do que você está falando?

— Alguns caras estão tingindo o cabelo de grisalho. Está muito na moda.

— Ele não está tingindo o dele, acredite em mim. Ele sente vergonha das costeletas grisalhas.

— Vergonha? Elas são sexy. Ele é um gato.

— Você já disse isso.

— Droga! — Maggie disse, aplicando máscara. — Quer saber? Na verdade, ele fica ainda mais sexy sentindo vergonha do cabelo grisalho. É uma imperfeição sobre a qual ele não tem controle. Como se ele fosse vulnerável ou algo assim. Onde você encontrou esse cara?

Abby parou de retocar a maquiagem e olhou para a irmã no espelho.

— Você sabe que estou saindo com ele, não é? Ele não é um cara que acabamos de conhecer num bar.

— Ah, poupe-me! Você sabe que ele é um gato. Só estou confirmando. Além disso, meus hormônios estão fora de controle — ela disse e baixou a voz, sussurrando: — Você sabe há quanto tempo Jim e eu não transamos? Quatro meses!

— Tudo bem, nós já tivemos essa discussão. Podemos não falar a respeito disso hoje à noite?

— Só digo que, se esse bebê não nascer logo, não sei o que vou fazer. Todas as minhas amigas acham que há algo de errado comigo. Nenhuma delas teve qualquer desejo sexual na gravidez, principalmente no final dela. Mas eu? Caramba! — Maggie disse e começou a se abanar com a mão.

— Garanto que vou manter Joel a uma distância segura — Abby disse, arrumou a sua bolsa e se dirigiu para a porta do banheiro.

Maggie deu uma última olhada no espelho.

— Boa ideia.

Elas viram seus homens no bar. Jim ainda estava se recuperando do vinho *glögg* do Natal daquele ano; um lote particularmente ruim que o deixou com uma dor de cabeça da qual ele não conseguia se livrar havia uma semana.

Jim ergueu o seu copo.

— É Ano-Novo e estou bebendo refrigerante. Tudo porque o pai dela me obrigou a tomar uma terceira taça do vinho dele. Uma é demais, e duas é insano. Não sei onde eu estava com a cabeça.

As mulheres se aproximaram. Joel passou o braço em torno de Abby.

— Jim estava acabando de me falar sobre o vinho *glögg* do seu pai. Fiquei sabendo que é o favorito da família.

— Essa foi a única coisa boa da gravidez — Maggie disse. — Isso me livrou do copo obrigatório. No mínimo, um.

Os dois casais encontraram a mesa deles para o jantar. Maggie pediu licença três vezes para usar o banheiro. Às nove e meia, a pista de dança se encheu rapidamente. Maggie puxou Abby para a pista e elas dançaram com o restante dos convidados. Numa música lenta, Joel e Jim se juntaram a elas. Elas passaram trinta minutos na pista e depois recuperaram o fôlego na mesa. Jim foi beber.

— Que horas são? — Maggie perguntou, ofegante.

— Quase dez e meia — Joel respondeu.

— Falta uma hora e meia — ela bufou. — Acho que eu consigo.

Quando Jim voltou, Maggie tomou água. Em seguida, ela levou Abby para o banheiro pela quinquagésima vez. Maggie recuperou a energia às onze e quinze, e todos os quatro voltaram para a pista de dança. A música

"The Electric Side", e depois algumas outras das antigas, garantiram a lotação máxima da pista às quinze para a meia-noite. Jim distribuiu chapéus, confete e buzinas. As garçonetes serviram champanhe. Alguns convidados morderam charutos e esperaram pela meia-noite. A banda parou de tocar. As luzes diminuíram, e a multidão entoou pausadamente:

Dez, nove, oito, sete, seis, cinco, quatro, três, dois, um. Feliz Ano-Novo!

Esquivando-se entre cotovelos e ombros, Joel agarrou Abby pela cintura. Balões caíram do teto e a banda recomeçou a tocar.

— Feliz Ano-Novo — ele disse.

— Feliz aniversário — Abby respondeu.

Surpreso, Joel abriu um sorriso largo.

— Você lembrou?

— Claro que me lembrei.

Joel puxou Abby para perto dele e a beijou. Naquele momento, não foi como das outras vezes. Não foi um beijo nervoso ou hesitante. Não houve dúvida. Foi decidido, com as mãos de Joel nos quadris dela, e as de Abby no rosto dele. Eles estavam no meio de duzentas pessoas, cercados por um empurra-empurra de celebrantes alcoolizados do Ano-Novo.

— Tudo bem, já chega — Maggie disse. — Peguem um quarto.

Abby e Joel se separaram. Maggie estava bem ao lado deles, com as mãos na parte inferior das costas, a barriga se esgoelando para que eles saíssem da frente, o rosto da cor vermelho-bombeiro e mechas de cabelo suado grudadas nas bochechas.

— Esta mulher grávida precisa voltar para casa. Meus pés estão me matando. Nem cabem mais nos meus chinelos. Feliz Ano-Novo — ela disse e abraçou a irmã. — Não deixe esse cara escapar — ela sussurrou. Em seguida, deu um abraço em Joel. — Feliz Ano-Novo. Continue fazendo a minha irmã feliz.

— Continuarei — Joel respondeu.

Abby e Joel acenaram enquanto Jim tirava Maggie mancando da pista de dança em direção ao elevador. Depois de uma hora, eles decidiram ir embora. Joel ajudou Abby a entrar no Range Rover e fechou a porta. Após vinte minutos, eles estavam na frente da casa de Abby.

— Obrigado por me convidar — ele disse. — Foi divertido. Foi o melhor Ano-Novo que já tive. Geralmente estou de plantão, esperando para operar algum idiota que bateu com o carro num poste.

— Parece um jeito horrível de passar o seu aniversário. Por falar nisso, você tem que entrar — Abby disse. — Tenho que dar o seu presente.

Dentro da casa, Joel recusou um drinque e optou por um café. Na cozinha, Abby separou os ingredientes para ele e pediu licença para se trocar. Os pés dela estavam doendo. Joel pendurou o paletó no encosto da cadeira e afrouxou a gravata. Alguns minutos depois, quando Abby desceu a escada, a máquina de café estava borbulhando. Ela estava usando calça de moletom cor-de-rosa e uma regata. Segurava um presente na mão.

— Feliz aniversário — Abby voltou a desejar.

Joel pegou o presente.

— Não sei o que dizer. Estou surpreso que você se lembrou.

— O seu aniversário? Faça-me o favor, como eu poderia esquecer? Um novo ano para todos nós, uma nova década para você?

— Provoque-me. Continue.

— Abra o presente.

Eles se sentaram à mesa. Joel desembrulhou o presente e tirou uma gravata.

— Nossa! Gostei!

— É uma Domenico Vacca.

— Muito bonita. Muito Hollywood.

— Vai ficar bem em você.

Ele tirou a gravata que estava usando e vestiu a Domenico Vacca.

— O que você acha?

Abby se levantou da cadeira e caminhou até ele. Ela ficou entre os joelhos de Joel, estendeu a mão e ajustou a gravata nova, endireitando-a e puxando o colarinho da camisa para baixo.

— Eu tinha certeza. Fica muito bem em você.

Joel estendeu a mão e desenhou os lábios de Abby com o dedo. Passou a mão pelo rosto dela e então chegou ao declive sedoso da nuca. Enquanto a cafeteira gotejava, eles se entreolharam. Lentamente, Abby se abaixou e os lábios deles se encontraram. Ela concentrou o peso nas mãos, que se apoiavam nos ombros firmes dele. Pouco tempo depois, beijaram-se de maneira mais voraz. Joel levou as mãos até a cintura de Abby e, entre a regata e o cós da calça de moletom, tocou a pele nua dela. Com o coração disparado, Abby se inclinou ainda mais para ele, e a cadeira rangeu ao ser arrastada. Joel deslocou as mãos para cima, sob a regata e ao longo das costas dela. Eram quentes e macias. Abby sentiu um arrepio percorrer o corpo.

A mente de Abby estava a mil por hora. Ela beijou com mais força, esperando fugir dos pensamentos intrusos. Pensou em Ben. Sobre a fortaleza secreta de estudos na faculdade. Sobre o primeiro beijo. Sobre como ela se sentiu na ocasião e como ela se sentia naquele momento. Eram considerações irracionais, mas ao mesmo tempo tinham substância. Mesmo depois de tanto tempo da morte de Ben, ela ainda se sentia ligada ao primeiro homem que amou. Naquele instante, aquela ligação a estava afastando do único outro homem que tinha amado em sua vida.

Joel se levantou da cadeira, olhou para Abby por um instante e, então, voltou a beijá-la, puxando-a para mais perto. Apoiada contra o balcão da cozinha, ela alisou o cabelo dele e depois passou a mão pelos ombros. Ela ficou em dúvida sobre o que fazer. Pensou em afastá-lo delicadamente para se recompor e organizar os pensamentos. Por mais confusa que estivesse, não queria deixar o momento passar e não queria parar de beijá-lo. Sentiu as mãos de Joel deslizarem até os seus quadris. Abby apoiou as mãos no granito e, com a ajuda de Joel, ergueu-se e se sentou sobre o balcão. Ele ficou ainda mais junto dela e, sem pensar, Abby começou a desabotoar os botões da camisa dele. Enquanto passava a mão pelo peito liso dele, ela sentiu a mão de Joel voltar a acariciar a sua pele nua entre a regata e o cós da calça de moletom.

Naquele momento, o telefone de Abby tocou, assustando os dois e interrompendo a torrente de emoções dela. Lentamente, Joel tirou as mãos da cintura de Abby e ela olhou para o relógio. Eram quase duas da manhã. O telefone continuou a tocar. Joel recuou e Abby saltou para fora do balcão. Ela pegou o telefone e atendeu.

— Alô?

Abby olhou para Joel.

— Meu Deus. Já estou indo.

Abby desligou o telefone.

— Maggie está em trabalho de parto. Tenho que ir à maternidade.

44. Chegadas e partidas

Segunda-feira, 1º de janeiro

20h03

RYAN ALEXANDER VEIO AO MUNDO NA NOITE DO DIA DE Ano-Novo. Os pais de Maggie, assim como os pais de Jim, vagaram pela maternidade o dia inteiro enquanto Maggie estava em trabalho de parto. Como prometido, Abby manteve a mãe a uma distância segura e marcou presença na sala de parto quando Ryan Alexander nasceu. Jim estava um caco: incoerente e insensível, culpando o vinho *glögg* da semana anterior.

Às 20h03, o recém-nascido apareceu para a sua nova família; quatro avós orgulhosos parados junto à janela do berçário, contemplando o milagre agasalhado em azul que se contorcia no bercinho. Abby já tinha trocado o avental usado na sala de parto por um jeans e uma blusa de moletom. Do corredor, viu os pais embevecidos, paparicando Ryan e rindo quando o menininho abriu um olho inchado. Eles já tinham passado por aquilo uma vez antes, muitos anos atrás, e Abby sempre teve curiosidade em saber o que sentiram quando viram Jacob pela primeira vez. Somente ela e Ben tinham conhecimento da gravidade do quadro clínico de Jacob; eles não contaram imediatamente aos pais. A notícia era ruim demais para eles mesmos assimilarem, quanto mais para explicarem aos demais. A lembrança provocou lágrimas, que Abby rapidamente secou. Ela não queria desviar a atenção de Maggie, Jim e do seu bebê saudável e novo em folha. Discretamente, entrou no elevador.

Abby ligou para Joel a caminho de casa, mas já era tarde e não obteve resposta. Ela não dormia há um dia e meio e, quando o táxi a deixou em casa, estava exausta. Levou apenas alguns segundos para adormecer depois que encostou a cabeça no travesseiro.

Eram onze da noite no dia de Ano-Novo. Joel tinha levado Abby para a maternidade às duas da manhã depois que o telefonema os tinha interrompido na cozinha. Ele ficou ao lado dela durante uma hora. Então, Abby lhe disse para ir para casa. Maggie estava histérica com o desmaio de Jim e preocupada com a chegada iminente da sua mãe. Abby teria um trabalhão pela frente. Joel deu um beijo de despedida em Abby, fez com que ela prometesse dar notícias a ele durante a noite e então foi para casa. Ao meio-dia, depois de algumas horas de sono, ele se dirigiu ao hospital de cuidados paliativos para visitar o pai.

Fora uma manhã particularmente ruim. O pai respirava com mais dificuldade do que o normal. O temor de Joel era que o pai não sobrevivesse à tarde, mas sobreviveu. À noite, Joel estava sentado ao lado da cama dele. Ele sabia o que estava por vir e que, se o pai chegasse vivo até o dia seguinte, o quarto se encheria dos irmãos, sobrinhas e sobrinhos de Joel para as despedidas. Provavelmente, seria a última vez que Joel ficaria sozinho com o pai. Ele se inclinou para perto do ouvido dele e sussurrou.

— Pai, lamento nunca ter contado para você a respeito do que aconteceu no rio. Lamento não ter contado para você naquela noite e lamento nunca ter contado depois. Passei toda a minha vida me culpando por isso. Acho que eu não poderia ter mudado o que aconteceu. Ele teria ido embora de qualquer maneira, mas talvez se eu tivesse te contado, isso teria mudado o meu relacionamento com você. O fato de eu ter deixado o que aconteceu naquele maldito rio ficar entre você e eu é o meu maior arrependimento. Eu vi como esse segredo machucou você ao longo dos anos. Vi como isso afetou você e a minha mãe e o seu relacionamento com Rachel e Brandon e comigo. Eu não poderia ter mudado o que aconteceu no rio naquele dia, mas poderia ter facilitado as coisas para você. Poderia ter dito exatamente o que aconteceu em vez de permitir que você imaginasse por si mesmo. Se eu tivesse contado, pai, acho que as coisas teriam sido diferentes entre nós. Apesar de nossos momentos difíceis um com o outro, quero que você saiba que o homem que sou hoje é um reflexo de você. Levei muito tempo para ver isso, mas sinto orgulho da pessoa que você me tornou. Sinto orgulho de ter você como o meu pai.

Joel se aproximou ainda mais e os seus lábios quase tocaram na orelha do pai. Ao pensar no irmão, seus olhos se encheram de lágrimas.

— Onde quer que ele esteja agora, tenho certeza de que está esperando por você, pai.

— Dr. Keaton?

Joel levantou os olhos e viu a enfermeira junto à porta.

— Queria lhe dizer que o meu turno chegou ao fim. A equipe da noite vai assumir. Informei ao pessoal o que estava acontecendo com o seu pai. Eles vão cuidar bem dele.

— Obrigado.

— Se o senhor quiser, pode passar esta noite aqui.

— Não — Joel informou. — Logo mais vou para casa, mas amanhã eu volto. Vou trazer a minha irmã... Por via das dúvidas. Também vou entrar em contato com o meu irmão.

— É uma boa ideia. Vou estar de volta pela manhã — a enfermeira disse.

— Até amanhã, então.

Após a saída da enfermeira, Joel se virou para o pai.

— Rachel, Brandon e eu vamos estar aqui amanhã, ok, pai?

O pai não abriu os olhos e não deu nenhum sinal de que sabia que Joel estava ao seu lado. Joel apertou o braço do pai e passou a mão pela testa dele antes de sair.

45. A carta

Terça-feira, 2 de janeiro

9h15

ÀS NOVE E QUINZE DA MANHÃ DE 2 DE JANEIRO, A MULHER encostou o carro junto ao meio-fio na frente da casa de Abby Gamble. Era um novo ano, e ela estava cumprindo a promessa feita a si mesma. Pegou a carta no assento do passageiro, uma das muitas que Ben escrevera para ela ao longo do relacionamento deles, e a leu uma última vez. Tanta coisa havia acontecido em tão pouco tempo que ela quis ler as palavras de Ben para se lembrar de que estava tomando a decisão certa.

Ela ficou sentada no carro durante quinze minutos, criando coragem. Por mais de um ano, havia hesitado. Finalmente, abriu a porta do carro e, com a carta de Ben na mão, caminhou até a frente da casa. Subiu a escada, ergueu a mão, vacilou por um momento, e então bateu na porta.

Após deixar a cabeceira do pai na noite anterior, Joel tinha ido para casa para dormir durante algumas horas. Pouco depois de acordar, ligou para Abby para saber notícias de Maggie. Ela lhe deu breves detalhes por telefone e o convidou para tomar um café para contar a história completa. Abby estava planejando voltar para a maternidade em breve, e Joel tinha combinado se encontrar com os irmãos no hospital em uma hora. Cada um deles tinha um curto período de tempo livre e, depois da forma como o Ano-Novo terminara, ambos queriam muito se ver.

Joel estacionou o Range Rover numa vaga apertada, deixou o motor ligado e entrou correndo numa cafeteria. Pediu um café preto para ele e um cappuccino para Abby, além de dois bolinhos de mirtilo. Trouxe o seu pedido para o carro, colocou tudo no assento traseiro e partiu em direção à casa de Abby.

Abby ouviu uma batida na porta. Ela estava de banho tomado e vestida e, depois de uma longa noite de sono, sentia-se descansada e revigorada. Joel tinha se oferecido para trazer o café da manhã. Ele queria saber tudo a respeito do parto de Maggie antes de Abby voltar à maternidade. Naquele momento, ela sentiu um pouco de apreensão ao se dirigir para a porta da frente. O Ano-Novo terminara de maneira tão abrupta e atabalhoada — com Abby sentada no balcão da cozinha e a camisa de Joel desabotoada — que ela não tinha certeza de como as coisas iriam correr quando ela o visse.

Abby caminhou até a porta e a abriu. Mas em vez de Joel, uma mulher estava parada na entrada da casa. A mulher deixou escapar uma grande nuvem de vapor branco pela boca que flutuou no ar frio da manhã. Abby a reconheceu como a mulher que misteriosamente se aproximara dela semanas atrás na frente da sua casa e depois correra estranhamente de volta para o seu carro e saíra dirigindo. Abby se lembrou do envelope branco que a mulher tinha na mão naquele dia e notou que ela estava segurando o mesmo envelope naquele momento.

— Posso ajudá-la?

Com uma expressão angustiada, a mulher concordou. Abby a observou respirar fundo novamente e, em seguida, soltar outra nuvem de vapor branco.

— Preciso falar com você sobre o seu marido.

— Meu marido?

Abby estava no hall de entrada com a porta aberta e o ar frio da manhã invadia a sua casa.

— Sim. Desculpe-me por aparecer sem avisar, mas eu preciso mesmo falar com você.

Abby abriu totalmente a porta e fez um gesto para a mulher entrar, o que ela fez.

— Como você conhece o meu marido?

— É sobre isso que quero falar com você.

— Você é da companhia aérea? — Abby perguntou, fechando lentamente a porta.

— Da companhia aérea? Não.

Abby pigarreou.

— O meu marido morreu no ano passado.

— Sim, eu sei. Desculpe-me, estou muito nervosa. Eu sei que Ben morreu e sinto muito por sua perda. Mas não é por isso que estou aqui. Não exatamente.

Soava estranho ouvir o nome de Ben saindo da boca daquela mulher.

— Então do que se trata? — Abby perguntou.

— Eu escrevi uma carta para você e para o seu marido há dois anos.

— Uma carta?

— Sim, era uma carta de apresentação. E um agradecimento.

— Acho que não sei do que você está falando.

— O seu marido nunca compartilhou a minha carta com você, mas ele me escreveu de volta e concordou em me encontrar.

— Ben concordou em se encontrar com você? A respeito do quê?

— A respeito do seu filho, Jacob.

46. Esperando por um coração

Terça-feira, 2 de janeiro

9h30

AO OUVIR O NOME DO FILHO MORTO, ABBY FICOU SEM CHÃO.
Ela não teve tempo de chegar ao sofá da sala ou à cadeira da cozinha. Em vez disso, simplesmente se sentou no degrau da escada.

— Dez anos atrás, o meu filho estava gravemente doente — a mulher continuou falando. — Ele nasceu com cardiomiopatia, uma doença cardíaca congênita, geralmente fatal. A sua única chance era um transplante de coração. Ao colocar o nome do meu filho na lista de transplantes, o mais difícil não era esperar por um coração, mas saber que a única maneira de nosso filho viver era a morte de outra pessoa. A esperança para o meu filho estava diretamente ligada à dor de outros pais. Sofri com isso durante muitos anos. Finalmente, escrevi uma carta aos pais do doador do meu filho e a entreguei à organização de procura de órgãos. Cabia a eles decidir se enviariam a minha carta para você e ao seu marido. Alguns meses depois, recebi uma carta de Ben. Ele queria me encontrar.

Assombrada, Abby balançou a cabeça e passou a mão trêmula pelo cabelo. A decisão dela e de Ben de doar os órgãos de Jacob fora para eles uma maneira de atribuir significado à vida do filho e um instrumento terapêutico que cada um deles usou para suavizar o choque da morte do filho. Ao longo dos anos, Abby muitas vezes havia pensado a respeito dos receptores que os órgãos de Jacob ajudaram.

— Ele nunca me falou sobre a sua carta — Abby finalmente disse. — Ben nunca me contou.

— Eu sei. Ben estava ansioso para ouvir a minha história e para ouvir a respeito do meu filho. Mas ele também estava muito preocupado.

— Preocupado com o quê? — Abby perguntou.

— Com você. Ele me explicou que queria encontrar a melhor maneira de contar para você. Ben e eu nos encontramos três vezes, e todas as vezes ele falou a seu respeito. Ele me contou tudo o que vocês passaram. Ben me disse que a perda de Jacob quase destruiu o casamento de vocês, e que você levou muito tempo para reconstruir a sua vida. Ele queria protegê-la, mas também queria que você soubesse que a morte de Jacob salvou a vida do meu filho. Ben foi muito claro a esse respeito, a respeito de querer que você soubesse. Essa é a única razão pela qual estou contando para você agora. Ele estava tentando encontrar a melhor maneira de te contar.

Com os olhos marejados, a mulher respirou fundo.

— Então, pouco antes de embarcar naquele avião, Ben havia planejado te contar.

A mulher começou a chorar.

— Fiquei com o fardo de contar para você sobre Jacob e como o coração do seu filho salvou a vida do meu filho. Eu adiei esse dia por um ano.

Estava me matando não contar a você. Ben queria que você soubesse, mas não tive coragem de contar a você até agora. Sou muito grata a você e ao Ben. E também ao Jacob.

Naquele momento, Abby também estava chorando. Ela se levantou do degrau da escada e as duas mulheres se abraçaram. Estranhas unidas por um vínculo tão poderoso que cada uma sentiu no abraço da outra.

— Obrigada por ter me contado — Abby disse.

Abby afastou a mulher um pouco e apoiou as mãos nos ombros dela.

— Como está o seu filho? — Abby perguntou.

— Ele está ótimo — a mulher respondeu, entre lágrimas e uma voz rouca. — Perfeito, bonito e saudável. Tudo graças a Jacob. Ben conheceu o meu filho. Gostaria muito que você também o conhecesse.

— Eu adoraria — Abby disse. — Muito mais do que você é capaz de imaginar, eu adoraria isso.

Joel estacionou o Range Roger na frente da casa de Abby e desembarcou. Ele pegou o café e os bolinhos no assento traseiro e subiu os degraus cobertos de neve. Bateu na porta. Abby atendeu logo depois. Os seus olhos estavam avermelhados e o rosto estava molhado de lágrimas.

— O que foi?

Assombrada, Abby balançou a cabeça.

— Entre. Está sendo uma manhã bem agitada.

Lentamente, preocupado com o que estava acontecendo, Joel entrou na casa. Lembrando-se de como as coisas terminaram na véspera do Ano-Novo, ele se inquietou com o pensamento de que Abby estava prestes a lhe dizer que não estava preparada para um relacionamento com ele.

Joel se deteve assim que viu a mulher parada no corredor.

— Rachel? — ele disse para a irmã. — O que você está fazendo aqui?

PARTE V

VOLTANDO PARA CASA

47. Dando as mãos

Terça-feira, 2 de janeiro

10h37

ABBY ESTAVA SENTADA NA SUA SALA DE ESTAR COM JOEL E Rachel. Ela tinha se recomposto, pelo menos o suficiente para preparar uma xícara de café para Rachel. Naquele momento, ela estava sentada ao lado de Joel no sofá e com Rachel na frente deles, discutindo e analisando as ligações inimagináveis e numinosas que uniam a vida de todos eles. O fato de Abby e Joel estarem se relacionando foi um choque para Rachel. O fato de Abby ter sido casada e o seu marido ter morrido há um ano e meio respondeu a muitas perguntas de Joel. O fato de Rachel e Ben terem se encontrado para discutir a melhor maneira de contar a Abby que o coração de Jacob fora doado ao filho de Rachel, Brian, foi um choque para todos eles.

— Na verdade, eu conheci o seu filho — Abby disse.

— Você conheceu o Brian? — Rachel perguntou.

— Há cerca de dois meses. Fui escorregar de trenó com ele e Joel.

— Eu me lembro disso. Brian me falou a respeito da namorada do tio Joel e que ela era muito legal.

— Ele é um bom garoto. Brian me ajudou a escolher o presente de Natal de Joel.

— A convenção dos Cubs?

— Sim — Abby respondeu, sorrindo.

— Brian ficou na internet pesquisando isso durante um dia inteiro — Rachel revelou e olhou para o irmão. — Então essa é a mulher que está fazendo você se comportar como um adolescente apaixonado?

— Ele está se comportando de modo estranho? — Abby perguntou, sorrindo novamente.

— Sim. Só nos últimos meses, ele levou Brian para dormir na casa dele, fez outras coisas além de trabalhar, apareceu em casa na manhã de Natal usando um traje de Papai Noel, pregando um baita susto no meu filho de dois anos — Rachel respondeu.

— Estou em desvantagem aqui — Joel disse. — E há todos os tipos de coisas acontecendo agora. Então, nem vou tentar me defender.

— Ele assistiu a *Casablanca* uma noite dessas — Abby disse.

— Não! — Rachel exclamou, arregalando os olhos.

— Bem, ele adormeceu dez minutos depois, mas pelo menos tentou.

— Está vendo o que quero dizer? — Rachel perguntou. — Nunca vi Joel assistir a nada além de beisebol ou futebol americano.

Abby sorriu, olhou para Joel e deu um tapinha no joelho dele.

— Eu também mudei no último ano. Esse cara tem muito a ver com isso.

Eles conversaram por mais uma hora na sala de Abby, decidindo a melhor maneira de contar a Brian sobre Jacob. Ao longo dos anos, Brian havia perguntado acerca do doador do seu coração e de como ele o recebeu.

O telefone de Joel apitou e ele verificou a mensagem de texto recebida. Em seguida, virou-se para Rachel.

— É mensagem do Brandon. Ele está no hospital com o nosso pai e perguntando onde estamos.

Rachel consultou o seu relógio.

— Nossa! Passei toda a manhã aqui. Achei que ia ficar só um minuto — ela disse. — Tenho certeza de que Joel falou a você a respeito do nosso pai.

— Falou — Abby disse. — Vão. Conversamos depois e resolvemos tudo.

— Não quer vir conosco? — Rachel perguntou.

— Não sei se seria certo.

— Sim, venha conosco — Joel pediu.

Abby fez uma pausa.

— Tem certeza?

— Tenho certeza — Joel respondeu. — Gostaria muito que ele conhecesse você.

Alguns minutos depois, eles saíram para visitar o pai de Joel. Descendo os degraus da casa, Joel viu Rachel dar a mão para Abby.

48. O último entalhe

Terça-feira, 2 de janeiro

22h00

BEN E WILLIAM ARRASTARAM O BARCO ATÉ A BEIRA DA ÁGUA.
Eles terminaram de construí-lo sob a luz do luar, apenas os dois trabalhando

contra o tempo. E naquele momento, enquanto o luar prateado pairava sobre o mar e alcançava o horizonte, eles estavam na praia e contemplavam a noite.

— Isso deve resolver — Ben disse quando a proa do barco flutuou na água.

— Sim — William concordou. — Você parte logo pela manhã?

— Esse é o plano — Ben respondeu.

— Você tem tudo de que precisa?

— Sim.

— Depois de você conseguir se safar... Volte para nos buscar.

— Claro. Vocês vão ficar bem?

— Vai dar tudo certo — o garoto respondeu, sorrindo.

Sabendo que o tempo deles juntos estava chegando ao fim, ambos se encararam.

— Obrigado por tudo o que você fez por nós — William agradeceu.

— Ainda tenho uma última coisa a fazer. Só para ter certeza.

— Eu fico muito agradecido — William disse.

— Você me trouxe até aqui — Ben afirmou. — E uma promessa é uma promessa — ele continuou e estendeu a mão.

William a apertou.

— Nos vemos amanhã de manhã. Não vou embora sem me despedir.

Ben se afastou do garoto e do barco construído por eles. Passou pelo nariz parcialmente submerso do avião e pela sua cabana. Então, entrou na mata. Ao chegar ao cedro-vermelho, desdobrou a lâmina do canivete suíço e fez uma última marca no tronco. Ficou de pé e olhou para o seu trabalho e para as centenas de linhas entalhadas na árvore. Aquela foi a última que ele fez.

49. Um lugar melhor

Terça-feira, 2 de janeiro

23h54

TALVEZ SE O SEU PAI TIVESSE MORRIDO ANTES, LOGO DEPOIS de adoecer, teria sido mais fácil. Mas também teria sido mais trágico. Algo havia acontecido durante os meses que o pai estava em seu leito de morte.

Joel confessara os seus pecados, tirara o seu segredo do peito e, de uma maneira estranha, sentiu-se mais perto do pai naquele momento do que alguma vez no passado. Quando Joel trouxe Abby para a cabeceira e a apresentou, ele conseguiu abrir os olhos. Bastou para confirmar que o pai sabia que o filho estava feliz.

Os irmãos Keaton ficaram na cabeceira do pai até tarde da noite. O pai deles aguentou firme, recusando-se a entregar os pontos. Finalmente, perto da meia-noite, os irmãos decidiram ir embora e voltar de manhã. Depois de deixar Abby na casa dela, Joel foi para a sua casa. Após se deitar, não demorou muito para ele começar a sonhar. Muitas coisas estavam acontecendo em sua mente. Ele se viu na casa da sua infância, procurando a corça pela janela do escritório do pai. Ele sentiu vontade de saltar do sofá e correr para o rio para convencer o irmão a não se aventurar através do tronco. Porém, daquela vez algo o manteve no sofá. Os pensamentos a respeito do irmão desvaneceram. A vegetação se mexeu na beira do bosque e então ele a viu. Uma grande corça passou através da folhagem e saltou sem esforço para o quintal da casa. Era hipnótico como o animal se fundia com a mata como um camaleão. A corça era quase invisível apesar de estar a poucos metros de distância. Por mais difícil que fosse localizar a corça, uma vez que Joel a tinha na mira, todo o restante desapareceu.

Sem se mexer, Joel ficou observando a corça que permanecia tão imóvel quanto ele. Notou os olhos cor de caramelo e a cicatriz que marcava o peito perto do coração, sabendo que era a mesma corça que havia visto antes. A tranquilidade do momento foi quebrada pelo estranho que Joel ficara conhecendo em seus sonhos, que saiu da mata e ficou apenas a dez metros da corça. Por milagre, o animal não fugiu. O homem acenou para Joel se juntar a ele. Joel hesitou, preocupado que um movimento estabanado dele fizesse a corça correr. Lentamente, ele saiu do sofá e abriu a porta telada com a mesma discrição. Ao colocar o pé cuidadosamente na relva, a corça olhou para ele, mas ficou parada. Por alguns instantes, Joel fez uma pausa a apenas alguns metros do animal.

— Está tudo bem — o homem disse. — Ela não vai fugir.

Joel foi se aproximando. O homem caminhou ao lado da corça e acenou com a cabeça para Joel se juntar a ele.

— Eu não quero assustá-la — Joel sussurrou.

— Ela não está com medo — o homem disse. — Não mais.

Joel se aproximou, impressionado com o volume das espáduas da corça. O corpo dela era liso e musculoso, com estrias individuais visíveis através do pelo castanho-amarelado. Joel levantou a mão trêmula e passou a palma ao longo do dorso dela. O seu pelo era como seda e o seu corpo era bem quente.

— Ela é linda — Joel disse.

— Deslumbrante.

Ambos os homens contemplaram a corça, e antes que qualquer um deles rompesse o silêncio, um longo tempo se passou.

Finalmente, o homem olhou para Joel.

— Não foi sua culpa.

Joel o encarou, mas não disse nada.

— O dia no rio. Não foi sua culpa.

Perplexo, Joel semicerrou os olhos, sem saber como reagir ao seu segredo revelado por um estranho postado na frente dele.

— Você não poderia tê-lo salvado. E não se permitir ser feliz agora não o trará de volta. Há trinta anos, você não era médico naquele rio. Você não tinha as mesmas habilidades para ajudar as pessoas que tem hoje. Você era um menino assustado de dez anos. E talvez, por causa do seu irmão e daquele rio, você seja capaz de ajudar as pessoas hoje de maneiras que são estranhas para a maioria.

Joel ficou observando os olhos do animal enquanto refletia a respeito das palavras do homem.

— Nós todos queremos um dia extra com as pessoas que mais amamos — o homem disse. — É natural. Um dia a mais para dizer a elas todas as coisas que gostaríamos de ter dito quando tivemos a chance. Muitas vezes, acreditamos que o dia extra não está disponível para nós. Mas está. Se prestarmos atenção ao que é importante, está. Se aproveitarmos o nosso tempo, está. Se estivermos a par do que temos, esse dia extra está bem na nossa frente.

O homem colocou a mão no dorso da corça.

— Ela confia em você agora. Não foi nada fácil; ela foi ferida no passado. Mas agora ela sabe.

Joel desviou o olhar dos olhos do animal e olhou para o homem ao lado dele.

— Sabe o quê?

— Ela sabe que você nunca vai machucá-la — ele respondeu. — E eu também. Ela é toda sua. Cuide bem dela.

O homem se afastou de Joel e da corça e desapareceu na mata.

Um barulho distante chamou a atenção de Joel. Era um som de campainha que vinha de dentro da casa de infância. Ele voltou a olhar para a corça, passou a mão pelo dorso dela mais uma vez e, em seguida, correu pela relva e passou pela porta telada. No escritório do pai, o som da campainha ficou mais alto. Então, Joel se deu conta de que o som vinha de um telefone situado na escrivaninha. Lentamente, ele estendeu a mão, levantou o gancho e o colocou junto ao ouvido.

Após outro instante, voltou a tocar. E de novo. E de novo. Joel abriu os olhos. O seu quarto estava escuro exceto pela luminosidade da tela do celular na mesa de cabeceira. O telefone estava tocando. Finalmente, ele voltou do seu sonho. Joel se sentou e olhou para o identificador de chamadas. Era do hospital de cuidados paliativos.

— Alô?

— Dr. Keaton? Aqui é Nancy. Infelizmente o seu pai faleceu.

Joel levou um instante para entender e depois outro para pigarrear antes de responder.

— Está certo. Já estou indo para aí.

Ao desligar o telefone, Joel achou que a tristeza tomaria conta dele. Ele esperou, mas a tristeza não veio. Em vez disso, Joel sentiu paz. Uma clarividência que lhe disse que o pai estava num lugar melhor e não estava mais sofrendo. Talvez, Joel imaginou, o pai estava num lugar onde voltaria a ver o filho depois de tantos anos sem ele.

50. A chegada

Quarta-feira, 3 de janeiro

11h18

O JATO PARTICULAR DE CHRISTIAN MALONE VOOU SEM ESCALAS de São Francisco para o Taiti. Em 2 de janeiro, partiram às três da tarde, e Christian passou o voo de oito horas e meia entretendo seus investidores.

Chegaram ao Aeroporto Internacional de Papeete, no Taiti, e passaram a noite no hotel que Christian tinha reservado. Na manhã seguinte, em 3 de janeiro, o grupo embarcou em dois hidroaviões para a etapa final da viagem; mais uma hora de voo numa parte remota do Pacífico Sul, onde não havia terra à vista e apenas o mar azul e aberto se estendia até o horizonte. Então, quando o hidroavião começou a descer, a ilha Valhalla ficou à vista; uma pequena porção de terra no meio do vasto mar azul.

Christian estava com a testa achatada contra a janela do avião como uma criança em seu primeiro voo. O pouso na água foi complicado. A aproximação teve que ser feita pelo lado leste da ilha, longe dos ventos fortes do extremo oeste. As oportunidades para a prática do kitesurf eram a atração daquele lugar, mas os ventos fortes que tornavam o esporte tão popular não eram propícios para a vida num resort. Ficar sentado à beira da piscina ou deitado na praia não era possível com ventos furiosos soprando do mar. Assim, o plano era construir o resort no lado leste, calmo, da ilha e transportar os hóspedes numa frota de jipes através da floresta tropical até o outro lado. Naquele dia, porém, eles fariam a caminhada a pé. Eles visitariam o local proposto para a construção do resort, onde Christian, três anos antes, tinha começado a estocar material de construção e a construir alojamentos temporários para a equipe de construção antes de o furacão Earl interromper a obra, provocar a evacuação da mão de obra e destruir quase todas as cabanas já construídas.

O hidroavião voou poucos metros acima da água e, finalmente, pousou de maneira suave. Deslizou pela água por trinta segundos antes de parar e flutuar na superfície com as ondas o balançando para cima e para baixo. O piloto se afastou da cabine, abriu a porta lateral e desembarcou num dos grandes flutuadores. Lançou um bote, que inflou automaticamente. Christian e o restante do grupo saíram do avião, embarcaram no bote e percorreram rapidamente os cem metros entre o local do pouso e a costa. Quando a proa do bote tocou na areia fofa da ilha, Christian desembarcou na praia e abriu os braços.

— Bem-vindos à ilha Valhalla, local de um dos resorts mais exclusivos do mundo. Um lugar onde os praticantes de kitesurf de todo o mundo se reunirão para uma experiência única na vida.

Depois de ajudar todo o grupo a chegar a terra firme, Christian Malone se afastou do mar e caminhou pela praia rumo à laguna ao longe.

51. A foto

Quarta-feira, 3 de janeiro

11h22

JOEL BATEU NA PORTA DA CASA DE ABBY DEZ MINUTOS DEPOIS de deixar o hospital de cuidados paliativos. Ela abriu a porta e o abraçou imediatamente.

— Sinto muito pelo seu pai — ela sussurrou no ouvido dele.

Parados na entrada, ele a tomou em seus braços.

— Ele conheceu você ontem — Joel disse. — Isso foi muito importante para mim.

— Para mim também — Abby respondeu. — Entre. Me arrumo num instante. Tem café na cozinha.

Ao mesmo tempo que Abby desaparecia escada acima, Joel entrou e fechou a porta. Ele tinha ligado para Rachel e Brandon após o telefonema do hospital de cuidados paliativos no meio da noite. Juntos, os irmãos Keaton foram ao hospital para se despedir do pai, preencher a papelada e organizar o funeral. Quando terminaram, a próxima ligação de Joel foi para Abby. Ela se ofereceu para acompanhá-lo no café da manhã, e ele aceitou.

Naquele momento, enquanto bebericava café e esperava por Abby, Joel vagou pelo primeiro andar. Admirou a árvore de Natal na sala de estar, lembrando-se dos momentos que Abby e ele passaram juntos na véspera do Natal. A sua impressão era de que aquilo acontecera meses atrás, mas fazia apenas uma semana. Então, Joel dirigiu a sua atenção para a cornija da lareira, onde estavam diversas fotos emolduradas. Ele foi pegando uma por uma e observando as pessoas retratadas. Abby e Maggie. Abby e os pais. Jim e Maggie. Algumas pessoas mais velhas, que ele achou que eram os avós dela. Joel viu a foto que havia dado a Abby na véspera do Natal, a dos escorregadores de trenó, e sorriu. Ele gostava muito do jeito que eles ficavam juntos.

Joel parou na foto seguinte. Chamou a sua atenção e o atraiu. Tirou-a do encosto da lareira e a contemplou. A foto retratava dois homens. Pai e filho, tudo indicava. Ambos estavam segurando peixes com os braços estendidos e sorrisos largos. O homem mais velho não lhe era familiar, mas o mais jovem lhe trouxe uma sensação de *déjà-vu*, subjugando-o a ponto de a sala começar a girar. Joel conhecia aquele homem. Na foto, estava mais jovem, mas a familiaridade era inequívoca. Joel não conseguia fazer a conexão ou determinar o seu relacionamento com o homem. Enquanto contemplava a foto, a ligação distante aparecia e desaparecia. Num momento, Joel a captava; no seguinte, a perdia.

Joel examinou a foto. Os homens estavam sentados num barco perto da margem e, ao fundo, havia um bosque denso. Quando Joel caiu em si, arregalou os olhos. Como um pensamento esquecido ressurgindo após uma luta para recuperá-lo, o subconsciente de Joel sacou a identidade do homem dos recônditos da sua mente. Ele se lembrou da sua casa de infância. A janela no escritório do pai. O bosque. Ele se lembrou da corça. E, finalmente, os seus pensamentos se fixaram no homem dos seus sonhos: o estranho que tinha aparecido no sonho recorrente que Joel tinha tido nas últimas semanas. Joel olhou com mais atenção para a pessoa na foto. Ele tinha certeza.

Era o mesmo homem.

Abby olhou para o espelho do banheiro com os olhos inchados, congestionados e vermelhos de tanto chorar nos últimos dois dias. Ela respirou fundo e deixou o ar escapar lentamente.

— Recomponha-se, garota — ela disse baixinho para o seu reflexo.

Tanta coisa havia acontecido nos últimos dois dias, começando com o nascimento do seu sobrinho e vendo a alegria que trouxe a Maggie e aos seus pais. Em seguida, a visita de Rachel a sua casa e a informação que ela lhe deu, desde ficar sabendo o destino do coração de Jacob — algo que ela secretamente se perguntara durante anos — até ouvir que Ben estava tentando encontrar a melhor maneira de lhe contar e ficar sabendo que, pouco antes de morrer, ele tinha planejado lhe dizer. As quarenta e oito horas de fortes emoções culminaram com o telefonema de Joel naquela manhã lhe contando que o pai dele tinha morrido. Naquele momento, as lágrimas pareciam estar sempre presentes.

Abby demorou um pouco para se recompor. Então, aplicou uma leve camada de corretivo sob os olhos, escovou os dentes e apagou a luz do banheiro. Desceu a escada e viu Joel em pé diante da lareira.

— Pronto? — ela perguntou.

Joel se virou para ela, com um sorriso estranho.

— Estava vendo as suas fotos — ele disse e apontou para uma delas. — Esta é uma foto do seu... Do Ben?

Abby se aproximou e viu a foto de Ben e do pai dele. Era a única que ela tinha mantido à mostra; as demais tinham sido guardadas meses atrás. As lágrimas voltaram a brotar dos seus olhos quando os seus dois mundos colidiram, o velho e o novo. Ela forçou um sorriso.

— Sim, esse é o Ben — Abby disse e as lágrimas rolaram. — Eu ia tirá-la daí... — Enxugou o rosto. — Mas acabei não tirando.

Ela ficou vendo Joel olhar novamente para a foto. Ele fez isso por mais um momento, sorrindo, Abby notou, como se estivesse olhando para a foto de um velho e querido amigo. Então, Joel se inclinou e beijou Abby na testa.

— Não tire ela daí — ele disse. — O lugar dela é aí.

Joel colocou a foto de Ben ao lado da dele com Abby.

52. A descoberta

Quarta-feira, 3 de janeiro

11h25

TODOS DESEMBARCARAM DO BOTE E SEGUIRAM PELA PRAIA. Apesar de não ir à ilha há mais de dois anos, Christian reconheceu o terreno. Ele conduziu o grupo de investidores em direção à laguna. Mas antes de avançarem mais, Christian parou de repente e fez um gesto com os braços para todos fazerem o mesmo. Para não irem mais longe. Mais à frente, ele notou um grande rastro de destruição. Diversas palmeiras estavam caídas e destroçadas. O chão tinha sulcos profundos como se uma enorme máquina de limpeza tivesse feito uma única passagem pela área, mas nunca tivesse voltado uma segunda vez.

Os investidores ficaram na praia e Christian continuou andando. Com cautela, ele avançou terra adentro. Então, aquilo se materializou diante dele. Christian reconheceu o que estava vendo, mas mal conseguiu admitir para si mesmo. Um voo da Transcontinental Airlines havia desaparecido há cerca de dois anos. Como muitos haviam acreditado que o avião tivesse caído no oceano Pacífico, a fuselagem nunca fora encontrada. Christian tinha certeza de que estava olhando para ela naquele momento. O nariz do avião estava afundado sob a superfície da laguna. A enorme carcaça metálica fora arrancada do restante do avião. Ele olhou ao redor, até onde a sua visão permitia, mas a outra parte do avião não estava à vista. Será que aquela ilhota foi o lugar escolhido pela tripulação para tentar pousar o avião condenado?

No entanto, o rastro destrutivo de palmeiras caídas contava outra história. Christian imaginou que os pilotos tentaram um pouso na água. Porém, o avião se despedaçou no processo. O nariz deve ter deslizado pela água em direção à costa, destruindo tudo pelo caminho até parar ali naquela laguna, a poucos metros de onde ele tinha planejado construir o seu resort. Enquanto ele olhava para os destroços, um pensamento sobreveio a ele. Será que alguém tinha sobrevivido àquela tragédia?

Christian caminhou pela margem da laguna e se aproximou do enorme fragmento do 747. O cenário era apavorante, com metal seccionado perfeitamente em algumas áreas e rasgado irregularmente em outras. Ele se aproximou dos destroços e deu uma boa olhada no interior da cabine. Alguns assentos ainda estavam intactos na primeira classe, mas muitos estavam faltando. Christian olhou para a mata e viu as cabanas que a sua equipe tinha construído anos antes. Três continuavam de pé; as demais não passavam de montes de escombros.

Christian se dirigiu lentamente rumo às cabanas, deixando os destroços para trás. Deu uma olhada rápida de volta para a praia e viu os seus investidores parados onde ele os havia deixado, com expressões de perplexidade. Fez um gesto para eles ficarem parados. Naquele momento, a ilha pertencia a Christian e era o seu trabalho investigar a cena que encontraram. Ele se virou e seguiu em direção à primeira cabana. Ao chegar nela, empurrou a porta e a encontrou vazia. Com passos largos, foi até a segunda cabana e abriu a porta. Também estava vazia. Restava apenas uma cabana, e ele se dirigiu até ela, com os pés afundando na areia enquanto caminhava. Finalmente, alcançou a construção. Vagarosamente, abriu a porta e espiou o seu interior. Todas as três cabanas estavam vazias, sem sinal de vida.

Christian olhou ao redor mais uma vez, fixando o olhar no nariz do avião do voo 1641, pegou o telefone via satélite e digitou o número.

53. Uma promessa cumprida

Quarta-feira, 3 de janeiro

11h25

BEN ESTAVA NA BEIRA DA LAGUNA COM WILLIAM AO SEU LADO.
À sua direita, estava a metade dianteira do avião com o nariz afundado abaixo da superfície. Ao olhar para o seu reflexo, Ben tentava distinguir os seus olhos, mas ondas sutis distorciam suas feições e arrojavam o seu reflexo em ondulações para cima e para baixo.

— Sei que você está ansioso para partir — William disse. — Sei que você está pronto para voltar para a sua mulher.

Ben tentava lidar com as suas emoções. Havia uma dor profunda em seu coração que o fazia estremecer quando imaginava uma existência sem Abby. Um silêncio caiu sobre a ilha e, enquanto Ben continuava a encarar a superfície da laguna, o seu reflexo se nivelou. As pequenas ondulações que distorciam sua imagem passaram e, por um instante, ele viu os seus próprios olhos claramente na superfície da água. Ben sabia a rota que devia pegar e a direção a seguir. Finalmente, ele entendeu o caminho que o levaria de volta para ela. De repente, ficou óbvio para ele.

Um barulho interrompeu os seus pensamentos quando William mergulhou na água e nadou com braçadas vigorosas até o meio da laguna.

— Venha — William gritou para Ben. — Preciso mostrar uma coisa para você.

Num nado de costas sem esforço, o garoto seguiu até o outro lado da laguna. Por um momento, Ben hesitou. Então, mergulhou e deixou que o impulso o levasse para águas mais profundas. Avançando rapidamente pela água azul cristalina, uma sensação de paz e tranquilidade tomou conta dele. Após algumas braçadas e batidas de pé que o conduziram para mais fundo na laguna, Ben parou de nadar e se viu flutuando, sentado em suspensão bem abaixo da superfície da água. A visibilidade era total e, ao se virar e se arrastar horizontalmente pela água, ele notou o quão silencioso estava. Ben não sentia os pulmões doerem, não tinha vontade de respirar e parecia que podia ficar ali por uma eternidade.

Finalmente, Ben olhou para o alto e viu a superfície dançar com os raios de sol. Nadou para cima, soltando o ar dos pulmões na ascensão, e irrompeu na superfície para a luz solar matinal. Boiou de costas enquanto William nadava ao lado dele. Cada um deles deixou que a correnteza os transportasse e, em pouco tempo, os destroços do avião eram algo pequeno do outro lado da laguna.

— Mantenha as suas pernas para cima — William disse. — E os seus pés na sua frente.

Ben desviou a sua atenção do avião distante e constatou que a laguna vertia para um estreito que levava ao rio. A correnteza ficava mais forte conforme a água se afunilava no canal. Ben se posicionou como William sugeriu, numa posição sentada com os pés à sua frente. A correnteza arrastou os dois para o rio estreito, onde seguiram sendo carregados. Na frente deles, Ben viu uma árvore caída e duas rochas que se projetavam no ar. A água espirrava ao redor das pedras e fazia pequenos redemoinhos.

Num movimento rápido, William agarrou o tronco caído e subiu nele, ajudando Ben a fazer o mesmo. Ficaram sentados no tronco e observaram o rio rugir debaixo deles. Ben sentiu como se o ambiente não lhe pertencesse, como se estivesse no domínio de outra pessoa e não devesse tocar ou perturbar nada.

Longas sombras se estendiam do outro lado do rio e William apontou para elas.

— Está vendo aquelas sombras?

Ben concordou.

— Foi assim que aprendi a me orientar, com base na direção em que o sol inclinava as sombras das árvores. Meu pai ensinou a mim e aos meus irmãos que as sombras apontam para o oeste pela manhã e para o leste ao anoitecer.

Ben ficou olhando para as sombras, entendendo que algo maior estava acontecendo ali.

— Foi aqui que aconteceu — William disse. — Onde a minha vida terminou. Eu costumava ter medo de vir aqui. Quando cheguei, o rio me assustou. Mas agora, me sinto em casa aqui.

Ele apontou para as rochas diante deles.

— Caí daquela pedra quando tinha dezesseis anos e o rio me carregou. Meu irmão mais novo viu tudo e, por muito tempo, me senti mal por tê-lo feito passar por isso. Ele carregou esse fardo com ele toda a sua vida, e eu não fui capaz de ajudá-lo a superar isso. Mas então você apareceu, e eu entendi como deveria funcionar. A sua jornada estava destinada a passar pelo meu irmão. Você o ajudou a finalmente entender que a minha morte não foi culpa dele.

O garoto ficou de pé sobre o tronco e olhou para Ben.

— Você fez isso se desapegando da sua mulher e deixando que ela se apaixonasse. Abby mudou a vida do meu irmão. Sem o amor dela, Joel teria ficado preso ao passado. Sei que não foi fácil para você deixar Abby ir embora. Obrigado por cumprir a sua promessa — William disse e sorriu. — Finalmente, estou livre.

Sentado no tronco enquanto o rio rugia debaixo dele, Ben pensou em Abby. Dar aquele passo final — deixar que Abby se perdesse nos braços de outro homem — era como saltar de um grande abismo. Porém, ele sabia que era a única maneira de a história deles terminar. Então, Ben pensou em seu filho. Ao longo dos anos, Jacob tinha sido o seu companheiro mais próximo. Sentado acima do rio revolto naquela etapa final da sua jornada, o coração de Ben doía, e ele entendia o motivo. A sua jornada da vida até a morte o tinha levado até aquela encruzilhada: numa direção, estava a sua mulher; na outra, o seu filho.

William pulou do tronco e caiu no rio, deixando que a correnteza o levasse.

— O que você está fazendo? — Ben gritou.

Afastando-se, o garoto se virou para encarar Ben.

— Quero ver o meu pai. Ele finalmente está aqui. Você devia ir ver Abby. Está na hora.

54. A escada

Quarta-feira, 3 de janeiro

11h25

BEN OBSERVOU WILLIAM SENDO ARRASTADO RIO ABAIXO ATÉ desaparecer. Então, ele caminhou pelo tronco caído, saltou para a margem do rio e se dirigiu para a mata. Ele sabia aonde precisava ir. Não restava mais nenhuma dúvida. Não havia mais nenhuma incerteza. Por fim, ele sabia exatamente para onde estava indo. Por um longo tempo, Ben caminhou antes de encontrar. Então, parou e olhou para cima. Sempre soube que acabaria ali. Ele tinha estado à procura daquele lugar desde que a sua jornada da vida para a morte começara. Havia uma parte dele que queria ter chegado antes. Porém, uma parte diferente, a parte mais sábia, entendeu que aquela transformação levava tempo, e o caminho sinuoso que o levou àquele lugar era o que ele precisava seguir. Era o caminho que o levou além dos seus arrependimentos e fracassos, para um mundo em que a redenção estava à distância de um braço e o perdão pairava denso no ar. Era um caminho que levou aos seus sonhos. O caminho das segundas chances.

Ben começou a subir a escada à sua frente. O seu primeiro passo fez os degraus rangerem com um barulho que o levou de volta ao longo dos anos, através do tempo até que, ao chegar ao alto, ele se viu na vanguarda de uma vida diferente. Foi ali que ele a encontrou. Finalmente, depois de tanto tempo, Ben tinha encontrado o caminho de volta para ela, mesmo que apenas por um momento fugaz. Quando ele a viu, percebeu que a sua jornada até aquele lugar tinha sido no ritmo certo. Se ele tivesse chegado ali mais cedo, teria feito aquilo sem a capacidade de entender o que estava prestes a acontecer. Se tivesse chegado mais tarde, ele poderia não tê-la alcançado.

55. A fortaleza

Quarta-feira, 3 de janeiro

22h02

O ANO-NOVO TINHA DADO INÍCIO A UM TURBILHÃO DE EMOÇÕES. Expectativa nervosa quando Abby se preparou para passar a véspera do Ano-Novo com Joel. Paixão e desejo quando o beijou em sua cozinha. Pânico quando quis que as coisas fossem mais longe e alívio quando a oportunidade lhe foi tirada por causa do trabalho de parto de Maggie. Alegria quando viu Maggie dar à luz. Tristeza quando reviveu a própria jornada na maternidade. Espanto quando Rachel apareceu em sua porta para lhe dizer que o seu filho havia recebido o coração de Jacob. Choque quando se deu conta de que o garoto era Brian. Discernimento quando reconheceu como as suas vidas estavam conectadas. Paz quando entendeu que tudo estava destinado a ser. Liberdade quando contou para Joel tudo a respeito do seu passado. Sofrimento quando evocou os detalhes da perda de Ben. Determinação quando decidiu finalmente seguir em frente. E felicidade quando soube que Joel faria parte do seu futuro.

Naquela noite, quando Abby encostou a cabeça no travesseiro, ela caiu num sono profundo que não conhecia desde que a aflição contagiou a sua vida na noite em que Ben morreu. O sono profundo a levou através dos anos. Ela deixou que isso a transformasse. Ela subiu a escada da sua fortaleza de estudos da faculdade. Subiu sabendo o que encontraria. Subiu com uma dor no coração. A velha escada de madeira rangeu sob os seus pés como na primeira vez, quando ela subiu aquela escada e encontrou o homem dos seus sonhos.

Abby estava sonhando intensamente ao abrir a porta para o seu passado e captar o ambiente. Ela viu a mesa na frente da janela em forma de meia-lua e as duas cadeiras posicionadas próximas uma da outra como se fossem velhas amigas. Os aparelhos de ginástica antigos estavam empilhados num canto. Ao adentrar o espaço e se aproximar da mesa, os pensamentos do seu tempo naquele lugar voltaram para ela como maré alta; ondas de cristas espumantes cheias de lembranças de noites em claro, conversas intermináveis com o homem que ela amava, momentos de paixão e pequenos trechos onde o restante do mundo desaparecia. Ela chegou à mesa e passou a mão sobre a superfície.

— Achei que você talvez estivesse aqui.

Abby parou de olhar ao redor, os pulmões pararam de se expandir, a mente parou de funcionar. Tudo em que ela se concentrou foi na voz atrás dela. Ela não conseguia se mexer. Não se permitiria se virar por medo de que a sua mente percebesse que ela estava sonhando e que ele se fosse. Aqueles sonhos tinham cessado alguns meses atrás. Talvez a ausência deles fosse um mecanismo de defesa, um esforço subconsciente para acabar com o tormento. Porém, naquele momento, quando Abby ouviu a voz dele, a voz pareceu autêntica. Diferente daqueles velhos sonhos que ela *queria* que parecessem reais, em que ela se enganava acreditando que ele estivesse ali, diante dela. Naquele momento, não era como os outros. A voz dele era tranquilizadora e reconfortante, contendo um remédio para curar velhas feridas. Abby sabia que era algo mais do que um sonho.

— Eu me apaixonei por você na primeira vez que a vi — ele disse. — Quando você subiu aquela escada tantos anos atrás, você entrou no meu coração. Você também me deixou entrar no seu. Agarrei-o e te disse que nunca o largaria. Eu te disse que amaria você para sempre.

Finalmente, Abby se virou e piscou quando o viu emoldurado no vão da porta.

— Ben?

Ela se aproximou e colocou a mão no rosto dele, sentindo-o pela primeira vez em séculos. O rosto estava quente e macio e coberto por uma barba rala.

— Estou devolvendo para você agora — ele disse. — Segurei o seu coração tempo demais.

— Mas eu ainda te amo — Abby disse.

— Nós sempre vamos nos amar. Para sempre, assim como eu prometi a você. Para nós, porém, o nosso amor deveria mudar. Há algo mais para você. Alguém que você está destinada a amar. Alguém que pode dar a você todas as coisas que eu não dei.

— Você me deu tudo o que eu sempre quis.

— Não, não dei. E eu vim aqui para dizer que sinto muito.

— Ben — Abby disse, mas a sua voz falhou. — A culpa não foi sua — ela conseguiu dizer.

— Eu podia ter feito mais por você, Abby. Eu quero fazer isso agora. Eu quero dar a você o que eu não pude dar antes.

Abby começou a chorar.

— Você o ama? — Ben perguntou.

Abby olhou para o chão, com a mão ainda no rosto dele. Ela fechou os olhos.

— Sim.

Ben sorriu.

— Ótimo. Eu consegui.

— Conseguiu o quê? — Abby perguntou, olhando para ele.

Ele estendeu o braço, pegou a mão de Abby e a levou até ficar sobre o peito dela.

— Eu devolvi o seu coração para você. Eu sempre vou estar nele, mas agora pertence a outra pessoa.

Lentamente, Ben se afastou de Abby.

— Sinto saudades de você — ela disse.

— Eu também sinto saudades de você. Mas você tem muita felicidade em seu futuro. Joel está esperando por você. Você está destinada a passar a sua vida com ele.

— E você?

— Há outra pessoa esperando por mim.

Abby sorriu e enxugou o rosto com o dorso da mão.

— Você vai conseguir vê-lo?

— Caso contrário, eu não chamaria de céu.

Abby esforçou-se ao máximo para não voltar a chorar.

— Diga a ele que sinto saudades dele.

— Direi.

— E dê nele um beijo meu.

— Será a primeira coisa que vou fazer.

Ben foi dando passos para trás, até sair da sala e chegar ao patamar da escada. Então, ele se virou e desapareceu.

DOIS MESES DEPOIS

56. O pacote

Sábado, 9 de março

14h32

CHRISTIAN MALONE ESTAVA SENTADO NUMA SALA VIP NO Aeroporto Internacional de São Francisco. Ele releu a lista que havia compilado. Tinha certeza de que dispunha do nome e do endereço corretos. Fora uma jornada de dois meses para chegar até ali. Apesar de poder contar com um batalhão de assistentes, ele fizera a pesquisa por conta própria, nunca pedindo a ajuda de ninguém. A Transcontinental Airlines não fazia ideia de que ele pegara o objeto no local dos destroços, e nem por um instante Christian pensara em contar a alguém da companhia algo a respeito disso. A Transcontinental Airlines teria alertado a agência reguladora, que teria protegido o objeto para uma análise mais detalhada e talvez nunca o entregasse no lugar certo. Ele o encontrara na praia, na manhã em que descobrira os destroços do voo 1641, e, ao ver o conteúdo, soube o que precisava fazer.

Christian ficou olhando para o relógio por vinte minutos, até o momento do embarque. Então, pegou a sua pequena bagagem de mão e saiu da sala de espera. Alguns minutos depois, estava sentado confortavelmente na primeira classe e, quando terminou o seu refrigerante, o avião estava acelerando na pista de decolagem. Fechou os olhos e tentou dormir, mas o voo de quatro horas se arrastava. Christian não se interessou em assistir a filmes, nem estava concentrado o suficiente para ler. Assim, ficou olhando pela janela durante todo o voo e ficou grato quando o avião começou a descer para o pouso no Aeroporto Internacional O'Hare, em Chicago.

Ele tinha providenciado translado e encontrou o motorista fora da área de retirada de bagagens, segurando uma placa com o seu nome. O motorista se ofereceu para colocar a única bolsa de viagem no porta-malas, mas ele recusou. Em vez disso, colocou-a ao lado dele no assento traseiro. Entregou o endereço ao motorista e se recostou quando o carro partiu.

Christian não tinha telefonado para avisar, nem marcado uma reunião formal. Ele estava ali em sua própria jornada. Foi algo que ele foi chamado a fazer. Se desse certo naquele dia, ótimo. Caso contrário, ele se hospedaria num hotel e voltaria a tentar no dia seguinte. Ou um dia depois do dia seguinte, e por quantos dias fossem necessários para entregar o pacote.

Depois de quarenta minutos no trânsito, o motorista virou na rua lateral e procurou o número da casa. Dois quarteirões depois, eles chegaram.

— Espero pelo senhor? — o motorista perguntou.

— Sim. Eu já volto.

Christian abriu a porta, pegou a sua bagagem de mão e saiu do carro. Fechou o casaco para se proteger do frio, caminhou sobre o monte sujo de neve que restava do inverno e subiu a escada da casa. Bateu na porta. Um momento depois, uma mulher atendeu e Christian Malone soube que deveria estar ali. Deveria entregar aquele pacote que tinha feito a longa viagem desde o Pacífico Sul.

— Sra. Gamble?

— Sim?

— Meu nome é Christian Malone. Sou... Fui eu quem descobriu o destino do voo 1641.

A mulher estava surpresa.

— Eu vi você no noticiário.

— Desculpe aparecer sem avisar, mas eu precisava encontrar você — ele disse e a viu semicerrar um pouco os olhos, em dúvida.

— Por quê?

Christian deixou a bagagem de mão no chão e abriu o zíper. Dentro dela estava a mochila que ele encontrara na ilha ao lado dos destroços do avião. Ela havia sido trazida até a praia, ele imaginou, e tinha parado numa treliça de bambus que impedira que outras ondas a recapturassem e a levassem de volta para o mar. Dentro da mochila, Christian encontrara o diário com o nome de Abby nele.

Christian tinha levado algumas semanas para concluir a sua pesquisa. Ele conseguira a lista completa de passageiros do voo 1641, mas não encontrou nenhuma Abby ou Abigail nela. Após alguma investigação, ele descobriu que um passageiro chamado Ben Gamble tinha uma mulher chamada Abigail. Ela era dona de uma grande empresa de cosméticos. Não demorou muito para encontrar o seu endereço.

Christian não desistiu de localizá-la porque havia lido o suficiente do diário para saber que era um registro precioso de cartas que o marido dela escrevera para o filho deles. Era algo que Christian tinha que devolver.

Ele tirou a mochila da sua bolsa e a entregou para Abby Gamble.

— Achei isso perto do avião. Há um diário dentro. Acredito que pertencia ao seu marido.

Abby enfiou a mão na mochila e tirou o diário de capa dura de Ben. Estava danificado pela água do mar e as páginas estavam encrespadas e duras. Porém, ao folheá-las rapidamente, Abby percebeu que quase todas as páginas estavam legíveis.

Christian notou que as mãos dela começaram a tremer. Quando Abby olhou para ele, ela estava chorando.

— Obrigada — ela disse e o envolveu num abraço apertado.

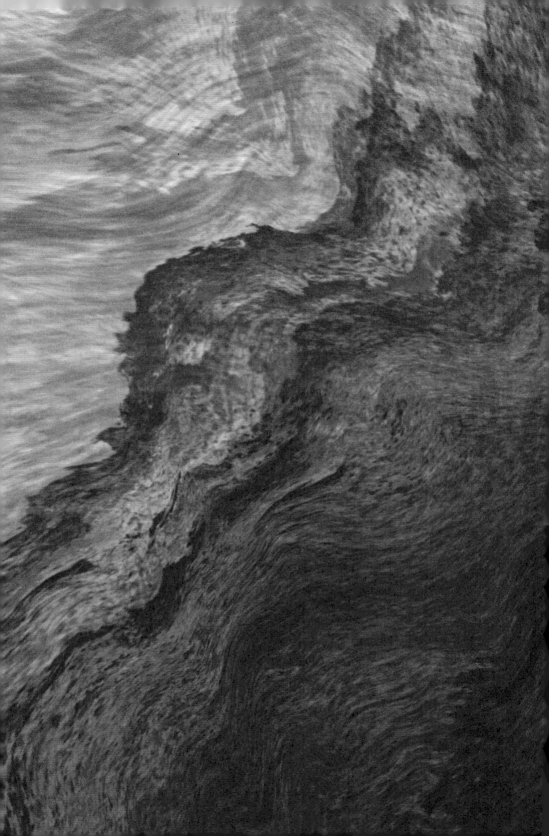

TRÊS ANOS DEPOIS

57. Um cavalinho de balanço

Sexta-feira, 3 de agosto

13h22

JOEL PERCORREU O LONGO CORREDOR DA MATERNIDADE E parou diante do quarto 258. Ele empurrou a porta pesada e entrou. Abby estava sentada na cama e Joel se aproximou.

— Como ela está?

Abby olhou para a filha adormecida em seus braços, enrolada em uma manta.

— Melhor impossível. Ela acabou de comer e agora está dormindo profundamente.

Joel beijou a mulher e passou o polegar pelo rosto aveludado da filha.

— Ela é muito bonita.

Depois de contemplar a filha, ele levou a testa para a frente até encostar na de Abby e voltou a beijá-la.

— Tenho uma coisa para você — ele disse e deixou um pequeno pacote na cama.

— O que é?

— Um presente.

— Um presente de parto?

— Na verdade, não. Abra-o.

Abby manteve uma mão ao redor da filha e desembrulhou o papel com a outra. Tirou a tampa da caixinha e, em seguida, o papel de seda. Ela lacrimejou quando viu o presente. Com a mão trêmula, foi incapaz de erguê-lo do feltro em que estava encaixado.

— Deveria fazer você sorrir, e não chorar — Joel disse.

— Não estou triste. É maravilhoso.

Finalmente, ela tirou da caixinha um cavalinho de balanço folheado a ouro, com o nome "Amanda" gravado em letras cursivas na sela.

— Para combinar com o de Jacob — Joel disse. — Falei com a sua mãe, e ela me deu permissão para continuar a tradição.

Abby olhou para o enfeite e depois para Joel.

— Eu te amo.

Joel a beijou.

— Eu também te amo.

— Para sempre? — Abby perguntou antes de atentar que as palavras estavam em sua cabeça ou escapando dos seus lábios.

Joel sorriu, olhou para a filha, olhou para a mulher e fez um gesto negativo com a cabeça.

— Não. Mais do que para sempre. Alguém me disse que eu sempre deveria buscar um dia extra com as pessoas que mais amo. Então, será para sempre, mais dois dias. Um para cada uma de vocês.

Uma semana depois que saiu da maternidade, Abby deu a Maggie o seu primeiro trabalho como babá. Seria apenas por uma hora, duas no máximo. Ela beijou Amanda e, dez minutos depois, entrou no Garden Club para almoçar. Abby não fazia aquilo há anos e se recriminava por deixar chegar tão longe. Deixar as coisas intocadas por tanto tempo. Ela se sentou, pediu uma limonada e esperou.

Poucos momentos depois, Abby a avistou. Ela se levantou e acenou. Era diferente daquela vez. Irreconhecível em relação à última. Abby não precisava mais fugir das suas lembranças. Quando a mãe de Ben se aproximou, elas se abraçaram como uma dupla de mãe e filha há muito perdida. De certa forma, elas eram. Abby chorou durante o abraço. A mãe de Ben também.

— Sinto muito não termos nos falado por tanto tempo — Abby disse.

— Sinto muito também, querida.

— Estou melhor agora e tenho muita coisa para contar a você.

A mãe de Ben se soltou do abraço.

— Deixe-me vê-la antes.

Abby sorriu e enfiou a mão na bolsa para pegar as fotos.

Epílogo

AGORA, ENQUANTO O BARCO BALANÇA NUM REDEMOINHO suave, ele está sentado à minha frente. Nós nos tornamos o tipo de amigos que sempre imaginei que seríamos, e pescar é o nosso maior passatempo. Algo que gostava de fazer com o meu pai naquelas manhãs de sábado e que aprendi a gostar de novo. Porém, agora, há algo diferente. O meu filho contribui para isso de uma maneira difícil de explicar e talvez só possa ser compreendida por um pai que se religou a um filho que perdeu.

É quase como se ele nunca tivesse ido embora; como se o nosso tempo separados tivesse durado um mero piscar de olhos. Coisas mágicas como essa acontecem no lugar que chamamos de céu. Um lugar sem doenças ou sofrimentos, e onde tudo é possível. Ele é gente fina, sempre na boa, e toda vez que olho para ele vejo a sua mãe. Vejo os olhos de Abby quando ele olha para mim e vejo o sorriso dela quando ele sorri. Ainda penso bastante em Abby, mas sorrio quando eu a vejo agora. Estou vendo com outros olhos. Ela está segura, e o seu coração não está mais em perigo. Ela tem Joel e Amanda, e quando olho para eles agora, não posso deixar de me sentir com sorte. No céu, eu tenho tudo. Sou realmente abençoado. Consigo vê-la sempre e posso observar a sua alegria. E consigo fazer tudo isso com o meu filho. Agora, ele é uma parte tão grande de mim que a minha antiga vida parece distante e pequena.

O sol está nascendo, inundando o horizonte e espalhando cores encantadas pela água. Os momentos de assombro que o meu pai me apresentou quando criança agora são compartilhados com o meu filho. Jacob está sentado diante de mim no barco que construí para esse exato momento. Enquanto ele prende a sua isca, os seus dedos estão num movimento concentrado. Jacob aperfeiçoou o nó palomar que o meu pai me ensinou. Sinto-me orgulhoso ao observá-lo. Vejo os seus lábios se moverem enquanto ele murmura as palavras transmitidas através de três gerações.

Por cima, por baixo e através da presilha.

Nota do autor

Uma pergunta que se faz com frequência aos autores é de onde vêm as ideias para as suas histórias. No caso de *Antes de partir*, a inspiração veio de um sonho.

A minha mãe morreu um ano depois da minha formatura na faculdade. Ela tinha apenas cinquenta e dois anos. O câncer de pulmão passara despercebido até ter se espalhado por grande parte do seu corpo, incluindo o cérebro. Ela sofreu um derrame que lhe tirou a capacidade de falar e paralisou o lado direito do corpo. De cama e usando cadeira de rodas, as semanas de internação da minha mãe no hospital foram um período difícil demais para os meus irmãos e para mim. Foram especialmente difíceis para o nosso avô, que acompanhou impotente o fim da vida da filha.

Porém, algo estranho aconteceu após a morte da minha mãe. Como seria de esperar, fiquei bastante chateado e triste. Eu tinha vinte e dois anos, e aquela foi a minha primeira experiência com a morte. Não sabia como deveria vivenciar ou sentir o luto, e não fazia ideia de quanto tempo deveria durar. Contudo, fiquei sabendo rapidamente. Duas semanas após a morte da minha mãe, tive um sonho vívido com ela. Lembro-me do sonho hoje tão claramente como se tivesse acabado de acordar dele. Aconteceu enquanto eu estava na casa dos pais da minha então namorada.* No sonho, minha mãe me procurou e me disse uma coisa: *Está tudo bem*.

Essas foram as suas exatas palavras. *Está tudo bem*. Ao acordar, a tristeza que tinha sentido nas duas semanas anteriores havia desaparecido. Eu sabia que minha mãe estava num lugar melhor. Em algum lugar sem doenças. Um lugar onde a sua capacidade de falar foi restaurada, e onde ela não estava mais presa a uma cadeira de rodas. Um lugar onde ela podia andar, correr e dançar. Acordei com uma sensação de paz em meu coração, dizendo-me que não precisava mais me preocupar com a minha mãe. Ela estava bem.

Nos mais de vinte anos decorridos desde que tive esse sonho, perdi outras pessoas próximas. Avós, uma amada tia-avó e uma querida amiga da família. Também tive sonhos vívidos com cada uma dessas pessoas, todas me dizendo algo muito simples, que elas estavam bem. Pelo jeito, a minha mãe deu início a uma tendência.

Então, quando comecei a escrever este livro, uma história de amor e perda, e sobre as maneiras poderosas pelas quais as nossas vidas estão ligadas para sempre aos entes queridos que vieram antes de nós, fiz isso com esses sonhos em mente e esses entes queridos em meu coração. Espero que esta história toque você de alguma forma especial, e que você ame lê-la tanto quanto amei escrevê-la.

Fevereiro de 2022

* P.S.: A jovem que eu estava namorando quando tive o sonho com a minha mãe… Bem, ela agora é minha esposa, há mais de vinte anos, e muito da nossa história de amor está presente de alguma forma no amor que Abby encontra.

Agradecimentos

Meus sinceros agradecimentos vão para as diversas pessoas que ajudaram a tornar possível este romance.

Obrigado à minha agente, Marlene Stringer. Este livro foi o início da nossa jornada juntos. Obrigado por nunca desistir dele. Obrigado ao meu editor, John Scognamiglio, por suas sugestões que tornaram esta história maior do que era quando a enviei para você. E pela honra de publicar este romance sob o seu selo editorial.

Obrigado à minha esposa, Amy, por mais de um quarto de século de casamento e por nossa história de amor que — como a de Ben e Abby — começou na faculdade. Esforcei-me muito para fazer justiça nas páginas deste romance.

Obrigado à Abby Marie e Nolan Matthew. Abby, comecei a escrever este livro quando você era uma bebê dormindo numa cadeira de balanço ao meu lado durante as sessões de redação matinais. Nolan, você não tinha nascido. Agora adolescentes, vocês dois me deixam orgulhoso todos os dias. A grande bênção de ser o pai de vocês inspirou o amor que Abby e Ben compartilham por seu filho.

Obrigado ao meu amigo, comandante Rich Hills, por dividir o seu conhecimento sobre aviação comigo. Afinal, espatifar um avião no oceano Pacífico é um grande desafio, e não conseguir localizá-lo durante tanto tempo é um ainda maior. Obrigado, Rich, por me dar as informações para fazer isso parecer verossímil.

E finalmente, obrigado, mãe, por me dizer que você está bem.

CONHEÇA OS OUTROS LIVROS DO AUTOR

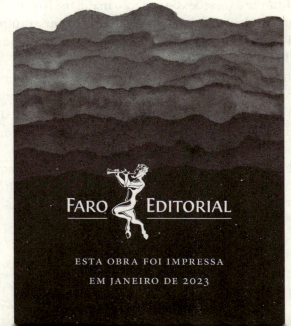